Sara Shepard

The Perfectionists – Lügen haben lange Beine

W0405702

Foto: © Daniel Snyder

DIE AUTORIN

Sara Shepard hat an der New York University studiert und am Brooklyn College ihren Magisterabschluss im Fach Kreatives Schreiben gemacht. Sie wuchs in einem Vorort von Philadelphia auf, wo sie auch heute lebt. Ihre Jugend dort hat die »Pretty Little Liars«-Serie inspiriert, die in 22 Länder verkauft wurde und die, ebenso wie ihre Reihe »Lying Game«, zum New-York-Times-Bestseller wurde. Inzwischen wird »Pretty Little Liars« mit großem Erfolg als TV-Serie bei ABC gesendet. In Deutschland wird »Pretty Little Liars« seit Mai 2014 auf Super RTL gezeigt.

*Von der Autorin sind außerdem bei cbt erschienen:*

**Pretty Little Liars – Unschuldig** (30562, Band 1)
**Pretty Little Liars – Makellos** (30563, Band 2)
**Pretty Little Liars – Vollkommen** (30564, Band 3)
**Pretty Little Liars – Unvergleichlich** (30565, Band 4)
**Pretty Little Liars – Teuflisch** (30774, Band 5)
**Pretty Little Liars – Mörderisch** (30775, Band 6)
**Pretty Little Liars – Herzlos** (30776, Band 7)
**Pretty Little Liars – Vogelfrei** (30777, Band 8)
**Pretty Little Liars – Unerbittlich** (31032, Band 9)

**Lying Game – Und raus bist du** (30800, Band 1)
**Lying Game – Weg bist du noch lange nicht** (30801, Band 2)
**Lying Game – Mein Herz ist rein** (30802, Band 3)
**Lying Game – Wo ist nur mein Schatz geblieben?** (30803, Band 4)
**Lying Game – Sag mir erst, wie kalt du bist** (30903, Band 5)
**Lying Game – Und du musst gehen** (30924, Band 6)

SARA
SHEPARD

# The Perfectionists

## LÜGEN HABEN
## LANGE BEINE

Aus dem Englischen
von Violeta Topalova

cbt

Kinder- und Jugendbuchverlag
in der Verlagsgruppe Random House

MIX
Papier aus verantwortungsvollen Quellen
FSC® C014496

Verlagsgruppe Random House FSC® N001967
Das für dieses Buch verwendete
FSC®-zertifizierte Papier *Pamo House*
liefert Arctic Paper Mochenwangen GmbH.

1. Auflage
Deutsche Erstausgabe September 2015
© 2014 by Alloy Entertainment and Sara Shepard
Die amerikanische Originalausgabe erschien unter dem
Titel »The Perfectionists« bei Harper Teen,
an imprint of Harper Collins Publishers, New York.
Published by arrangement with Rights People, London
© 2015 für die deutschsprachige Ausgabe by cbt Verlag
in der Verlagsgruppe Random House GmbH, München
Alle deutschsprachigen Rechte vorbehalten
Aus dem Englischen von Violeta Topalova
Lektorat: Ulrike Hauswaldt
Umschlaggestaltung: init | Kommunikationsdesign,
Bad Oeynhausen
Umschlagfoto: Hand Lettering by Peter Horridge.
Jacket Design by Elaine Damasco,
unter Verwendung der Fotos von
gresei/Shutterstock, lantapix/Shutterstock
he · Herstellung: kw
Satz: KompetenzCenter, Mönchengladbach
Druck und Bindung: GGP Media GmbH, Pößneck
ISBN: 978-3-570-30998-8
Printed in Germany

www.cbt-buecher.de

In der Mitte des Lebens
sind wir vom Tode umgeben.

Agatha Christie,
*Und dann gab's keines mehr*

# Prolog

Auf den ersten Blick ist Beacon Heights, Washington, eine ganz gewöhnliche, wohlhabende Vorstadtsiedlung: Verandaschaukeln knarren sanft in der Abendbrise, die Rasenflächen sind grün und gepflegt, und alle Nachbarn kennen sich. Aber diese Vorstadt von Seattle ist alles andere als gewöhnlich. In Beacon reicht es nicht, wenn du gut bist. Hier musst du der Beste sein.

Dieser Perfektionszwang bringt eine Menge Druck mit sich. Die Schüler hier gehören zu den besten des Landes und hin und wieder müssen sie ein bisschen Dampf ablassen. Eines wissen fünf junge Mädchen aber noch nicht: Heißer Dampf kann genauso gefährlich sein wie offenes Feuer.

Und bald wird sich jemand verbrühen.

Als am Freitagabend die Sonne unterging, parkten nach und nach immer mehr Autos vor Nolan Hotchkiss' riesiger, im italienischen Stil erbauter Villa auf einer Halbinsel am Lake Washington. Das Haus hatte schmiedeeiserne Tore und in der kreisförmigen Einfahrt sprudelte ein Marmorbrunnen. Hinter der riesigen Fensterfront, die sich über zwei Stockwerke erstreckte, funkelten kristallene Kronleuchter. Alle Lichter brannten, Bässe wummerten, im Garten hinter dem Haus wurde gejubelt. Kids schlenderten mit Alkohol, den sie aus den Schnapsschränken oder den Weinkellern ihrer Eltern geklaut hatten, die Treppe zum Eingang hinauf und gingen durch die offene Tür ins Haus. Klingeln mussten sie nicht – Mr und Mrs Hotchkiss waren nicht zu Hause.

Pech gehabt. Sie verpassten die fetteste Party des Jahres.

Caitlin Martell-Lewis, die ihre besten Röhrenjeans, ein grünes Polohemd, das die Bernsteinsprenkel in ihren Augen leuchten ließ, und TOMS Hahnentritt-Sneaker trug, stieg mit ihrem Freund Josh Friday und dessen Fußballkumpeln Asher Collins und Timothy Burgess aus einem Escalade. Josh, dessen Atem von dem Bier, das er beim Vorglühen getrunken hatte, süßlich nach Hefe roch, hielt sich die Hand über die braunen Augen und starrte das Herrenhaus mit offenem Mund an. »Alter, das Haus ist ja völlig krank.«

Ursula Winters, die verzweifelt hinter Timothy her war – und außerdem Caitlins gefährlichste Konkurrentin in der Fußballmannschaft –, kletterte vom Rücksitz und zupfte ihr fledermausärmeliges Oversize-Top zurecht. »Der Typ hat einfach alles.«

»Außer einer Seele«, murmelte Caitlin und hinkte über den Rasen. Sie hatte sich beim Fußballtraining den Knöchel verletzt. Alle verstummten, als sie das prächtige Foyer mit dem Schachbrettboden und der geschwungenen doppelten Freitreppe betraten. Josh warf Caitlin einen Seitenblick zu. »Was denn? Das war ein Witz«, sagte sie mit einem Lachen.

Denn wer etwas gegen Nolan sagte – oder sich auch nur weigerte, auf seine Partys zu gehen – hatte seinen

Platz auf der A-List der Beacon Heights Highschool verspielt. Aber Nolan hatte genauso viele Feinde wie Freunde und Caitlin hasste ihn besonders abgrundtief. Ihr Herz hämmerte, als sie an ihren geheimen Plan dachte. Ob die anderen wohl schon da waren?

Im Salon brannten Kerzen und überall lagen weiche rote Kissen. In der Mitte des Raums hielt Julie Redding Hof. Ihr kastanienbraunes Haar fiel ihr glatt und glänzend über den Rücken. Sie trug ein trägerloses Kate-Spade-Kleid und hellbeige Highheels, die ihre langen, schlanken Beine zur Geltung brachten. Nacheinander wurden all ihre Mitschüler bei ihr vorstellig und machten ihr Komplimente für ihr Outfit, ihre weißen Zähne, ihren umwerfenden Schmuck, den witzigen Spruch, den sie vor ein paar Tagen im Englischunterricht gebracht hatte. Das war ganz normal – alle liebten Julie. Sie war das beliebteste Mädchen der Schule.

Jetzt stand Ashley Ferguson, eine Elftklässlerin, die sich gerade ihr Haar in Julies Farbton gefärbt hatte, vor ihr und lächelte sie voller Verehrung an. »Du siehst fantastisch aus«, stammelte sie, genau wie die anderen.

»Danke schön«, erwiderte Julie bescheiden.

»Wo hast du denn das Kleid her?«, fragte Ashley.

Julies Freundin Nyssa Frankel schob sich zwischen die beiden. »Warum fragst du, Ashley?«, blaffte sie. »Damit du es dir auch kaufen kannst?«

Julie lachte und Nyssa und Julies andere beste Freundin Natalie Houma klatschten sich triumphierend ab. Zähneknirschend und beleidigt trottete Ashley davon. Julie biss sich auf die Lippe. War sie zu fies gewesen? Heute Abend gab es eigentlich nur einen Menschen, zu dem sie gemein sein wollte.

Und das war Nolan.

Inzwischen stand Ava Jalali mit ihrem Freund Alex Cohen in der mit Marmor und antiker Eiche ausgestatteten Küche der Hotchkiss-Familie und knabberte an einem Stück Karotte. Sehnsüchtig betrachtete sie den Cupcake-Turm neben der Gemüseplatte. »Kannst du mich daran erinnern, warum ich eine Entgiftungsdiät mache?«

»Weil du wahnsinnig bist?«, gab Alex mit schelmisch hochgezogenen Augenbrauen zurück.

Ava verzog das Gesicht und schob sich das glatte, perfekt geföhnte dunkle Haar aus dem Gesicht. Sie war die Art von Mädchen, die sich im Biologieunterricht vor anatomischen Zeichnungen ekelte. Die Vorstellung, dass auch ihr Inneres derart hässlich und unordentlich sein musste, war ihr unerträglich.

Alex steckte den Zeigefinger in die Buttercreme eines Cupcakes und hielt ihn Ava vor die Nase. »Mjam-mjam …«

Ava wich zurück. »Tu das weg!« Aber dann musste sie kichern. Alex war im neunten Schuljahr hierhergezogen. Er war zwar nicht der reichste oder beliebteste Typ der Schule, doch er brachte sie immer zum Lachen. Aber dann blickte sie zum Türrahmen und ihr Lächeln erstarb. Nolan Hotchkiss, der Gastgeber, stand dort und grinste sie beinahe besitzergreifend an.

*Er verdient es nicht besser*, dachte sie grimmig.

Im Garten – in dem hohe Arkaden die Terrassen verbanden, gigantische Topfpflanzen standen und ein mit Schiefer gepflasterter Pfad bis zum Wasser führte – krempelte Mackenzie Wright ihre Jeans hoch, nahm ihre Zehenringe ab und tauchte die Füße in den Pool von unendlichen Ausmaßen. Einige Gäste badeten, darunter auch ihre beste Freundin Claire Coldwell und Claires Freund Blake Strustek.

Blake drehte Claire zu sich und verschränkte seine Finger mit ihren. »Hey, pass auf meine Griffel auf«, warnte Claire. »Sie sind mein Ticket an die Juillard.«

Blake schaute Mac an und verdrehte die Augen. Mac wich seinem Blick aus, so als möge sie ihn gar nicht.

Vielleicht lag es aber auch daran, dass sie ihn zu sehr mochte.

Dann öffnete sich die Terrassentür und Nolan Hotchkiss, der Mann der Stunde, schlenderte mit einem süffisanten »Ich bin der King dieser Party«-Ausdruck auf dem Gesicht über den Rasen. Er ging zu zwei Jungen und begrüßte sie mit High-Fives. Einen Augenblick später schauten die drei zu Mac herüber und begannen miteinander zu flüstern.

Mac zog den Bauch ein. Sie spürte, wie ihre Blicke über ihre Stupsnase, ihre Hipster-Hornbrille und ihren dicken Strickschal wanderten. Sie wusste genau, worüber sie tuschelten, und ihr Hass gegen Nolan flammte lodernd auf.

Piep.

Ihr Handy, das neben ihr auf den Fliesen lag, leuchtete auf. Mac las die SMS von ihrer neuen Freundin Caitlin Martell-Lewis.

*Es ist so weit.*

Julie und Ava erhielten identische Nachrichten. Wie Roboter standen alle auf, entschuldigten sich und gingen zum vereinbarten Treffpunkt. Auf dem Flur lagen leere Plastikbecher, jemand hatte einen Cupcake über die Küchenwand verschmiert, und im Salon roch es durchdringend nach Gras. Die Mädchen sammelten sich am Fuß der Treppe und tauschten lange, nervöse Blicke.

Caitlin räusperte sich. »Also …«

Ava schürzte die vollen Lippen und warf einen Blick in den riesigen Garderobenspiegel. Caitlin lockerte ihre Schultern und suchte nach etwas in ihrer Handtasche. Ein leises Klappern war zu hören. Mac überprüfte in ihrer eigenen Tasche, ob die Kamera, die sie vom Schreibtisch ihrer Mutter stibitzt hatte, sich noch immer darin befand.

Dann heftete sich Julies Blick auf eine Gestalt, die im Türrahmen stand. Es war Parker Duvall, ihre allerbeste Freundin. Wie üblich trug Parker einen kurzen Jeansrock, eine schwarze Netzstrumpfhose und ein übergroßes schwarzes Sweatshirt. Als sie Julie sah, schob sie die Kapuze zurück, und ein Grinsen breitete sich auf ihrem Gesicht aus. Ihre Narben waren unübersehbar. Julie bemühte sich, ihr Erstaunen zu verbergen, denn es war extrem selten, dass Parker anderen erlaubte, ihr Gesicht zu sehen. Parker eilte zu den Mädchen und zog sich die Kapuze wieder tief in die Stirn.

Die fünf schauten sich um, aber niemand achtete auf sie. »Ich kann immer noch nicht fassen, dass wir das wirklich machen«, gestand Mackenzie.

Caitlin zog die Augenbrauen zusammen. »Willst du etwa kneifen?«

Mac schüttelte eilig den Kopf. »Natürlich nicht.«

»Gut.« Caitlin schaute die anderen an. »Sind alle noch dabei?«

Parker nickte, gefolgt von Julie. Und Ava, die gerade ihren Lipgloss auffrischte, nickte ebenfalls entschlossen.

Ihre Blicke wanderten zu Nolan, der sich durchs Wohnzimmer schlängelte. Er begrüßte seine Gäste herzlich. Klopfte Freunden auf den Rücken. Warf einem Mädchen aus der Neunten ein gewinnendes Lächeln zu, woraufhin diese schockiert die Augen aufriss. Dann flüsterte er einem anderen Mädchen etwas zu und das Lächeln auf ihrem Gesicht erlosch.

Dies war die Macht, die Nolan Hotchkiss über Menschen ausübte. Er war definitiv der beliebteste Typ der Schule – attraktiv, sportlich, charmant, Vorsitzender aller Clubs und Ausschüsse, denen er beitrat. Und seine Familie war die reichste der Stadt – man konnte keinen Kilometer weit fahren, ohne den Namen Hotchkiss auf einem Neubau zu sehen, und keine Zeitung durchblättern, ohne Fotos von Nolans Mutter, der Senatorin, bei der Einweihung einer neuen Bäckerei oder Kindertagesstätte, eines Stadtparks oder einer Bibliothek bewundern zu dürfen. Aber das war noch nicht alles. Nolan hatte etwas … geradezu Hypnotisches an sich. Ein Blick reichte aus, ein Vorschlag, ein Befehl, eine fiese Bemerkung, eine Abfuhr oder eine öffentliche Blamage: Schon stand man für alle Ewigkeit unter Nolans Fuchtel. Er kontrollierte Beacon und niemand konnte etwas dagegen tun.

Aber wie geht noch das alte Sprichwort: »Hochmut kommt vor dem Fall«? Es gab nicht nur diejenigen, die Nolan verehrten, sondern auch eine Menge Leute, die ihn nicht ausstehen konnten. Die ihn am liebsten … losgeworden wären.

Die Mädchen lächelten einander zu. »Also gut«, sagte Ava und machte einen Schritt auf Nolan zu. »Showtime.«

Wie jede gute Party dauerte auch die Feier im Hotchkiss-Anwesen bis in die frühen Morgenstunden. Offenbar hatte Nolan auch bei der örtlichen Polizei ein paar Freunde, denn es gab weder eine Alkohol-Razzia noch Beschwerden wegen Lärmbelästigung. Kurz nach Mitternacht wurden ein paar Partybilder online gestellt: Zwei Mädchen knutschten im Gästeklo, die prüdeste Betschwester der Schule trank Shots aus dem Bauchnabel des Star-Quarterbacks, ein Kiffer hielt grinsend Cupcakes in die Kamera, und der Gastgeber pennte im ersten Stock auf einem Sitzsack, mit Edding beschmiert. Ordentlich feiern konnte Nolan schließlich wie kein zweiter.

Partygäste schliefen auf der Terrassencouch, in der Hängematte, die im Garten zwischen zwei großen Birken aufgespannt war, und kreuz und quer auf dem Fußboden. Einige Stunden lang war es still im Haus. Die Cremeglasur auf den Cupcakes wurde langsam hart, in der Spüle sammelte sich der restliche Inhalt einer umgekippten Weinflasche, und ein Waschbär wühlte in den Müllsäcken hinter dem Haus. Nicht alle wachten auf, als der Junge schrie. Nicht einmal, als derselbe Junge – ein Elftklässler namens Miro – die Treppe hinunterrannte und das Geschehene in das Telefon brüllte, regten sich alle Kids.

Erst als die Krankenwägen mit quietschenden Reifen in der Auffahrt hielten, Sirenen plärrten, Blaulichter blinkten und Funkgeräte knisterten, öffneten alle ihre Augen. Als Erstes sahen sie Sanitäter in Warnwesten, die ins Haus rannten. Miro zeigte nach oben. Stiefel donnerten die Treppe hinauf und dann … trugen dieselben Sanitäter jemanden nach unten. Jemanden, der Edding im Gesicht hatte. Der schlaff aussah. Schlaff und grau.

Der Sanitäter sprach in sein Funkgerät. »Männlich, achtzehn Jahre. Tot.«

*War das Nolan?*, flüsterten sich die Gäste entsetzt zu, als sie furchtbar verkatert aus dem Haus schlichen. *Und … tot? Hat er das wirklich gesagt?*

Am Samstagnachmittag hatte sich die Nachricht bereits überall verbreitet. Nolans Eltern kehrten von ihrem Geschäftstermin in Los Angeles zurück und versuchten, den Schaden einzudämmen, aber es war zu spät. Die ganze Stadt wusste bereits, dass Nolan bei seiner eigenen Party gestorben war – wahrscheinlich an zu viel Spaß.

Düstere Stimmen behaupteten, es sei vielleicht Absicht gewesen. Beacon machte es seinen jungen Einwohnern schließlich nicht leicht und vielleicht hatte selbst der Goldjunge Nolan dem Druck nicht standhalten können.

Als Julie am Samstagmorgen erwachte und die Nachricht hörte, wurde ihr die Kehle eng. Ava griff dreimal zum Telefon, bevor sie es schaffte, sich davon abzubringen. Mac starrte lange ins Leere und vergoss dann stille, heiße

Tränen. Und Caitlin, die Nolan schon so lange den Tod gewünscht hatte, verspürte Mitgefühl mit seiner Familie, obwohl er die ihre zerstört hatte. Und Parker? Sie ging zum Hafen und starrte aufs Wasser, das Gesicht unter ihrer Kapuze verborgen. Das Hämmern in ihrem Kopf kündigte einen Migräneanfall an.

Sie telefonierten und tuschelten hitzig miteinander. Natürlich fühlten sie sich furchtbar, aber sie waren kluge Mädchen. Logisch denkende Mädchen. Nolan Hotchkiss war tot. Den Diktator der Beacon Heights High gab es nicht mehr. Und damit auch keine Tränen, keine Schikanen und keine Angst davor, dass er ihre schrecklichsten Geheimnisse enthüllen würde. Außerdem hatte niemand gesehen, dass sie am Abend der Party mit Nolan nach oben gegangen waren – darauf hatten sie geachtet. Niemand würde sie je mit ihm in Verbindung bringen.

Das Problem war nur, dass jemand sie gesehen hatte. Jemand wusste, was sie an jenem Abend getan hatten. Und noch viel mehr.

Und dieser Jemand würde dafür sorgen, dass sie dafür bezahlten.

## Fünf Tage später

# Kapitel 1

An einem sonnigen Donnerstagmorgen kämpfte sich Parker Duvall durch die verstopften Gänge der Beacon Heights High, einer Schule, die an die Schüler MacBooks verteilte, als seien es, na ja, Äpfel, und den besten SAT-Prüfungsdurchschnitt des Bundesstaates Washington vorweisen konnte. Hoch über ihr stand auf einem bordeauxroten und weißen Banner:

GLÜCKWUNSCH, BEACON HIGH!
VON US NEWS & WORLD REPORT IM
FÜNFTEN JAHR IN FOLGE ZUR
BESTEN SCHULE DES NORDWESTENS
GEWÄHLT! WEITER SO, SCHWERTFISCHE!

*Gebt doch nicht so an*, hätte Parker am liebsten geschrien – aber sie tat es nicht, denn das wäre sogar für sie zu verrückt gewesen. Sie schaute sich auf dem Flur um. Ein paar Mädchen in Tennisröcken standen vor einem Spindspiegel und trugen eifrig Lipgloss auf ihre bereits sorgfältig geschminkten Gesichter auf. Ein paar Meter daneben verteilte ein Typ im Button-Down-Hemd Flyer für die Wahl der Schülervertretung. Sein Lächeln war blendend weiß. Zwei Mädchen kamen aus der Aula und strichen an

Parker vorbei. Die eine sagte: »Ich hoffe wirklich, du kriegst die Rolle, falls ich sie nicht bekomme. Du bist so talentiert!«

Parker verdrehte die Augen. *Kapiert ihr denn nicht, dass das alles egal ist?* Alle eiferten nach irgendetwas oder bissen sich bis nach ganz oben durch … und wofür? Verbesserte Chancen auf das perfekte Stipendium? Eine bessere Möglichkeit, sich das perfekte Praktikum unter den Nagel zu reißen? Perfekt, perfekt, perfekt. Angabe, Angabe, Angabe. Natürlich war auch Parker selbst so gewesen. Vor nicht allzu langer Zeit war sie beliebt, schlau und ehrgeizig gewesen und hatte auf Facebook und Instagram eine Milliarde Freunde gehabt. Alle hatten bei ihren komplizierten Umfragen mitgemacht, und wenn sie auf einer Party auftauchte, war der Abend gerettet. Man hatte sie überallhin eingeladen und gebeten, allen Clubs beizutreten. Typen hatten sie bis zum Klassenzimmer begleitet und sie um Dates angebettelt.

Aber dann war es passiert, und die Parker, die vor rund einem Jahr aus der Asche auferstanden war, trug jeden Tag denselben Kapuzenpulli, um die Narben zu verbergen, die ihr früher so schönes Gesicht entstellten. Sie ging nicht mehr auf Partys. Sie hatte schon seit Monaten keinen Blick mehr auf Facebook geworfen, konnte sich nicht vorstellen, auf Dates zu gehen, und interessierte sich nicht mehr für Clubs. Niemand schaute sie an, als sie durch den Flur marschierte. Und wenn doch, dann warf man ihr vorsichtige, ängstliche Blicke zu. *Rede nicht mit ihr. Die ist kaputt. Das passiert, wenn man nicht perfekt ist.*

Sie wollte gerade in den Raum gehen, in dem der

Filmunterricht stattfand, da packte jemand ihren Arm. »Parker. Hast du's vergessen?«

Ihre beste – und einzige – Freundin Julie Redding stand hinter ihr. Sie wirkte in ihrer gestärkten weißen Bluse frisch und elegant. Ihr rotbraunes Haar glänzte und ihre Augen waren sorgenvoll aufgerissen.

»Was denn?«, grummelte Parker und zog sich die Kapuze tiefer ins Gesicht.

»Die Schulversammlung. Sie ist Pflicht.«

Parker starrte ihre Freundin an. Ob Pflicht oder nicht, war ihr doch völlig egal.

»Komm schon.« Julie führte sie den Flur entlang und Parker folgte ihr widerstrebend. »Wo warst du eigentlich?«, flüsterte Julie. »Ich simse dir seit zwei Tagen andauernd. Warst du krank?«

»Krank macht mich nur das Leben«, schnaubte Parker. Sie hatte die erste Hälfte der Woche die Schule geschwänzt, weil sie einfach keine Lust gehabt hatte, hinzugehen. Was genau sie stattdessen gemacht hatte, wusste sie nicht mehr – ihr Kurzzeitgedächtnis war seit einiger Zeit ziemlich unzuverlässig. »Und es ist ansteckend, also halte lieber Abstand.«

Julie rümpfte die Nase. »Hast du schon wieder geraucht? Du stinkst ekelhaft.«

Parker seufzte. Ihre Freundin war wieder mal im Glucken-Modus, wie Parker es nannte. Entschlossen, sie zu beschützen. Parker musste sich immer wieder in Erinnerung rufen, dass das liebenswert war, vor allem, weil es sonst niemanden kümmerte, was mit ihr los war. Julie war das einzige Überbleibsel, das Parker aus ihrem alten

Leben geblieben war. Jetzt, da Parker im Schatten verschwunden war, war Julie Beacons neues It-Girl. Parker gönnte ihr das von Herzen. Julie hatte auch mit Dämonen zu kämpfen, nur waren ihre Narben unsichtbar.

Sie eilten über den Flur, vorbei an Randy, dem Hippie-Hausmeister, der sich nach Kräften bemühte, die Schule allzeit blitzsauber zu halten. Die Aula lag vor ihnen und Julie schob die schwere Holztür auf. Der große Saal war voller Schüler; trotzdem war es merkwürdig still. Man hörte nur leises Schniefen. Viele wirkten fassungslos. Ein paar Mädchen umarmten sich fest. Als Parker das riesige Porträt von Nolan sah, das auf der Bühne stand, sank ihr Blutdruck ins Bodenlose. RIP stand in Blumenschrift unter dem Foto, *Rest in Peace*.

Sie fühlte sich hinters Licht geführt. Hätte die Trauerfeier für Nolan nicht an einem der Tage stattfinden können, die sie geschwänzt hatte? »Ich hau ab«, flüsterte sie und wich zurück.

Julie packte sie am Arm. »Bitte«, drängte sie. »Wenn du nicht bleibst, wird das … na ja, du weißt schon. Es könnte komisch wirken.«

Parker biss sich auf die Lippe. Das stimmte. Nach Nolans Party konnten sie es sich nicht erlauben, irgendwie aufzufallen.

Sie ließ ihren Blick über die Sitzreihen wandern. Mackenzie Wright und Caitlin Martell-Lewis saßen ein paar Reihen von ihnen entfernt. Ava Jalali saß auf der anderen Seite des Ganges kerzengerade neben ihrem Freund. Sie drehten sich um und tauschten einen Blick mit Julie und Parker. Alle rissen sich zwar zusammen, wirkten aber dennoch beunruhigt. Es war seltsam. Parker kannte diese Mädchen kaum, aber sie fühlte sich ihnen für immer verbunden.

*Wie würdest du es tun? Wenn du ihn umbringen wolltest, meine ich?*

Parker zuckte zusammen. Die Worte, die Ava an jenem Tag im Filmunterricht zu ihr gesagt hatte, stiegen so selbstverständlich in ihr auf, als säße Ava neben ihr und flüstere ihr ins Ohr. Sie blickte wieder zur Bühne. Mr Obata, der Rektor, schaute die Dias durch, die er bei seinem Vortrag verwenden wollte. Sie waren alle aus Nolans Schulzeit – als er die Lacrosse-Staatsmeisterschaft gewonnen hatte, seine Krönung zum Ballkönig, er und seine Freunde in der Cafeteria. Parker war sogar auf ein paar Bildern zu sehen, denn damals waren Nolan und sie noch Freunde gewesen.

Andere Dias zeigten Packungen verschreibungspflichtiger Medikamente. Der Vortrag würde also eine Anti-Drogen-Botschaft enthalten, denn allen Gerüchten zufolge war Nolan an einer versehentlichen Überdosis Oxycodon gestorben – seiner Lieblingsdroge.

Und dann kam der Hammer: das Foto von Nolan, das Mackenzie im Lauf der Party online gestellt hatte, das mit der Eddingschrift auf seinem Gesicht. Das Bild war größtenteils unkenntlich gemacht, aber der Kommentar darunter – ein langer Absatz, in dem der Verfasser der Welt mitteilte, wie furchtbar Nolan war – nicht. Also würde es auch noch eine Anti-Mobbing-Botschaft geben.

Wie ironisch. Schließlich war Nolan der schlimmste Mobber von allen gewesen.

In Parkers Verstand drehten sich ihre Erinnerungen an Nolan schwindelerregend schnell im Kreis. Wie sie in sein Auto gestiegen war und über seine schmutzigen Witze gelacht hatte. Die schnelle Fahrt auf der Küstenstraße, um der Angst zu entfliehen. Der Glanz, den die Flasche Wodka, die sie sich geteilt hatten, der Welt um sie herum verliehen hatte. Und dann an jenen letzten Abend, an dem er ihr Oxycodon in den Drink geschüttet hatte, ohne es ihr zu sagen. Danach hatte er nur gemeint: *Ist das nicht geil? Kostet nichts. Mein Geschenk an dich.*

Sie waren jahrelang befreundet gewesen, aber nach jenem Abend hatte er nie wieder mit ihr gesprochen. Er tat so, als existiere sie nicht. Dabei war alles seine Schuld gewesen. Hätte er ihr diese Pillen nicht gegeben, dann wäre jetzt alles anders. Sie wäre noch ihr altes Selbst. Gesund. Schön, voller Leben. Geistig klar. *Perfekt.*

*Er verdient es*, hatte sie noch vor wenigen Tagen gesagt. *Alle hassen ihn, sie haben bloß zu viel Angst vor ihm, um es zuzugeben. Wir werden Heldinnen sein.*

Abrupt begann die Welt sich zu drehen. Weiß glühender Schmerz schoss durch Parkers Stirn, wie ein Blitz über den Nachthimmel. Als sie versuchte, sich zu bewegen, verkrampften sich ihre Muskeln. Ihre Augenlider senkten sich.

Julie stupste sie sanft an. »Na los«, flüsterte sie. »Setzen wir uns hin. Wir müssen uns ganz normal verhalten.«

Ein weiterer Schmerzblitz schlug in Parkers Kopf ein und ihr wurden die Knie weich. Sie hatte seit ihrem Unfall so viele Migräneanfälle gehabt, dass sie genau wusste, dass dies wieder einer war. Aber hier konnte sie ihn nicht bekommen. Nicht in der Aula, vor all diesen Leuten.

Ein leises Stöhnen entrang sich ihren Lippen. Mit verschwommenem Blick sah sie die plötzliche Besorgnis in Julies Gesicht. »Oh Gott«, sagte Julie, die sofort zu begreifen schien, was mit ihr los war. »Das war mir nicht klar. Komm mit.«

Julie zog sie hoch, führte sie aus der Aula heraus und zu dem Kabuff, das als Kassenhäuschen diente. Hier roch es nach Zitronenreiniger und Staubflocken tanzten durch die Luft. Die Wände waren mit Postern für die nächsten Veranstaltungen gepflastert – Flyer für *Guys and Dolls*, einer für das Herbstkonzert des Schulorchesters und sogar ein altes Romeo-und-Julia-Plakat aus Parkers zehntem Schuljahr, auf dem ihr Name stand. Sie war die Julia gewesen.

Julie bugsierte Parker auf einen Sitz. »Atme ganz ruhig«, sagte sie leise. »Diesmal ist es schlimm, oder?«

»Mir geht's gut«, brachte Parker mühsam heraus. Sie vergrub ihre Hände in ihrem blonden Haar und blinzelte heftig. Allmählich wurde ihr Blick wieder klarer. Der Schmerz ging zurück, wurde zu einem dumpfen Pochen, aber ihr Gehirn funktionierte noch nicht wieder richtig.

»Bist du sicher?«, fragte Julie und kniete sich neben sie. »Soll ich nicht die Krankenschwester holen?«

»Nein«, krächzte Parker und holte zitternd Atem. »Ist schon okay. Es sind nur Kopfschmerzen.«

Julie biss die Zähne zusammen, griff in ihre Tasche und holte die Packung Aspirin heraus, die sie für solche

Notfälle immer bei sich trug. Sie gab Parker zwei Tabletten. Parker würgte sie trocken herunter. Die rauen Brocken scheuerten ihr die Kehle auf.

Julie wartete, bis Parker fertig war, dann holte sie tief Luft. »Hast du noch mal darüber nachgedacht, mit ... mit einem Therapeuten zu reden?«

Parker zuckte zurück. »Fang nicht schon wieder damit an!«

»Hör doch mal zu, Parker.« Julies Augen flehten. »Deine Kopfschmerzen werden immer schlimmer und Stress ist Gift für dich. Und jetzt die Sache mit Nolan ... Ich mache mir einfach Sorgen um dich.«

»Kein Therapeut.« Parker verschränkte die Arme vor der Brust. Sie stellte sich vor, wie sie vor einem völlig Fremden ihre Seele entblößte, nur um sich anhören zu müssen: »Und was empfinden Sie dabei?« Als würde es ihn kümmern.

»Ich habe neulich mal mit jemandem geredet ... über meine Mom.« Julie senkte den Blick.

Parker riss den Kopf hoch. »Was? Wann?«

»Letzte Woche. Ich wollte es eigentlich gleich erzählen, aber dann ist so viel passiert ...« Sie verstummte.

Parker schaute ihrer besten Freundin in die Augen. Julie wirkte so hoffnungsvoll. Parker wusste, dass es nicht leicht für Julie war, damit zu leben, wie anders Parker seit ihrem Unfall war. Julie war das Einzige, was ihr geblieben war. Sie wollte sie nicht hängen lassen.

»Von mir aus«, murmelte sie. »Aber reg dich nicht auf, wenn ich nach zehn Minuten die Flucht ergreife.«

»Abgemacht.« Julie entspannte sich sichtlich und lächelte Parker aufrichtig dankbar an. »Aber das wirst du nicht. Ich glaube, das könnte dir wirklich helfen.«

Parker war bereits aufgestanden und ging in Richtung Tür. Plötzlich brauchte sie unbedingt eine Zigarette.

Sie eilte über den Parkplatz zu dem kleinen Wäldchen, das Nolan in der zehnten Klasse entdeckt und zu ihrem Rauchrevier gemacht hatte. Unter dem dichten Blätterdach roch es immer nach Regen und Harz und hier konnte Parker ganz sie selbst sein. Wütend, verrückt, gequält und kaputt. Es machte nichts aus. Niemand außer ihr kam hierher.

Sie suchte nach einer Zigarette und zündete sie eilig an. Als das Nikotin durch ihre Adern strömte, stieg eine weitere Erinnerung an Nolan in ihr auf. Als ihm auf seiner letzten Party langsam schummrig wurde, hatte er sie zum ersten Mal seit ihrem Unfall richtig angesehen. Und dann hatte er gesagt: *Ich wusste schon immer, dass du ein irres Miststück bist.*

Parker zwang sich, die Augen wieder zu öffnen. Nein, sagte sie sich. Sie würde nicht noch einmal in dieses Loch fallen. Sie würde die letzte Woche nicht noch einmal Revue passieren lassen. Sie würde nur noch nach vorne schauen und alles andere vergessen.

»Hallo.«

Sie schaute auf. Ihr Filmlehrer Mr Granger stand am Rand des Wäldchens. Granger war einer dieser coolen, gut aussehenden Junglehrer, die wussten, welche Musik gerade angesagt war; er ließ die Schüler im Unterricht SMS schreiben und erzählte gerne von seinem Auslandssemester in Paris, wo er Absinth getrunken und mit einer

Burlesque-Tänzerin geknutscht hatte. Er hatte eine Fotografie-AG gegründet, um ganz altmodisch Schwarz-Weiß-Aufnahmen zu entwickeln, und beinahe alle Schülerinnen der Schule hatten sich dafür angemeldet.

Parkers Haut prickelte vor Ärger. Er hätte diesen Ort nicht kennen dürfen. Und sie war auch noch aus anderen Gründen auf ihn wütend. Schließlich hatte er ihnen diesen verdammten Film gezeigt. Er hatte sie danach in Gruppen eingeteilt und über die Frage diskutieren lassen: *Ist Mord gerechtfertigt, wenn das Opfer den Tod wirklich verdient hat?*

Granger kam näher und nahm eine Packung Zigaretten aus der Hosentasche, was sie überraschte. »Ich hätte dich nicht für eine Raucherin gehalten«, sagte er leise und zündete sich eine an.

Parker nahm einen Zug. Machte er Witze? Sie sah hundertpro wie eine Raucherin aus.

»Ich muss los«, sagte sie mürrisch, warf ihre Kippe ins Gras und trat sie mit dem Absatz aus. Für heute hatte er ihr das Wäldchen verleidet. Und als sie zur Schule zurückging, spürte sie, dass bereits die nächste Migräne im Anmarsch war.

Vielleicht wäre es doch ganz hilfreich, zu einem Therapeuten zu gehen, dachte sie plötzlich. Vielleicht konnte er ihr dabei helfen, all diese Erinnerungen abzukapseln. Vielleicht konnte er sie so lange hypnotisieren, bis sie gar keine Gefühle mehr hatte. Vielleicht konnte er sie heilen.

Vielleicht hatte das, was sie Nolan angetan hatte, aber auch ein für alle Mal bewiesen, dass sie irreparabel beschädigt war.

# Kapitel 2

Caitlin Martell-Lewis verlagerte ihr Gewicht von einem Fuß auf den anderen. Sie stand auf dem Fußballplatz von Beacon Heights, dessen gepflegte Rasenfläche unter den flauschigen grauen Nachmittagswolken, die tief am Himmel hingen, smaragdgrün leuchtete. Es fühlte sich an, als sei die sanfte Wärme des Herbstes über Nacht aus der Luft gesaugt worden, und die feuchte Kühle ließ sie in ihren Sporthosen frösteln. Caitlin atmete den Duft von frisch gemähtem Gras und bevorstehendem Regen ein. Fußballgerüche.

»Okay – wir müssen mehr in die Offensive gehen.« Caitlin rieb sich die Hände, ihre Mannschaftskolleginnen hörten aufmerksam zu.

»Megan und Gina, ihr zwei seid im Mittelfeld. Shannon, Sujatha, Katie und Dora, ihr übernehmt die Verteidigung. Ihr müsst heute besonders gut aufpassen. Wir anderen sind im Sturm.«

»Wir machen die Jungs fertig«, sagte Katie O'Malley mit einem grimmigen Blick auf das gegnerische Team: die männliche Auswahlmannschaft der Schule. Heute fand das jährliche Schulderby statt.

Der Trainer der Jungenmannschaft, Coach Marcus,

und Coach Leah – Trainerin der Mädchenmannschaft und zufällig seine Frau – gingen in ihren identischen bordeauxrot-weißen Trainingsjacken an der Seitenlinie auf und ab. Caitlin warf einen kurzen Blick auf Coach Leah und wendete sich dann wieder ihrer Mannschaft zu. »Walküre, du weißt, was du zu tun hast, richtig? Lass die Mistkerle kein Tor schießen.«

»Alles klar«, sagte Vanessa Larson. Die Walküre war nicht nur beinahe eins neunzig groß und mit ihrem langen roten Haar und ihren hervortretenden Wangenknochen eine außergewöhnliche Schönheit, sondern auch Caitlins beste Freundin in der Mannschaft.

Ursula Winters, die normalerweise im Mittelfeld spielte, aber während Caitlins Verletzungspause deren Stürmerposition übernommen hatte, schaute Caitlin mürrisch an. »Bist du sicher, dass dein Knöchel das mitmacht? Es wäre ein Fehler, zu früh wieder einzusteigen und die Heilung zu gefährden.«

»Mir geht's gut«, sagte Caitlin stirnrunzelnd. Natürlich wollte Ursula nicht, dass Caitlin spielte – sie wollte ihren Platz einnehmen. Aber Caitlin war wieder fit ... zumindest beinahe. Sie hatte sich den Knöchel böse verstaucht, aber mithilfe von Physiotherapie und einer gelegentlichen Dosis Oxycodon – derselben Droge, die Nolan angeblich umgebracht hatte – hatte sie es geschafft, jetzt, nur drei Wochen später, wieder auf dem Platz zu stehen. Sie musste der Trainerin beweisen, dass sie für das große Ausscheidungsspiel in zwei Wochen bereit war. Wenn sie das gewänne, wäre das ihr Ticket für das Sportstipendium an der University of Washington, und auf dieses Ziel arbeitete sie schon ihr ganzes Leben lang hin.

Plötzlich spürte Caitlin, wie sich zwei starke Arme um sie schlossen. »Hab dich«, murmelte ihr Freund Josh Friday ihr ins Ohr.

»Lass das«, schimpfte Caitlin lachend und pikte ihm den Ellbogen in die Rippen. »Ich muss mich konzentrieren.«

Josh kicherte. »Du bist süß, wenn du im Wettkampfmodus bist.«

Er begrüßte seine Kumpel Guy Kenwood und Timothy Burgess, die ebenfalls zu den Mädchen gewandert waren.

»Haha«, lachte Caitlin. Es ärgerte sie, dass Josh das Spiel nicht ernst nahm, aber sie ließ es sich nicht anmerken. »Mal sehen, wie süß du es findest, wenn wir den Boden mit euch wischen.«

Sie war schon seit einer Ewigkeit mit Josh zusammen. Ihre Eltern waren schon seit dem Studium befreundet – sie hatten sich gegenseitig zur Hochzeit eingeladen und waren gleichzeitig nach Beacon Heights gezogen. Sibyl und Mary Ann, Caitlins Mütter, hatten sie im selben Jahr, in dem Josh geboren war, aus Korea adoptiert. Und als sie ein paar Jahre später zurück nach Seoul fuhren, um Caitlins Bruder Taylor zu adoptieren, hatte sie für zwei Monate bei den Fridays gewohnt. In beiden Häusern hingen gerahmte Fotos, auf denen Caitlin und Josh auf dem Spielplatz Händchen hielten und mit roten, verheulten Gesichtern auf dem Schoß des Einkaufszentrum-Weihnachtsmannes saßen. Die Fotos, auf denen die beiden als Kleinkinder gemeinsam in der Badewanne planschten, hatten Josh und Caitlin irgendwann abgehängt, weil sie das schräg und irgendwie gruselig fanden.

Seit vielen Jahren fuhren die Martell-Lewis und die Fridays gemeinsam in den Urlaub, trafen sich einmal in der Woche zum Brettspielen und samstags zum Grillen und hatten alle Spiele von Josh und Caitlin vom Spielfeldrand aus angeschaut. Und jetzt interessierten sich beide Fußballtrainer der »U-Dub«, wie die University of Washington in der Gegend liebevoll genannt wurde, für Caitlin und Josh ... was bedeutete, dass die Liebesgeschichte der Martell-Lewis/Fridays sich auch noch im College fortsetzen könnte. Und falls alles nach Plan lief, würden sie nach dem Studium heiraten und Martell-Lewis-Friday-Babys in die Welt setzen.

Und dieser Plan war jetzt wichtiger als jemals zuvor: Josh und der Fußball waren die einzigen Konstanten in ihrem Leben, das Einzige, was ihr Halt gab, wenn sie sich fühlte, als bräche ihre Welt zusammen. Nach Taylors Tod hatte sich ihre Familie verändert. Sie war jetzt plötzlich ein Einzelkind, und die Familie, die ihre Mütter so mühevoll aufgebaut hatten, bröckelte. Vor Caitlin rissen sich Sibyl und Mary-Ann nach Kräften zusammen, aber sie hörte Sibyl oft in ihrem Zimmer weinen. Und wenn Mary-Ann das Geschirr spülte, starrte sie unverwandt aus dem Fenster, als würde Taylor wieder nach Hause kommen, wenn sie nur lange genug wartete. Ihre Moms waren nur noch die Alten, wenn sie mit den Fridays zu Abend aßen oder Caitlin auf dem Fußballplatz anfeuerten.

Shannon, die Linksaußen spielte, räusperte sich und riss Caitlin damit aus ihren Gedanken. »Fandest du die

Trauerfeier auch so schräg?«, fragte sie leise und betrachtete die beiden Mannschaften. »Vielleicht, weil sie für jemand in unserem Alter war.« Sie wurde blass und schaute Caitlin an. »Entschuldige. Ich wollte nicht …«

Caitlin senkte den Blick. Sie würde jetzt auf keinen Fall über ihren Bruder reden.

Sujatha, ein schlankes indisches Mädchen und die schnellste Sprinterin der Mannschaft, stemmte die Hände in die Hüften. »Glaubt ihr wirklich, er hat Selbstmord begangen?«

»Auf keinen Fall«, meldete sich Asher Collins, der Torhüter der Jungs, zu Wort. »Dafür war der Typ doch viel zu eitel.«

Marnie Wilson, die eine Affäre mit Asher hatte, starrte ihn streng an. »Über Tote soll man nicht schlecht reden.«

»Doch, wenn sie Arschlöcher waren, dann schon«, sagte Ursula. Sie richtete den Blick auf Caitlin. »Stimmt's?«

Caitlins Wangen röteten sich. Gerüchten zufolge hatte Nolan Ursula letztes Jahr den Laufpass gegeben – aber da war sie nicht die Einzige gewesen. Dass Caitlin Nolan hasste, war allerdings nicht nur ein Gerücht. Sie räusperte sich und schaute Josh Hilfe suchend an, aber er war damit beschäftigt, mit Timothy einen kleinen Pseudo-Ringkampf hinzulegen.

»Wie es sich wohl anfühlt, derartig viel Oxy zu nehmen?«, fuhr Ursula fort.

»Wie viel hat er denn genommen?«, fragte Shannon.

»Es war offenbar genug, um ihn umzubringen«, sagte Ursula, die immer noch Caitlin anstarrte.

Plötzlich hörte Caitlin eine Stimme – ihre Stimme – an

jenem Tag im Filmunterricht vor ein paar Wochen sagen: *Wisst ihr, wie ich es machen würde? Oxy. Jeder weiß, dass das seine Lieblingsdroge ist.*

Sie blinzelte die Erinnerung weg.

»Glaubst du, es gibt eine Autopsie?«, fragte Ursula weiter. »Wie in diesen Serien? Die sind so ekelhaft. Der Gerichtsmediziner knackst die Rippen mit einer Zange durch und wiegt das Herz auf einer Gemüsewaage.«

»Das reicht!«, sagte Caitlin laut. »Wir wollen uns konzentrieren, ja?«

Alle verstummten.

Niemand wusste, was an dem Abend von Nolans Tod zwischen ihr und ihm vorgefallen war, aber sie alle wussten ganz genau, dass erst vor einem halben Jahr eine Obduktion an ihrem Bruder durchgeführt worden war – und dass Taylor wegen Nolan Hotchkiss nicht mehr lebte.

Josh hüstelte vielsagend, packte Ashers Arm und führte ihn weg. »Strategiegespräch. Bis später.«

Ein schrilles Pfeifen ertönte. Caitlin schaute ihre Mannschaftskolleginnen an, alle außer Ursula. »Nehmt eure Plätze ein«, brüllte sie mit immer noch leicht zitternder Stimme. »Zeigen wir es ihnen, Ladys!«

Alle nahmen ihre Plätze in Formation gegenüber den Jungen ein. Caitlin war nervös und unkonzentriert, ihr Körper vor unterdrückter Wut angespannt. Als Coach Marcus das Spiel anpfiff, schoss sie los. Ihre Geschwindigkeit überraschte sogar sie selbst.

Die Welt jenseits des Fußballplatzes verschwamm. Caitlin stürmte zum Ball, ihre Stollen rissen tiefe Furchen in den Rasen, als sie ihn zu Gina Pedalino passte. Die Jungs auf der gegenüberliegenden Seite des Platzes wirkten einen Moment lang wie betäubt – Gabe Martinez, der beste Stürmer der Jungs, hatte sich noch nicht einmal bewegt, als der Ball schon auf halbem Weg zum Tor war. Caitlin grinste. Genau, ihr Idioten, dachte sie. Mädchen spielen besser, als ihr glaubt.

Sie raste über den Platz. Der Ball schoss zwischen den Füßen ihrer Mitspieler hin und her, die Verteidiger passten ihn sich gegenseitig zu. Einmal nahm Rocky Davidson ihr den Ball ab, aber Gina flog an ihm vorbei und holte ihn sich sofort zurück. Dicke Regentropfen fielen vom Himmel, zuerst langsam und dann immer schneller. Caitlin spürte, wie das Blut in ihren Adern rauschte, ihr Herz schlug schnell vor Anstrengung, Aufregung und der Freude am Spiel.

Auf einmal hatte sie den Ball wieder und dribbelte an der Seitenlinie entlang auf das Tor der Jungs zu. Hinter ihr hörte sie das angestrengte Grunzen ihrer Mitspielerinnen, die ihr die Verteidiger vom Hals hielten. Aber dann schoss ein bordeaux-weißer Blitz an ihr vorbei. Ursula. Sie nahm Caitlin den Ball ab und rannte aufs Tor zu.

»Was zum Teufel soll das?«, kreischte Caitlin. »Wir sind in derselben Mannschaft!«

Aber Ursula stieß sie nur mit der Schulter weg. Wut kochte in Caitlin hoch. Es war schon schlimm genug, wenn einem der Ball vom Gegner abgenommen wurde. Aber von einem Mitglied der eigenen Mannschaft?

Ein frustrierter Aufschrei katapultierte sich aus Caitlins

tiefstem Inneren und sie streckte das Bein aus und ließ ihre Mitspielerin stolpern.

»Ufff«, ächzte Ursula, die wild zappelnd auf dem Boden aufschlug.

Die Pfeife schrillte. »Caitlin!«, brüllte Coach Leah hinter ihr.

Auch ihr Ehemann rannte zu ihnen und blieb neben Ursula stehen. »Gelbe Karte!«, bellte er. »Alles okay bei dir?«

Ursula wischte sich keuchend Gras von den Knien. »Das hat wehgetan«, wimmerte sie.

Coach Leah schaute Caitlin grimmig an. »Was ist denn los mit dir? Das ist ein Trainingsspiel. Ich kann ja verstehen, dass es dir immer ums Ganze geht, aber für ein solches Foul gibt es keine Entschuldigung. Geh duschen.«

»Was?«, schrie Caitlin fassungslos. »Haben Sie nicht gesehen, dass sie mir den Ball gestohlen hat?«

»Das ist mein Ernst.« Die Trainerin zeigte auf die Schule. »Abmarsch.«

Alle glotzten. Ein paar Jungs stießen sich gegenseitig mit dem Ellbogen an. Josh musterte Caitlin besorgt. Die atmete heftig aus. »Von mir aus«, sagte sie abwinkend und stampfte vom Feld. Hinter ihr ertönte noch einmal die Pfeife und die wie durch ein Wunder wieder genesene Ursula nahm Caitlins Platz als Stürmer ein.

Caitlin eilte am Schulgebäude vorbei und starrte ihr Spiegelbild in den Fenstern, die zum Sportplatz zeigten, wütend an. Hinter ihnen befand sich das Computerzentrum, ein riesiger Raum mit brandneuen High-End-

Rechnern. Der Ort, an dem ihr Bruder den größten Teil seiner Zeit verbracht hatte.

Gegen ihren Willen stieg ein Bild von ihm in ihr auf.

Taylor war sogar für einen Neuntklässler klein und mager gewesen, und die Säume seiner Hosenbeine hatten immer auf dem Boden geschleift. Er war ein fröhliches Kind gewesen – entweder in seine Nintendo DS oder einen dicken Fantasywälzer vertieft. Aber dann war er in die Highschool gekommen. Für Caitlin, ein hübsches, sportliches Mädchen, war es kein großes Problem gewesen, dass sie zwei Adoptivmütter hatte. Für ihren uncoolen Bruder schon. Ein magerer koreanischer Junge, der sich nicht für Sport oder Alkohol interessierte – der soziale Klebstoff, der die Schüler von Beacon Heights zusammenhielt. Nolan und seine Freunde hatten Taylor bei lebendigem Leibe aufgefressen.

»Schatz?«

Sie drehte sich um. Josh war ihr nachgerannt, sein kurzes dunkles Haar war regennass. »Hey«, sagte er so vorsichtig, als sei sie ein ungezähmtes Tier. »Alles okay? Was war denn da los?«

»Alles okay«, erwiderte Caitlin achselzuckend. Sie zog ihre Sporttasche, die sie über der Schulter trug, näher und nahm ihre Schlüssel aus einer Seitentasche. »Ich sollte mich von Ursula einfach nicht provozieren lassen.« Sie machte eine Handbewegung in Richtung Fußballfeld. »Du kannst ruhig wieder zurückgehen und weiterspielen. Jedes Training ist eine wichtige Stufe auf dem Weg in die U-Dub.«

Aber Josh hielt mit ihr Schritt. »Gehst du heim?«

Caitlin befeuchtete sich die Lippen. »Zum Friedhof«, sagte sie spontan. »Ich will zu Taylor.«

Vielleicht hatte sie es sich auch nur eingebildet, aber es sah so aus, als hätte Josh einen Sekundenbruchteil lang das Gesicht verzogen. Aber dann war er wieder ganz der fürsorgliche Freund und sagte: »Ich fahre dich hin.«

Zwanzig Minuten später parkten Josh und Caitlin vor dem McAllister-Friedhof. Er war keine schlechte letzte Ruhestätte. Blick auf den See, schöner alter Baumbestand und kleine, gepflegte Pfade.

Aber als Caitlin sich abschnallte und aus dem Auto stieg, holte Josh sein Handy aus der Tasche, starrte darauf und sagte: »Scheiße. Ich glaube, der Anwerber von der U-Dub ruft mich gerade an.«

»Dein Handy klingelt doch gar nicht«, meinte Caitlin skeptisch.

Josh hielt das Telefon so, dass sie das Display nicht sehen konnte. »Ich hab's auf Lautlos. Geh du schon mal, ich muss da rangehen.«

Er hielt sich das Handy ans Ohr und meldete sich. Caitlin betrachtete ihn noch einen Moment, weil sie immer noch nicht sicher war, ob er wirklich einen Anruf erhalten hatte. Aber würde Josh tatsächlich einen Anruf vortäuschen, nur um nicht mit ihr auf den Friedhof gehen zu müssen?

Er hasste den Ort allerdings und war seit Taylors Tod nur einmal mit ihr hier gewesen. Danach hatte er keine Zeit mehr gehabt oder behauptet, er sei allergisch auf die Schnittblumen oder auf das Wetter … er hatte alle möglichen Ausreden gehabt. Caitlin dachte wieder an den kurzen Ausdruck von … was war es gewesen, Genervtheit?, den sie an der Schule auf Joshs Gesicht gesehen hatte, als sie Taylors Namen nannte. So reagierte er eigentlich ziemlich oft, wenn sie das tat, das musste Caitlin sich eingestehen. Aber sie wusste einfach nicht, wie sie ihn nach seinen Gefühlen fragen sollte – so eine Beziehung hatten sie nicht. Und vor Taylors Tod war das auch gar nicht nötig gewesen. Aber jetzt wünschte sie, sie könnte mit Josh darüber reden. Wenigstens ein bisschen.

Josh quasselte weiter in sein Handy, und schließlich gab Caitlin auf und überquerte den Parkplatz ohne ihn. Sie hätte den Weg zum Grab ihres Bruders auch mit verbundenen Augen gefunden: Vom Auto aus zwanzig Schritte geradeaus, dann dreiunddreißig Schritte nach links, und dann den kleinen Gang neben dem Grabstein entlang, auf dem die Statue eines Deutschen Schäferhunds prangte. Tommy Maroney, der im angemessen fortgeschrittenen Alter von zweiundachtzig Jahren gestorben war, hatte preisgekrönte Schäferhunde gezüchtet.

Und da war es: TAYLOR ANTHONY MARTELL-LEWIS. Er war zwei Tage nach seinem fünfzehnten Geburtstag gestorben.

»Hi«, sagte Caitlin leise und wischte mit dem Fuß ein paar vertrocknete Blätter vom Grab. »Tut mir leid, dass ich ein paar Wochen nicht da war. Ich hatte viel zu tun. Und dieser blöde Knöchel hat mich lahmgelegt.« Sie hielt ihr Bein hoch, um es ihm zu zeigen.

Ein Windstoß blies ihr das Haar ins Gesicht und Caitlin holte tief Luft. »Du hast es sicher gehört, oder?«, sagte sie halblaut. »Ich meine, wer weiß? Vielleicht hast du ihn … Nolan ja sogar gesehen, wo immer du auch sein magst. Obwohl ich das wirklich nicht hoffe.« Sie starrte auf ihre Finger. »Hör zu. Ich weiß nicht, was du von dort oben aus sehen kannst, wo du auch bist, und vielleicht hast du mich … bei ihm … gesehen an jenem Abend. Aber ich habe es für dich getan. Er durfte nicht damit durchkommen.«

Sie machte eine Pause, wie sie es immer tat, und stellte sich vor, dass Taylor, der immer so nachdenklich und in sich gekehrt gewesen war, ihre Worte verarbeitete. Dann räusperte sie sich. »Aber es macht mir nichts aus, dass es passiert ist. Und ich bin auch nicht Moms Meinung. Es war nicht genug, dass Nolan damit leben musste, was passiert ist. Er musste dafür büßen.«

Hätte Taylor noch sprechen können, dann hätte er ihr sicherlich darin beigepflichtet, dass Nolans Karma ihn eingeholt hatte. Als sie vom Training nach Hause gekommen und Taylors Abschiedsbrief an seiner Zimmertür gefunden hatte, war dies für sie ein Riesenschock gewesen. Später an jenem Abend war Caitlin in sein Zimmer gegangen, das immer noch nach ihm roch, und hatte dort ein Tagebuch gefunden, das ganz offen auf dem Bett lag. *Gründe dafür, dass der Tod besser ist als die Schule*, stand auf dem Deckblatt. Sie hatte es aufgeschlagen und gelesen: *17. September. Jemand hat eine Tüte mit Hundescheiße in meinen Spind gelegt. Ich vermute, N. 30. September: N. und seine Kumpel haben während des Sportunterrichts meine Klamotten geklaut und sie in die Toilette gestopft. Ich habe den ganzen Nachmittag lang nach Chlor gerochen. 8. Oktober: In*

*Bio haben mich heute alle Mädchen ausgelacht. Offenbar hat jemand Casey Ryan, dem hübschesten Mädchen des Jahrgangs, einen Liebesbrief geschrieben und meinen Namen daruntergesetzt.*

Das Schlimmste war, dass Caitlin nicht einmal mitbekommen hatte, was er durchmachte ... und sie waren in dieselbe Schule gegangen. Sie war zu sehr mit Josh und Fußball beschäftigt gewesen, um sich um ihren Bruder zu kümmern. Und Taylor hatte sie nie darauf angesprochen. Beim Abendessen oder am Wochenende beklagte er sich nie. Er ... hatte es einfach ertragen. Bis er eines Tages daran zerbrochen war.

Heiße Tränen stiegen ihr in die Augen. »Es tut mir so leid«, würgte sie hervor, starrte auf das Grab ihres Bruders und spürte, wie ihre Schuld sie zu ersticken drohte. »Ich wünschte, ich hätte es gewusst. Ich hätte nicht so egoistisch sein dürfen.«

»Cate?«

Caitlin zuckte zusammen und sah auf. Ein großer Junge in zerknitterten Skinny-Jeans und einem grauen T-Shirt kam auf sie zu. Einen Moment lang dachte sie, es sei Josh, aber dann wurde ihr klar, dass es Jeremy Friday war – Joshs jüngerer Bruder.

»H... hi«, sagte sie. »W... was machst du denn hier?«

Jeremy lächelte sie traurig an. »Wahrscheinlich dasselbe wie du.«

Caitlin blinzelte. Natürlich. Jeremy und Taylor waren Freunde gewesen. Wenn ihre Familien sich zum Abendessen trafen, verschwanden sie immer und spielten stundenlang Computerspiele.

Jeremy kniete sich neben Taylors Grabstein und stellte ein kleines Figürchen darauf. »Für dich, Alter«, sagte er leise. Dann ging er um den Grabstein herum und hob ein paar weitere Figürchen vom Boden auf. Sie waren zwar ausgeblichen und schlammig, aber er stellte sie neben die neue. Caitlin hatte sich schon oft gefragt, wer sie wohl auf den Grabstein gestellt hatte.

»Ist das eine Figur aus *Dragon Ball Z*?«, fragte sie.

Jeremy schaute sie an. »Woher weißt du das?«

Sie spürte, wie sie rot wurde. »Ich habe möglicherweise mit Taylor mal eine Folge gesehen. Oder fünfzig. Nur, um ihm Gesellschaft zu leisten natürlich.«

»Nicht, weil es dir womöglich gefallen hat«, neckte Jeremy sie lächelnd. »Weißt du, es ist okay, Anime zu mögen. Die Storys sind der Hammer. Viel besser als amerikanische Zeichentrickfilme.«

»Das stimmt«, nickte Caitlin und dachte daran, wie viel Spaß es ihr gemacht hatte, mit ihrem Bruder die Serie zu schauen. Sie hatten sich zusammen auf die Couch gefläzt, sich eine Schüssel Popcorn mit Pfeffer und Parmesan geteilt und darüber diskutiert, welche verrückte Maschine der Erfinder Bulma für sie hätte bauen können. »Schaust du das immer noch?«, fragte sie.

»Klar, aber nur noch online oder auf DVD«, sagte Jeremy. Er schaute sie an. »Wenn du mal Lust hast, melde dich einfach.«

Caitlin wurde wieder rot. »Ach, nein, danke.«

Jeremy schaute sie gelassen an. »Versteh schon. Ist nicht so Joshs Ding.«

Caitlin senkte den Kopf. Sie wollte ihm sagen, dass sie

und Josh nicht alles zusammen machten, aber das stimmte nicht.

Sie warf ihm einen heimlichen Seitenblick zu. Seine Gesichtszüge ähnelten denen von Josh – beide hatten warme braune Augen und hohe Backenknochen, aber Jeremys Gesicht war kantiger, die Nase und das Kinn spitzer. Die beiden waren so verschieden, Josh, der sportliche Mister Superbeliebt, und Jeremy, der Taylor so ähnlich war. Still, introvertiert, mehr an Büchern als an Sport interessiert. Wenn sie bei den Fridays war, saß er immer am Esstisch und las, während Josh und seine Kumpels *Madden* spielten.

Es war seltsam. Als Kinder hatten Caitlin und Jeremy sich im Campingurlaub ein Zelt geteilt und im Auto stundenlang »Ich sehe was, was du nicht siehst« gespielt. Jetzt waren sie beinahe Fremde.

Sie räusperte sich, betrachtete die Actionfiguren und dann Jeremy. »Du bist oft hier, stimmt's?«

Jeremy nickte. »Ich versuche es einmal die Woche zu schaffen.«

Caitlin stiegen neue Tränen in die Augen. »Ehrlich?«

»Natürlich«, sagte Jeremy und vergrub die Hände in den Hosentaschen. »Er fehlt mir.« Dann kniff er die Augen zusammen. »Müsstest du nicht beim Training sein?«

Caitlin ließ die Schultern hängen. »Ich habe Ärger mit der Trainerin.« Sie schaute wieder auf das Grab ihres Bruders. »Und dann musste ich einfach mit ihm reden.«

»Das Gefühl kenne ich«, sagte Jeremy leise.

Sie schluckte mühsam. »Manchmal frage ich mich, ob ich wohl jemals darüber hinwegkommen werde.«

Jeremy runzelte die Stirn. »Vielleicht musst du das gar nicht. Und vielleicht ist das auch in Ordnung.«

Etwas Besseres hätte er ihr gar nicht sagen können. Genau diese Worte hätte sie sich von Josh gewünscht. »Danke«, flüsterte sie.

»Wofür?«, fragte Jeremy überrascht.

»Dafür, dass du hierherkommst«, sagte Caitlin und zuckte hilflos die Achseln. »Dafür, dass du mit Taylor redest. Und weil du es verstehst.«

»Oh. Gern geschehen.« Jeremy stand auf und klopfte sich die Jeans ab. »Ich geh dann mal.«

Caitlin nickte, und ohne nachzudenken legte sie die Arme um Jeremy und drückte ihn an sich. Nach einer Schrecksekunde erwiderte er die Umarmung. Und in der Wärme seiner Arme wurde ihr klar, dass sie sich zum ersten Mal seit dem Tod ihres Bruders nicht so schrecklich allein fühlte wie sonst.

# *Kapitel 3*

Am frühen Donnerstagabend saß Mackenzie Wright auf dem Beifahrersitz des Autos ihrer besten Freundin Claire Coldwell. Sie trug einen Patchwork-Rock, hatte ihr wildes blondes Haar aus dem Gesicht gesteckt und summte Dvořáks Symphonie *Aus der Neuen Welt* mit. Mrs Rabinowitz, die Leiterin des Schulorchesters, bestand darauf, dass sie sich bis zu dem bevorstehenden Konzert Tag und Nacht mit dem Stück beschäftigten. Mackenzie bewegte abwesend die Finger mit der Melodie über ein imaginäres Griffbrett, als wäre ihr Cello bei ihr und nicht auf dem Rücksitz von Claires blauem Ford Escape verstaut.

»Hallo? Erde an Mackenzie.« Claire bewegte die Hand vor Mackenzies Brille.

Sie kehrte in die Realität zurück und merkte, dass Claire mit ihr gesprochen hatte. »Oh. Sorry. Ich bin heute irgendwie neben der Spur.«

Claire schaute Mac mitfühlend an und presste ihre makellos pinkfarbenen Lippen aufeinander. »Ich auch«, gestand sie. »Die Trauerfeier für Nolan war so schrecklich. Ich kann es kaum fassen, dass er einfach … nicht mehr da ist.«

Mackenzie schaute aus dem Fenster auf die unnatürlich grünen Rasenflächen vor den Häusern, an denen sie vorbeifuhren. Nolan war zwar weg, aber überall gab es noch Erinnerungen an ihn. Fotos an den Wänden, Nachrichtenbeiträge über seine »versehentliche Überdosis«. Die Bekanntmachung, dass sein Begräbnis am Sonntag stattfinden würde, in nur drei Tagen. Und die Versammlung? Puh ... Der Rektor hatte die Fotos von Nolans beschmiertem Gesicht gezeigt, die Mac selbst anonym in einem Internet-Café online gestellt hatte. In Beacon High, dem größten Schnellkochtopf der Welt, wurde sogar eine Trauerfeier zur Prüfungssituation.

Aber am schlimmsten waren Mackenzies eigene Erinnerungen an jenen Abend. »Können wir das Thema wechseln?«, murmelte sie.

»Klar. Hast du den Termin für dein Probespiel schon?«, fragte Claire.

Das Wort Probespiel grub sich wie ein weiterer eiszapfengleicher Angstsplitter in Mackenzies Herz. Claire redete über die Aufnahmeprüfung für die Juillard. »Äh, ja. Übernächsten Freitag um fünf.«

»Ja?« Claire richtete sich auf und schüttelte ihr kurzes lockiges Haar. An Mac hätte die Frisur schrecklich ausgesehen, aber Claire sah damit aus wie eine bezaubernde Elfe. Der Anflug eines Grinsens breitete sich auf Claires Gesicht aus. »Ich auch. Aber um vier. Direkt vor dir.«

Mackenzies Nacken wurde schweißnass. Sie und Claire hatten sich als Fünfjährige in einem Musik-Sommerlager für altkluge Vorschulkinder kennengelernt und waren seitdem unzertrennlich. Claire lag in ständigem Wettkampf mit Mac, ob es nun um die Position des ersten

Cellos ging oder darum, was sie am Freitagabend unternehmen würden. Aber sie war auch der einzige Mensch, mit dem Mackenzie so einiges gemeinsam hatte. Selbst in einer dermaßen auf Perfektion getrimmten Schule wie Beacon Heights verstanden nicht viele Menschen, welche Opfer sie für die Musik bringen mussten. Sie erzählten sich alles: In welche Jungen sie heimlich verliebt waren, welche Musiklehrer sie nicht mochten – und dass sie manchmal am liebsten alles hingeschmissen hätten.

Und jetzt bewarben sie sich beide um einen Studienplatz an der Juillard, obwohl das Konservatorium bislang noch nie zwei Cellisten von derselben Schule angenommen hatte. Wahrscheinlich würden sie es nicht beide schaffen. Und nach all dem, was sich im vergangenen Jahr zwischen ihr und Claire abgespielt hatte, war Mackenzie der Gedanke gar nicht so unrecht.

»Da sind wir.« Claire hielt vor dem Cupcake Kingdom, einem beliebten Café am Marktplatz von Beacon Heights. Der Nachmittagsregen hatte zwar aufgehört, aber der Asphalt war noch nass und glatt, und von den Bäumen und Straßenlaternen rann und tropfte Wasser auf die Gehwege. »Viel Spaß bei der Bandprobe.«

»Danke fürs Fahren«, sagte Mackenzie, öffnete die hintere Autotür und holte vorsichtig ihren Cellokasten heraus. Ihre Eltern hatten ihr versprochen, ihr ein deutsches Profi-Instrument zu kaufen, wenn sie es an die Juillard schaffte – das würde sie brauchen, wenn sie mit Profimusikern spielen wollte –, aber sie liebte das Cello, auf dem sie gerade spielte. Sie kannte jeden kleinen Kratzer, alle kleinen Macken in dem glänzenden Ahornholz, alle seine seltsamen Eigenheiten. Sie hatte ihm sogar einen Namen gegeben: Mumintroll.

»Kein Problem!«, rief Claire aus dem Auto. »Sag Blake, dass ich ihn liebe!«

»Na klar, das mache ich bestimmt«, murmelte Mackenzie, als Claire losfuhr.

Dann schaute sie durch das Fenster des Cupcake Kingdom. Und da war er. Er wischte gerade den Tresen ab und schaffte es, sogar in seiner rosa und weiß gestreiften Schürze sexy auszusehen. Blake Strustek, der Grund dafür, dass Claires und Macs Freundschaft einen Knacks bekommen hatte.

Mac hatte sich in der Mittelstufe mit Blake angefreundet und war in seine Band »Black Lodge« eingetreten. Sie probten einmal die Woche, aber erst in der zehnten Klasse war Mac klar geworden, dass sie mehr als nur Freundschaft für ihn empfand. Allerdings hatte sie keine Ahnung, was sie mit ihren Gefühlen anfangen sollte. Sie blieb länger bei den Bandproben, setzte alles daran, in denselben Kammermusikensembles auf Festivals zu spielen wie er, und auf Streicher-Freizeiten hielt sie sich so oft wie möglich in seiner Nähe auf. Claire war die Einzige, der sie gestand, dass sie in ihn verknallt war.

Deshalb war es auch so ein Schock gewesen, als Claire letztes Jahr während des Orchesterausflugs nach Disneyland zu ihr gekommen war. »Blake hat mich gerade geküsst«, hatte sie ihr atemlos verkündet. »Ich habe ihn aber nicht zurückgeküsst, weil ich weiß, dass du auch in ihn verliebt bist.«

»Auch?«, hatte Mackenzie wie betäubt wiederholt. Sie

dachte an Blakes breiten, geschwungenen Mund, an sein dickes welliges Haar. Seine hellblauen Augen mit den langen Wimpern und dem intensiven Blick. Mackenzie war schon seit einer Ewigkeit in ihn verliebt, das stimmte. Aber Claire hatte ihr nie gesagt, dass sie ihn auch mochte. Niemals.

»Ich sage ihm einfach, dass wir nicht zusammen sein können, okay? Dass du in ihn verliebt bist und ich deshalb nicht mit ihm ausgehen kann, weil das echt schräg wäre. Obwohl ich auch total in ihn verliebt bin«, redete Claire weiter.

»Nein!«, hatte Mackenzie entsetzt gekeucht. Es war schon schlimm genug, dass Claire in Blake verliebt war. Blake durfte nie erfahren, dass Mac ihn auch gut fand. »Ist schon okay«, sagte sie widerstrebend. »Du kannst ruhig mit ihm ausgehen.«

*Es ist besser so, und das weißt du auch*, sagte Mackenzie sich. Jungs lenkten nur von dem ab, was wirklich zählte. Aber das bedeutete nicht, dass sie Claire restlos vergeben hatte. Claire war ihre beste Freundin, ihre einzige Vertraute. Sie hätte es besser wissen müssen.

Blake sah Mac und öffnete die Tür. »Hi. Kommst du rein?«

Sie zeigte auf den Cupcake, der seine Brust zierte. »Schöne Schürze«, grinste sie.

Blake schnaubte. »Hey. Ein Kerl, der sich seiner Männlichkeit sicher ist, kann auch einen Cupcake auf der Brust tragen.« Er griff hinter sich und löste die Schürzenbänder. »Los, komm rein. Ich räume hier noch auf, dann können wir nach hinten gehen.«

Sie folgte ihm in den Laden, der aussah wie ein Candyland-Spielbrett. Die Wände waren mit pinkfarbener Glitzerfarbe gestrichen. Überall hingen bunte Poster mit Sprüchen wie: LASST SIE DOCH KUCHEN ESSEN! und DAS LEBEN IST SÜSS! Unter den schnörkeligen Wandlampen mit Milchglas waren zwei auf alt getrimmte Bistrotische und ein warmer, butteriger Duft ließ ihr das Wasser im Mund zusammenlaufen. In der Vitrine standen wunderschön glasierte Cupcakes in Reih und Glied. Sie trugen Namen wie »Dicker Elvis« oder »Kirschbombe«. Es waren nur noch wenige da – das Geschäft war heute offenbar gut gelaufen –, aber die übrig gebliebenen sahen immer noch lecker aus.

»Wo ist deine Schwester?«, fragte Mac, als Blake das Ladenschild auf »Geschlossen« drehte. Seine Schwester Marion hatte den Laden vergangenes Jahr eröffnet.

Blake verdrehte die Augen. »Hat sich heute freigenommen. Wahrscheinlich ist sie im Nagelstudio.«

»Lass mich raten: Mani-Pedi in Grellpink?«

»Mit Sicherheit.« Marion war besessen von der Farbe – sie hatte sogar rosarote Strähnchen im Haar.

Blake knüllte seine Schürze zusammen, warf sie nach hinten und grinste schelmisch. »Weißt du noch, als wir mit ihr gewettet haben, sie würde es nicht schaffen, einen Tag nur Schwarz zu tragen?«

Mac fing an zu lachen. »Ich dachte, sie trifft gleich der Schlag.«

»Die guten alten Zeiten, Macks«, sagte Blake. Als er ihren alten Spitznamen aussprach, ruhte sein Blick einen Augenblick zu lang auf ihr. Sie schob ihre schwarze

Hornbrille hoch und starrte schuldbewusst auf den Boden. Diese Erinnerungen stammten aus der Zeit vor Blakes Beziehung zu Claire. Aus der Zeit, in der er Mac allein gehört hatte.

Er öffnete die Tür zum Hinterzimmer. Mackenzie folgte ihm durch eine enge Industrieküche voller Mixer und Schüsseln, und dann durch weitere Schwingtüren in einen mittelgroßen Lagerraum. Riesige Säcke mit Mehl und Zucker, Kartons voller Servietten und Cupcake-Förmchen und Stapel von Rechnungen lagen auf den Regalen. In der Mitte des Raums war gerade noch genug Platz für ein Schlagzeug, ein paar Stühle und einen Verstärker. Blakes Geigenkasten lag offen auf einem niedrigen Aktenschrank.

»Wo sind die anderen?«, fragte Mac und schaute sich um. Sie würden sich ja wohl kaum hinter den Regalen versteckt haben.

Blake verzog das Gesicht und zählte an seinen Fingern ab: »Javier musste für die SATs lernen. Dave schreibt seinen Bewerbungsessay für Yale zum fünften Mal um, und Warren hat ein – ich zitiere – ›Ding mit einer Lady‹, aber ich glaube, sie lernen nur zusammen auf die Chemieklausur.« Er seufzte. »Heute Abend sind wir also nur zu zweit.«

Mackenzie schluckte. Sie und Blake … allein? Das war seit seinem ersten Kuss mit Claire nicht mehr vorgekommen.

Sie zwang sich, sich normal zu verhalten. Sie setzte sich, und sie begannen, die Setlist für ihr nächstes Konzert durchzuproben. Es waren auch Covers dabei – Coldplay,

Mumford & Sons, sogar ein Beyoncé-Arrangement – aber die meisten Songs hatte Blake geschrieben. Er war am Anfang des elften Schuljahrs aus dem Orchester ausgetreten, aber er war dennoch der talentierteste Musiker, den Mac kannte.

Sie spielte und spielte und versuchte sich in die berauschende Stimmung zu versetzen, die sie immer bekam, wenn sie im Flow war. Dafür lebte sie: Musik zu machen, Musik zu spüren. Sie spielte seit ihrem fünften Lebensjahr Cello. Ihre Eltern hatten ihr »The Young Person's Guide to the Orchestra« vorgespielt und ihr gesagt, sie dürfe sich aussuchen, welches Instrument sie lernen wollte. Beide waren dabei natürlich nicht frei von Eigennutz gewesen: Ihre Mutter spielte Querflöte im Seattle Symphony Orchestra, und ihr Vater war ein professioneller Klavierbegleiter, der schon mit Yo-Yo Ma, James Galway und Itzhak Perlman gearbeitet hatte.

Mackenzie hatte sich für das Cello entschieden – sie liebte den warmen, vollen Klang und den enormen Tonumfang, den das Instrument hatte. Wenn sie konzentriert spielte, wurde sie zu einem Teil der Musik und ihr Instrument zu einem Teil ihres Körpers. Beim Spielen vergaß sie beinahe die große Spanischprüfung, für die sie noch nicht gelernt hatte, oder das wichtigste Vorspiel ihres Lebens. Oder Nolan.

Beinahe.

Seit Mac Claire und Blake beim Frühlingskonzert zum ersten Mal Hand in Hand gesehen hatte, mied sie die beiden – aber es war ihnen gar nicht aufgefallen. Sie hatte sich im luftigen Musikzimmer ihrer Eltern eingeigelt und alle Stücke in ihrem Repertoire wieder und wieder gespielt. Ihre Eltern waren begeistert gewesen. Niemandem schien aufzufallen, wie einsam sie war.

Aber eine Woche nachdem Blake und Claire ihr das Herz gebrochen hatten, war Nolan Hotchkiss auf dem Flur auf sie zugegangen. »Du bist Mackenzie, stimmt's?«, hatte er gefragt.

»Genau«, hatte sie schüchtern geantwortet.

Sein Lächeln wurde breiter. »Du siehst heute sehr süß aus«, sagte er. Und dann drehte er sich auf dem Absatz um und ging.

Der Nolan Hotchkiss. Kapitän der Lacrosse-Mannschaft und Jahrgangsbester. Der attraktive, selbstbewusste Nolan mit seinem kantigen Kiefer und dem verführerischen Lächeln. Und er fand Mac süß?

Plötzlich kam ihr Blake gar nicht mehr so toll vor. Die eine Bemerkung führte zu einer Unterhaltung in der Mittagspause ... zu SMS ... und dann zu einem richtigen Telefongespräch. Mac hatte zwar Blake verloren, aber vielleicht war das gar nicht so schlimm? Vielleicht hätte sie ihre Ziele von Anfang an nicht so niedrig stecken sollen?

Also sagte sie zu, als Nolan sie zum Essen ins *Le Poisson*, das extravaganteste Restaurant von Beacon Heights, einlud und ihr sagte, sie »solle ein Kleid anziehen«.

Nolan war so charmant bei ihrem ersten Date ... und beim zweiten ebenfalls. Also zögerte sie kaum, als er sie darum bat, ihm ein paar spezielle Fotos zu schicken. Sie posierte ... und drückte dann schnell auf »Senden«, bevor sie der Mut verließ.

Erst als er am nächsten Tag vor ihrer Tür stand, wurde ihr klar, dass er sie reingelegt hatte.

»Danke«, sagte er und hielt ihr etwas vor die Nase. Es waren die Fotos, auf Glanzpapier ausgedruckt. Der größte Teil ihres Körpers war hinter ihrem Cello versteckt, aber es war offensichtlich, dass sie nackt war. Mac schaute an ihm vorbei zu seinem Auto. Seine Freunde hingen aus den Fenstern und lachten sie aus. Ihr rutschte das Herz in die Magengrube.

»Ich wollte dir nur sagen, dass ich dank dir eine wichtige Wette gewonnen habe«, kicherte Nolan. Dann warf er Mac etwas zu – ein Bündel Geldscheine. Bevor sie kapierte, was eigentlich passiert war, und ihm das Geld ins Gesicht schleudern konnte, drehte er sich um und ging johlend zu seinem Auto zurück. Die Bilder hatte er in die Hosentasche gesteckt.

Als Mac wieder klar im Kopf war, hatte sie das Geld im Hintergarten verbrannt. Und danach tagelang geweint.

Kein Wunder, dass sie Rache gewollt hatte.

Als sie das Stück beendet hatte und die Augen wieder öffnete, starrte Blake sie an. »Das war … wow.«

Mac rieb sich das Gesicht und versuchte sich aufs Hier und Jetzt zu konzentrieren. Sie war so in die Musik versunken gewesen, dass sie Blake völlig vergessen hatte. Sie schaute weg. Sein Blick war zu intensiv, zu vielsagend.

»Warum machst du das immer?«, fragte er.

Sie schaute ihn wieder an. »Was denn?«

»Wegsehen. Dich verstecken.« Er beobachtete sie konzentriert und seine Augen leuchteten blau. »Ich kapiere das einfach nicht. Wenn du spielst, dann wirkst du so …

so selbstsicher. Als könnte dich nichts aus der Ruhe bringen. Aber sobald du aufhörst, wirst du wieder leise und verschließt dich. Es ist so, als würdest du den besten Teil von dir für die Musik aufsparen.«

Farbe stieg ihr in die Wangen und ihr Herz hämmerte. »Ich verberge gar nichts.«

»Nein?« Er streckte die Hand aus, nahm ihr vorsichtig die Brille ab, klappte die Bügel ein und legte sie auf den Verstärker. Mac blinzelte. Ohne ihre Brille verschwamm die Welt um sie herum – aber Blake war ihr so nah, dass sie ihn glasklar sehen konnte. Sein Blick wanderte langsam über ihre Gesichtszüge, als versuche er sie auswendig zu lernen.

»Weißt du überhaupt, wie schön du bist, wenn du spielst?«

Und dann lagen zu ihrem Schreck plötzlich seine Lippen auf ihren. Sanft und doch entschlossen.

Einen Moment lang blieb sie wie erstarrt sitzen. Sie war viel zu verwirrt, um zu reagieren. Blake schmeckte schwach nach Schokolade und Erdnussbutter, sein unrasierter Kiefer fühlte sich an ihrem Kinn leicht kratzig an. Mac wusste, dass sie eigentlich zurückweichen sollte, aber bald fiel alles von ihr ab. Ihre Nervosität, ihre Sorgen, die Sache mit Nolan. Es fühlte sich einfach … richtig an.

In diesem Moment ertönte ein Feist-Song aus Blakes Handy. Mac kannte den Klingelton: Claires Lieblingslied. Sie zuckte zurück, ihre Wangen brannten.

Blake wich ebenfalls zurück und wirkte plötzlich schuldbewusst. »Mist.«

Er ging auf unsicheren Füßen zur Küchentür, aber Mac hörte noch, wie er sagte: »Hallo, Schatz, was gibt's?«

Sie blieb wie angewurzelt sitzen. Ihre Lippen schmeckten noch nach Erdnussbutter. Sie fühlte sich, als habe Claire sie durchs Telefon gesehen. Als wisse sie Bescheid.

Sie schoss hoch, packte ihre Sachen und stahl sich aus dem Laden, bevor Blake sie aufhalten konnte. Als sie die Ladentür aufriss, klingelten die Glöckchen Sturm. Sobald sie draußen stand und der Regen ihr das Gesicht einnebelte, begriff sie, was da eigentlich gerade passiert war.

Sie hatte den Freund ihrer besten Freundin geküsst. Und es hatte ihr gefallen.

# Kapitel 4

In dem Augenblick, als die Schulglocke zur vierten Stunde läutete, glitt Ava Jalali auf ihren Platz im Filmunterricht. Sie war auch sonst immer recht spät dran, aber sie hatte in dieser Woche so viel im Kopf gehabt, dass sie noch unpünktlicher war als sonst.

»Ganz schön knapp, Miss Jalali«, sagte Mr Granger, aber ihr war klar, dass er sie nur aufzog. Mr Granger gehörte zu den jüngsten Lehrern der Schule und war erst vor einem Jahr mit dem Studium fertig geworden. Er konnte nicht einmal so tun, als sei er eine Autoritätsperson, schließlich waren seine Schüler nur fünf Jahre jünger als er.

Ava richtete ihr Tausend-Watt-Lächeln auf ihren Lehrer. »Sorry, Mr Granger. Schlange vor dem Snackautomaten. Hey Leute, es gibt wieder Twix!«

Ihre Mitschüler lachten und ihr Freund Alex drehte sich zu ihr um und zwinkerte ihr zu. Ein anderer Lehrer wäre vielleicht wütend geworden, aber Mr Granger ließ ihr so etwas durchgehen, und deshalb mochte Ava ihn auch. Er lächelte sie verhalten an.

»Na, wenn damit der Süßwarennotstand ein Ende hat, können wir uns jetzt ja auf den Unterricht konzentrieren.« Er nahm ein Stück Kreide und schrieb in seiner schlampigen Schrift auf die Tafel: *Moral und Ethik im Kriminalfilm.* »Wir beginnen heute mit einer neuen Unterrichtseinheit.«

Ava blätterte eine Seite in ihrem Block um und zückte den Stift, um mitzuschreiben. Sie wollte unbedingt an etwas anderes denken als an Nolan. Im Flur hing alle paar Meter ein Foto von ihm und die Trauerfeier gestern hätte sie beinahe nicht durchgehalten. Filmwissenschaft war ihr Lieblingsfach. Ursprünglich hatte sie sich nur dafür eingeschrieben, weil es nach einer leicht verdienten Eins klang – und der Chance, das ganze Semester lang Filme anzuschauen. Aber sie interessierte sich wirklich für die Klassiker, die sie durchnahmen. Bisher hatten sie über die Darstellung von Frauen im frühen Horrorfilm gesprochen, darüber, wie Bugs-Bunny-Cartoons im Zweiten Weltkrieg als Propaganda eingesetzt worden waren, und über Identität und Trauma im Psychothriller. Es gab so viel zu lernen. Selbst unter der schillernden, glamourösen Oberfläche eines simpel gestrickten Blockbusters fanden sich oft verborgene Bedeutungsebenen.

Genau wie bei ihr, dachte sie.

Ava hatte die Schule nicht immer ernst genommen. In der Neunten hatte sie geglaubt, Lernen sei nur etwas für Loser. Nerds. Freaks. Hässliche Entlein. Ava war wunderschön und das wusste sie auch. Sie war halb persischer, halb irischer Abstammung, hatte auffallend schöne mandelförmige Augen, glatte karamellfarbene Haut und eine schlanke Figur mit beeindruckenden Kurven. Sie hatte sogar schon ein paarmal gemodelt, für eine exklusive

Make-up-Marke aus Seattle und die Werbekampagne eines Kaufhauses, für die sie sich in hautenge Designerjeans gezwängt hatte. Es war ihr völlig egal, ob sie in Yale oder Stanford angenommen wurde – vielleicht musste sie ja gar nicht aufs College gehen.

Aber dann war ihre Mom eines Abends auf dem Heimweg von der Uni von einem betrunkenen Fahrer angefahren und tödlich verletzt worden. Ihre Mutter war immer davon überzeugt gewesen, dass Ava klüger war, als ihre Zeugnisse es vermuten ließen. Jedes Mal wenn Ava mit einer mittelmäßigen Note nach Hause kam, verteidigte sie sie vor ihrem Dad: »Sie muss noch herausfinden, wer sie ist, Firouz. Sie hat zwar ein großartiges Vorbild auf dem Gebiet brillanter Intelligenz« – sie zeigte dann immer scherzend auf sich selbst – »aber niemand in dieser Familie kann ihr zeigen, wie man gleichzeitig brillant und wunderschön ist. Diese Last muss sie alleine tragen.« Dann musste Avas Dad immer lachen und der Sturm verzog sich.

In dem Vakuum nach dem Tod ihrer Mutter hatte Ava zum ersten Mal in ihrem Leben das Bedürfnis, zu lernen. Und es stellte sich heraus, dass ihre Mom recht gehabt hatte – sie war tatsächlich schlau. Ihr Dad bemerkte die Veränderung in ihrem Verhalten und ihrem Notendurchschnitt und sagte ihr oft, wie stolz er auf sie war. Die Lehrer begannen, sie ernst zu nehmen.

Zumindest bis Nolan Hotchkiss all ihre Bemühungen zunichtemachte.

»Das Krimi-Genre hat im Laufe der Jahre etliche Male seine Form geändert, um der sich wandelnden amerikanischen Moral immer einen aktuellen Spiegel vorhalten zu können.« Mr Grangers Stimme holte Ava in die Gegenwart zurück. »Eine Menge Krimis beschäftigen sich mit einer moralischen Grauzone, in der die Helden sich wie Verbrecher verhalten müssen und umgekehrt. Einige lieben genau diesen Aspekt am Kriminalfilm – und andere hassen ihn.«

Ava schaute auf ihre Notizen. Sie hatte die Wörter *Helden, Verbrecher* und *hassen* aufgeschrieben, und mit einem mulmigen Gefühl wurde ihr klar, dass das Wort *hassen* beinahe genauso aussah wie das Wort *Hass*, das sie letztes Wochenende auf Nolans Gesicht gekritzelt hatte. Und das Foto davon kursierte seitdem in Zeitungen, Zeitschriften und national gelesenen Blogs. Sie blätterte schnell um, bevor es jemandem auffiel.

»Bevor wir mit diesem Thema weitermachen, bekommt ihr eure Aufsätze über *Und dann gab's keines mehr* zurück.«

Alle Schüler setzten sich mit plötzlicher Aufmerksamkeit auf, wie die meisten Kids, wenn ein Lehrer ihnen eine Arbeit zurückgab. Ava wusste, dass es in den nächsten Minuten strahlende Lächeln geben würde ... und ein paar Tränen. Ja sogar ein Fach wie Filmwissenschaft zählte. An der Beacon zählte jede Note.

»Einige haben sehr gute Arbeiten abgeliefert«, murmelte Mr Granger und nahm einen Aufsatz vom Stapel. Ava war sich sicher, dass Mr Grangers Worte an sie gerichtet waren, und sie setzte sich noch gerader hin. »Aber ein paar von euch müssen sich noch ein bisschen mehr anstrengen. Die moralischen Fragen, die dieser Film aufwirft, sind kompliziert und sogar subversiv. Ich möchte, dass ihr in der nächsten Einheit eure Argumente noch besser verteidigt.« Mr Granger nahm sich den Aufsatzstapel und begann, die Arbeiten zu verteilen.

Als er bei Ava ankam, legte er ihren Aufsatz mit dem Gesicht nach unten auf ihr Pult. Ava drehte ihn um, gespannt auf seine Anmerkungen. Aber als sie die grellrote Drei auf dem Titelblatt sah, stockte ihr der Atem.

Eine Drei? Nicht zu glauben. Sie strengte sich in diesem Fach wirklich an, schaute zu Hause langatmige Interviews mit Regisseuren und las online Artikel über Filmtheorie. Für ihre Essays über die ersten beiden Filme, die sie durchgenommen hatten – *Psycho* und *Vertigo* –, hatte sie glatte Einsen bekommen. Andererseits hatte sie den Aufsatz zu *Und dann gab's keines mehr* auch nach der gruseligen Gruppendiskussion im Unterricht geschrieben – und nachdem sie Nolan auf seiner Party nach oben gelockt hatte. Sie erinnerte sich daran, wie schwer er sich auf sie gestützt hatte, und an den Biergeruch seines Atems, als er versucht hatte, sie zu küssen. An den Moment, in dem seine Muskeln erschlafften …

Sie schüttelte den Kopf. Sie wollte auf keinen Fall an Nolan, den Film oder das, was sie getan hatte, denken.

»Was hast du gekriegt?«

Sie schaute auf und sah Alex, der sich zu ihr umgedreht hatte. Seine Miene veränderte sich, als er merkte, wie verstört sie war.

»Äh, nicht so gut«, murmelte sie.

»Das macht doch nichts. Vielleicht kannst du ihn noch mal schreiben. Wir könnten uns den Film noch mal gemeinsam ansehen …«

»Nein«, sagte Ava schnell und verwünschte sich, als sie den verletzten Ausdruck in seinen warmen braunen Augen sah. Sie wollte diesen Film in ihrem ganzen Leben nicht noch einmal sehen. »Sorry. Es ist nur …«

»Miss Jalali. Wenn es Ihnen nichts ausmacht, würde ich gerne weitermachen.« Mr Granger betrachtete sie und Alex mit einem Stirnrunzeln und Alex drehte sich schnell wieder nach vorne um.

Ava hörte den Rest des Vortrags kaum. Sie blätterte ihren Aufsatz durch und starrte auf die roten Anmerkungen. *Warum kommst du nicht zum Punkt?*, hatte Mr Granger neben einen Absatz geschrieben. *Dieses Argument ist nicht stichhaltig*, stand neben einem anderen. Sie war am Boden zerstört. Es war schon so lange her, dass sie eine Drei bekommen hatte. Die Note kam ihr vor wie ein Schandmal, und sie stopfte den Aufsatz schnell in ihre Hervé-Chapelier-Umhängetasche, weil sie ihn nicht mehr sehen wollte.

Endlich klingelte es zur Mittagspause. »Für die nächste Unterrichtseinheit bilden wir neue Gruppen«, rief Mr Granger den Schülern noch zu, die bereits aufgestanden waren und ihre Sachen packten. »Nächste Woche beginnen wir ein neues Projekt. Macht euch bereit.«

Gott sei Dank, dachte Ava, schaute hoch und sah, dass sich auf den Gesichtern der anderen Mitglieder ihrer Arbeitsgruppe ihre Erleichterung widerspiegelte. Julie seufzte hörbar. Mackenzie trommelte mit den Fingern auf den Tisch. Ava wandte den Blick ab. Sie hatte nichts gegen diese Mädchen, aber sie wollte das gesamte Projekt – und das, wozu es geführt hatte – ein für alle Mal hinter sich lassen. Sie wusste, dass das nicht fair von ihr war, aber wenn diese Mädchen und dieses vermaledeite Gespräch nicht gewesen wären, säße sie jetzt nicht in der Patsche. Sie hätte keine miese Note bekommen. Sie würde nicht von Schuldgefühlen zerfressen.

Und vielleicht wäre Nolan noch am Leben.

# Kapitel 5

Am Freitagabend ging Julie Redding zu Matthew Hills Haus. Es war zwar groß und herrschaftlich, und es gab mehr als genug Bier und Partysnacks, aber mit Nolan Hotchkiss' Sause von letzter Woche war diese Party trotzdem nicht zu vergleichen.

Julie erschauderte, als dunkle Erinnerungen in ihr aufstiegen. Aber sie zwang sich, sie schnell beiseitezuschieben. Sie wollte jetzt definitiv nicht an Nolan denken.

Sie schob das Tor zum Hintergarten mit der Schulter auf und spürte das Kribbeln in ihrer Brust, das sie vor jeder Party spürte. *Wird alles gut laufen? Wird mich heute jemand durchschauen? Wird jemand erraten, was mit mir los ist?* Also tat sie das, was sie in solchen Situationen immer machte, und wendete den Beruhigungstrick an, den sie vor Jahren mal in dem Buch *Zen: Der Weg zur inneren Ruhe* gelesen hatte: Sie zählte, sie atmete bewusst, sie versuchte ihren Geist zu beruhigen. Eins. Zwei. Drei. Vier. Fünf. Dann schüttelte sie ihre Hände aus, holte tief Luft und setzte ihr strahlendstes Lächeln auf. Ihr Party-Lächeln. Das *Ich-bin-Julie-und-alle-lieben-mich*-Lächeln.

Das pulsierende Wummern eines Dubstep-Tracks, unterbrochen von Gelächter und Gejohle, begrüßte sie. In dem steinernen Brunnen lagen bereits etliche rote Plastikbecher und ein iPhone. Ein paar Kids saßen auf den Gartenstühlen, redeten angeregt miteinander, während der Rauch ihrer Nelkenzigaretten sich in der Luft kräuselte. Als die Gäste Julie sahen, hellten sich ihre Gesichter auf, und sie winkten ihr zu.

»Du siehst toll aus!«, säuselte Renata Thomas, ein zartes Mädchen, das die Gymnastikgruppe leitete.

»Jules!«, rief Helene Robinson aus dem Chemieunterricht und drückte sie fest an sich. Danach wurde sie von drei weiteren Mädchen umarmt. Julie atmete den fruchtigen Duft ihres Shampoos ein und nahm ihre liebevollen Umarmungen hin. Als sie endlich im Innern des Hauses war, kam es ihr vor, als habe jeder Partygast sie einzeln begrüßt.

Julies Pulsschlag verlangsamte sich. Natürlich würde alles gut gehen. Sie musste sich keine Sorgen machen, denn niemand würde herausfinden, was sie alles verbarg. Alle *liebten* sie und so würde es auch bleiben.

Sie hatte schon früh gelernt, wie sie ihre Mitmenschen dazu bringen konnte, sie zu bewundern. Das war ihr im Lauf der Jahre oft sehr nützlich gewesen – denn wenn die Leute damit beschäftigt waren, Julie wegen ihres Esprits, ihres Stils und ihrer Freundlichkeit Aufmerksamkeit zu schenken, dann hatten sie keine Zeit dafür, zu bemerken, dass einiges an ihr … seltsam war. Dass sie nie jemanden zu sich nach Hause einlud, zum Beispiel. Dass niemand wusste, wo genau sie eigentlich wohnte. Aber das störte niemanden, weil Julie eine gütige Bienenkönigin war, im Gegensatz zu vielen anderen reichen, versnobten Schülern der Beacon Heights High. Sie machte es den Leuten leicht, sie zu mögen – also taten sie es.

»Oh mein Gott, Julie!«, riss sie eine laute Stimme aus ihren Gedanken. »Wir sind Zwillinge! Wie irre ist das denn?«

Julie starrte in die Augen von Ashley Ferguson, einer Elftklässlerin. Sie war die einzige Person, bei der Julie sich enorm Mühe geben musste, um freundlich zu bleiben.

Zumindest glaubte Julie, dass Ashley vor ihr stand – denn eigentlich kam es ihr eher so vor, als sehe sie in einen Spiegel. Die beiden Mädchen waren ungefähr gleich groß und gleich schwer, und Ashley hatte vor Kurzem ihr Haar in einem Rotbraun gefärbt, das Julies natürlicher Haarfarbe auffallend glich. Sie hatte auch denselben nussbraunen Glitzerlidschatten und neutralen Lipgloss aufgetragen wie Julie. Und außerdem – und wie sie das geschafft hatte, war Julie ein Rätsel – trug sie genau das gleiche BGBC-Kleid wie sie. Ihre Schuhe unterschieden sich – Ashleys waren von Jimmy Choo, während Julie ein paar Slingbacks von Nine West trug, die sie im Ausverkauf ergattert hatte.

Es kam durchaus vor, dass andere Mädchen Julies Stil kopierten. Wenn Julie an einem Freitag blauen Nagellack zur Schule trug, lief am darauffolgenden Montag die halbe Schule damit herum. Normalerweise genoss Julie ihre Macht über ihre Mitschülerinnen, aber wenn Ashley sie kopierte, erinnerte sie das eher an die Verrückte aus *Weiblich, ledig, jung sucht …* Das Mädchen gab sich solche Mühe, ihr zu gleichen, dass es fast peinlich war. Ihr

Therapeut Elliot Fielder würde wahrscheinlich sagen, dass Ashley Julies Angst verkörperte, was aus ihr werden würde, wenn ihr Geheimnis jemals ans Licht käme: verachtet, uncool, *verzweifelt*.

Sie fragte sich, ob Parker sie auch so betrachtet hatte. Als Julie im sechsten Schuljahr nach Beacon Heights gezogen war, hatte sie sofort erkannt, dass Parker – blond, pfirsichhäutig und furchtlos – die Freundin war, die sie brauchte. Es dauerte ein paar Wochen, aber Julie schaffte es, in Parkers Clique aufgenommen zu werden, und bald war sie ihre beste Freundin. Beide waren schön und extrovertiert, perfekte Partner für den Platz an der Spitze der Beliebtheitspyramide. Aber obwohl sie täglich miteinander sprachen und Julie schon oft bei Parker übernachtet hatte, war Parker noch nie bei ihr gewesen. Julie sagte, ihre Mom sei zu streng dafür, und Gott sei Dank hatte Parker das nie hinterfragt.

Aber dann kam der Abend, an dem Julies Geheimnis Parker fast das Leben gekostet hätte. Und seit diesem Zeitpunkt waren die beiden ehrlich zueinander.

Ashley schaute Julie immer noch erwartungsvoll an. »Ja, total irre«, sagte Julie tonlos und starrte auf ihr Handy-Display. Für Julies Verhältnisse war das extrem unfreundlich.

»Alarmstufe Rot«, flüsterte Nyssa Frankel, packte ihren Arm und zog sie nach links weg. »Weg hier, bevor diese Irre dir die Haare abschneidet und sie sich auf den Kopf klebt, okay?«

Julie kicherte und ließ sich von Nyssa wegziehen. Sie warf Ashley noch einen Blick zu. Sie stand mit gerunzelter

Stirn an ihrem Platz. Offenbar war ihr bewusst, dass sie gerade eine ordentliche Abfuhr bekommen hatte.

»Ich wünschte, sie würde jemand anderen kopieren«, murmelte Julie Nyssa ins Ohr, während sie wieder nach draußen schlenderten.

Nyssa zündete sich eine Zigarette an und der Duft von Tabak erfüllte die Luft. »Ach, Stilklau ist die höchste Form der Verehrung«, sagte sie, blies den Rauch aus und schüttelte ihre braunen Locken. Sie bot Julie einen Zug an, aber die schüttelte den Kopf.

»Alle wissen, dass sie eine Loserin ist.« Nyssa drückte Julies Arm. »Soll ich ein hässliches Foto von ihr auf Instagram posten? Oder ein Gerücht über sie in die Welt setzen?«

»Nein, danke«, sagte Julie, aber es freute sie, dass Nyssa auf ihrer Seite stand. Seit Parker nicht mehr Parker war, hatte Nyssa ihren Platz eingenommen und war nun Julies rechte Hand.

Nyssa schaute sich um, die Hände in die Hüften gestemmt. »Abgefahrene Party, was?«

»Krass«, nickte Julie. Durch die raumhohen Fenster sah sie ein paar Kids wild im Wohnzimmer tanzen und im Rhythmus der Musik auf und ab springen. Ein Junge in einem Seahawks-Sweatshirt hielt einen anderen im Würgegriff, aber beide lachten. Auf der überdachten Terrasse lag ein zerbrochener Blumentopf und offensichtlich waren Gäste durch die verstreute Erde gelaufen und hatten sie ins Haus geschleppt. James Wong, Zev Schaeffer und Karen Little spielten auf einem Klapptisch im Garten Deckelteckel.

»Heute sind wirklich alle hier«, murmelte Nyssa und bahnte sich mit den Ellbogen einen Weg durch ein Grüppchen Kids.

Julie sah sich um. Dort stand Ava, die aussah wie ein Supermodel und mit Alex Händchen hielt. Caitlin trug ein schlichtes gestreiftes Kleid und stand lachend zwischen ihren Mannschaftskameradinnen. Sogar Mackenzie war mit ihrer Freundin Claire und Claires Freund Blake hier. Aber es waren trotzdem nicht alle da. Nolan fehlte. Und Parker.

Julie hatte nicht damit gerechtet, Parker hier zu sehen. Es war unglaublich cool gewesen, dass sie auf Nolans Fest aufgetaucht war – aber sie war nicht zum Vergnügen dort gewesen. Julie war plötzlich traurig. Parker hatte so viel durchgemacht – natürlich hatte sie sich verändert, und natürlich fiel es ihr schwer, ihr Leben wieder auf die Reihe zu kriegen. Und nach der Sache mit Nolan schien es Parker schlechter zu gehen als je zuvor.

Jessa Cooper und Will Mika, zwei Redakteure der Schulzeitung, standen neben Julie und Nyssa und unterhielten sich flüsternd. »Online findest du sie noch. Du musst nur fleißig genug suchen«, sagte Will gerade.

»Du hast sie dir wirklich angeschaut?« Jessa riss die Augen auf. »Nolans Leiche?«

Julies Magen hob sich. Sie wusste genau, von welchen Fotos sie sprachen.

»Das haben doch alle gemacht«, sagte Will achselzuckend.

Julie räusperte sich. »Woher wisst ihr, dass er schon tot war, als diese Fotos gemacht wurden?«

Beide drehten sich zu ihr um. Als sie Julie erkannten, zeigten sich Ehrerbietung und Respekt auf ihren Gesichtern. Schließlich war sie Julie Redding und sie selbst waren erst in der Elften.

»Na ja, ich weiß es natürlich nicht sicher«, gab Will zu. »Aber ich meine, warum hätte die Schule die Bilder sonst entfernen lassen?«

»Vielleicht, weil jemand fiese Sachen auf Nolans Gesicht geschrieben hat?«, meldete sich Jessa zu Wort. »Wer das wohl war?«

Nyssa schnaubte. »Ich würde auf Mark Brody tippen«, sagte sie. Mark war Nolans Freund aus der Lacrosse-Mannschaft. »Jungs spielen sich doch ständig so blöde Streiche.«

Julies Herz klopfte schnell. Sie wusste, wer Nolan beschmiert hatte, und es war nicht Mark gewesen. Sie drehte sich weg und stieß dabei mit jemandem zusammen. Kaltes Bier lief ihr über den Rücken und auf ihre Schuhe. Julie schrie auf und sprang zur Seite.

Als sie sich umdrehte, stand sie direkt vor Carson Wells, dem Neuen aus Australien. Er galt an der Beacon als mysteriös und geheimnisvoll. Die einzige unzweifelhafte Tatsache über ihn war, dass er unglaublich gut aussah. Er hatte kaffeefarbene Haut, raspelkurz abrasiertes Haar, olivgrüne Augen und einen sexy Akzent.

»Oh Mann, das tut mir leid«, sagte er.

»Ist schon gut«, hauchte Julie, und Carson schnappte sich ein paar Servietten und begann ihre Schuhe abzutupfen. »Ach herrje«, sagte Julie, plötzlich verlegen. »Lass das doch. Du hast mich kaum erwischt.«

»Sicher?« Carson stand wieder auf. Er sah sie noch immer reuevoll an. »Du bist Julie, richtig?«

»Richtig«, sagte Julie leise.

»Ich bin Carson«, sagte er. Dann schaute er in seinen jetzt leeren Plastikbecher. »Ich sollte den mal auffüllen, was? Soll ich dir auch ein Bier holen?«

Julie stieg das Blut in die Wangen. »Das wäre sicher angemessen.«

Sie gingen zum Ende der Bierschlange, die vom Wohnzimmer aus bis zum Bad reichte. Hier dröhnte laute Musik aus den Lautsprechern, und ein riesiger Flachbildschirmfernseher lief, allerdings auf stumm geschaltet.

»Ist das hier deine erste Party in Beacon?«, fragte Julie.

Carson schüttelte den Kopf. »Ehrlich gesagt war die von letzter Woche die erste. Die bei Nolan.«

»Oh.« Julie schaute zu Boden. Sie hatte Carson dort gar nicht gesehen – aber sie hatte auch andere Dinge im Kopf gehabt. »Das war ja leider kein besonders guter Start für dein Jahr.«

»Das kannst du laut sagen.« Carson schob die Hände in die Hosentaschen. »Hätte ich doch nur zu Hause Kamillentee getrunken und Jane-Austen-Romane gelesen, wie ursprünglich geplant.«

»Klar«, lachte Julie. »Und wie gefällt es dir hier bisher?« Sie hätte sich am liebsten geohrfeigt, nachdem die Worte ihren Mund verlassen hatten. So etwas fragten doch nur Großmütter!

»Nicht schlecht«, sagte Carson. »Abgesehen davon, dass alle Leute mich als Erstes fragen, wie ich bei den SATs abgeschnitten habe, wie viele Fortgeschrittenenkurse ich belegt habe, oder – wenn ich ihnen sage, dass ich ein Läufer bin – nach meiner persönlichen Rekordzeit über 2000 Meter.«

Julie kicherte. »Willkommen an der Beacon High.«

Carson zog eine Grimasse. »Und das Wetter ist schrecklich. Keine Ahnung, wie ich sechs Monate Dauerregen durchstehen soll.«

»Eher neun«, erwiderte Julie. »Aber mich nervt das Klima auch. Ich habe früher in Kalifornien gewohnt.«

»In Kalifornien?« Sein Gesicht hellte sich auf. »Mann. Dort würde ich auch gerne wohnen. Dad hat beinahe einen Job an der USC angenommen, aber dann hat die U-Dub ihm ein besseres Angebot gemacht. Anfangs fand ich das ziemlich kacke. Aber das passt schon. Wenn ich in Kalifornien wäre, könnte ich jetzt nicht mit dir reden.« Er lächelte. »Warum seid ihr umgezogen?«

»Äh, aus familiären Gründen«, sagte Julie vage. »Meine Mom wollte näher bei meiner Großmutter leben.« Das stimmte sogar zum Teil. »Sie ist leider verstorben«, fügte sie hinzu, falls Carson nachfragen wollte, ob sie sich oft sahen.

»Das tut mir leid«, sagte Carson sanft.

Julies Kehle begann zu jucken, wie immer, wenn sie log. Was er wohl sagen würde, wenn sie ihm die Wahrheit erzählte? Dass sie umziehen *mussten*. Dass ihr Vater die Familie schon vor Jahren verlassen hatte. Dass nicht einmal ihre Großmutter mit ihrer Mutter zurechtgekommen war.

Deshalb hatte sie noch nie einen Freund gehabt. Also einen festen Freund. Irgendwelchen Freundinnen oder

Kumpeln musste sie nicht unbedingt von ihren Familienverhältnissen erzählen, aber bei einem Freund würde das schwierig werden. Es würde Fragen geben, die sie nicht beantworten konnte. Und ihre Mutter würde ein »Kennenlern-Treffen« niemals durchstehen. Nur Parker kannte die Wahrheit über Julies Mom, und Julie hatte es ihr erst nach dem Unfall erzählt. Danach war ihr klar gewesen, dass Parkers Familienleben noch schlimmer – und gefährlicher – als Julies war. Inzwischen hatte Parker einen Schlüssel zu Julies Wohnung und sie bewahrte Julies Geheimnis »wie ein Grab«. Das hatte sie ihr geschworen. Julie konnte sich nicht vorstellen, dass es noch einen weiteren Menschen gäbe, dem sie so bedingslos vertrauen könnte wie Parker. Irgendwann, vielleicht im College, wenn sie nicht mehr hier leben musste und auf eigenen Füßen stand, konnte sie vielleicht riskieren, sich zu verlieben und aufrichtig zu sein. Aber nicht jetzt. Jetzt war es zu gefährlich. Jemand könnte … *alles* sehen.

Und jetzt musste sie auch noch ein weiteres Geheimnis hüten.

In diesem Moment öffnete sich ein Erinnerungsspalt in ihrem Verstand, und auf einmal befand sie sich im Film-Raum, an dem Tag, an dem alles begonnen hatte. In jeder anderen Hinsicht war es ein ganz normaler Tag gewesen. Nolan Hotchkiss hatte sich in der ersten Unterrichtsminute nacheinander über drei Mitschüler lustig gemacht – zuerst Laurie Odenton, die schielte, dann Ursula Winters, die Krautstampferbeine hatte und Nolans Meinung nach nie einen Freund kriegen würde, und als Letztes Oliver

Hodges, der offen schwul war und inzwischen gegen jegliche Hänseleien immun. Mr Granger hatte einen Film namens *Und dann gab's keines mehr* eingelegt, den dritten Film in ihrer Krimiserie.

Es war ein Schwarz-Weiß-Film mit einem dröhnenden altmodischen Soundtrack. Es ging um acht Fremde, die alle von einem mysteriösen Gastgeber auf eine einsame Insel eingeladen worden waren – aber als sie ankamen, war der Gastgeber unauffindbar. Stattdessen fanden sie eine aufgezeichnete Botschaft vor, auf der jeder einzelne des Mordes bezichtigt wurde.

Ein Gast nach dem anderen starb: Der General, der den Liebhaber seiner Frau auf eine Selbstmordmission geschickt hatte. Der Diener, der seinen kranken Arbeitgeber ermordet hatte. Die alte Jungfer, die ihren Neffen in die Besserungsanstalt schickte, wo er sich schließlich umbrachte. Am Ende des Films saß Julie mit weit aufgerissenen Augen auf ihrem Stuhl. Es war merkwürdig befriedigend, zuzusehen, wie all diese Leute bekamen, was sie verdienten. Konnte man das überhaupt noch als Mord bezeichnen?

Als das Licht schließlich wieder anging, blinzelte Julie in der plötzlichen Helligkeit. Granger teilte die Schüler sofort in Diskussionsgruppen ein und sie fand sich am selben Tisch mit Parker, Mackenzie, Ava und Caitlin. Außer Parker kannte sie keines der Mädchen näher.

Caitlin streckte ihre muskulösen Arme in die Höhe. »Das war ganz schön krass.«

Ava schlug ihren Block auf und schob sich das dunkle Haar aus dem Gesicht. »Aber überzeugend. Es geht darum, das Gesetz zu achten, richtig? Darum, wie gefährlich Selbstjustiz ist.«

»Ich finde nicht, dass all diese Leute ihre Strafe verdient hatten«, meldete sich Mackenzie zu Wort. »Zum Beispiel Miss Brent. Sie hat niemanden umgebracht, sondern nur ihren Neffen ins Gefängnis gesteckt. Es war nicht ihre Schuld, dass er sich umgebracht hat.«

»Oh doch, das war es«, sagte Caitlin scharf. Ihre Lippen waren zu einer dünnen Linie zusammengepresst und ihr Kiefer war angespannt. Julie dachte an den Selbstmord ihres Bruders – alle wussten, dass Nolan Taylor erbarmungslos getriezt hatte. Und dann hatte Taylor sich umgebracht.

Den anderen Mädchen schien das zur selben Zeit einzufallen. Mackenzie wickelte sich fester in ihren dicken Strickpulli. »Das habe ich nicht so gemeint …«

»Ich finde sogar, dass sie mit die schlimmste von allen ist«, fuhr Caitlin fort. »Weil es ihr egal war. Sie hatte nicht einmal ein schlechtes Gewissen.«

Verlegenes Schweigen senkte sich über die Gruppe. Mackenzie starrte beschämt auf ihre Hände. Julie schaute die Mädchen nacheinander an und Ava ließ ihren Kugelschreiber wieder und wieder klicken.

Dann holte Parker tief Luft. »Ich weiß, dass das ziemlich krank ist«, sagte sie mit leiser Stimme. »Aber ich finde, der Richter hatte recht. Manche Menschen verdienen es, bestraft zu werden.«

Julie kämpfte mit den Tränen – dies war das erste Mal seit Monaten, dass Parker im Unterricht etwas sagte. Aber dann schaute sie in die schockierten Gesichter der anderen. Okay, vielleicht war das ein bisschen hart gewesen, aber Julie wollte nicht, dass Parker sich wieder in ihr Schneckenhaus zurückzog.

»Ja, oder?«, sagte sie. »Ich meine, ich kenne auch ein paar Leute, die Strafe verdient hätten. Auf meiner persönlichen Liste steht Parkers Vater an erster Stelle. Der Richter hat ihn viel zu leicht davonkommen lassen.«

Die Mädchen verkrampften sich, wie alle es taten, wenn Parkers Unfall zur Sprache kam. Die ganze Schule wusste, was Parkers Vater ihr an jenem Abend angetan hatte – der Beweis dafür fand sich in ihrem Gesicht. Außerdem war er im Knast gelandet, was in Beacon im Grunde undenkbar war.

Sie sprachen weiter und zählten die Menschen in ihrem Leben auf, die ihnen Böses angetan hatten – alle Mädchen hatten schon Schlimmes erlebt –, als Caitlin sich plötzlich nach vorn beugte.

»Wisst ihr, wen ich aus dem Weg räumen würde?« Mit glänzenden Augen schaute sie zum Tisch einer anderen Gruppe hinüber. Nolan Hotchkiss lehnte sich in seinem Stuhl zurück, die Arme vor der Brust verschränkt. Er lachte laut über irgendetwas, das attraktive Gesicht höhnisch verzogen. »Ihn«, sagte Caitlin mit dunkler Stimme.

Alle schwiegen wieder. Zuzugeben, dass Nolan ein Mistkerl war, kam ihnen irgendwie gefährlich vor. Wenn er es jemals herausfand, dann standen sie als Nächste auf seiner Abschussliste.

»Nolan ist wirklich ein Arschloch«, hauchte Ava. »Er hat Gerüchte über mich verbreitet. Schlimme Gerüchte.«

Mackenzies Wangen glühten. Sie starrte auf ihre

Hände und zupfte an ihrer Nagelhaut. »Er hat ... auch gegen mich etwas in der Hand.«

Julie nickte. Sie hasste Nolan wegen der Rolle, die er bei Parkers Unfall gespielt hatte. Wenn er nicht gewesen wäre, hätte sich all das vielleicht vermeiden lassen. Und Parker wäre immer noch die Alte.

Ava kratzte mit ihrem Stift über den Tisch. »Wie würdet ihr es machen? Ihn umbringen, meine ich.«

Caitlins Augen leuchteten auf. »Wie ich es machen würde? Mit Oxy. Alle wissen, dass das seine Lieblingsdroge ist.«

»Und dann ... gäb's keinen mehr«, sagte Parker versonnen.

»Oder Zyanid«, fuhr Caitlin fort. »Wie in den alten Filmen. Es ist geruchlos, farblos und sehr schwer nachzuweisen. Er wäre in ein paar Minuten tot.«

Mackenzie kicherte. »Das würde sicher wirken.«

»*Na endlich.*«

Julie schaute auf. Sie und Carson waren an den Anfang der Schlange aufgerückt und Carson pumpte Bier in einen roten Plastikbecher. Er reichte ihn Julie. »Na, dann Prost, Julie Redding«, sagte er und stieß mit ihr an. »Ich hoffe, wir lernen uns noch besser kennen.«

»Das hoffe ich auch ...« Julie wollte noch etwas sagen, aber dann fiel ihr Blick auf den Fernseher im Wohnzimmer. Der Polizeichef stand vor zig Reportern auf einem Podium, sein Gesicht von Blitzlichtern erleuchtet. Auf dem Spruchband am unteren Bildschirmrand stand: POLIZEI GIBT PRESSEKONFERENZ ZU HOTCHKISS-TOD.

»Oh mein Gott«, sagte sie. Ohne nachzudenken, lief sie los, holte die Fernbedienung vom Couchtisch und stellte den Sound wieder an.

Auch ein paar andere Kids gesellten sich zu ihr. »Macht die Musik aus«, schrie Asher Collins. Matt Hill gehorchte und würgte Rihanna mitten im Satz ab. Im Zimmer wurde es mucksmäuschenstill, und auch die Leute von draußen, die offenbar merkten, dass hier gerade etwas Wichtiges passierte, kamen ins Zimmer geschlendert.

Auf dem Bildschirm räusperte sich der Polizeichef und sprach in ein Mikrofon. »Uns liegt jetzt der Obduktionsbericht im Fall Nolan Hotchkiss vor«, sagte er. Ein Blitz flammte auf und ein Mikrofon wurde näher an sein Gesicht gehalten. »Wir können im Moment zwar noch keine Details bekannt geben, aber wir haben Beweise für ein Verbrechen gefunden und glauben nicht mehr, dass sein Tod das Ergebnis einer versehentlichen Überdosis ist.«

»Was zum ...«, hauchte jemand.

»Krass«, sagte Nyssa mit blassem Gesicht. Sie hatte sich unbemerkt neben Julie gestellt. Claire Coldwell umklammerte mit tränenüberströmtem Gesicht Blakes Hand. Auf der anderen Seite des Zimmers flatterten Mackenzies Augenlider hinter ihren Brillengläsern. Caitlin und Ava wechselten entsetzte Blicke und Alex starrte wie betäubt auf den Bildschirm.

Julie sackte auf das Sofa und spürte, wie sich ihre Brust verkrampfte. Nein, dachte sie. Das kann nicht wahr sein. Sie dachte an ihr Gespräch im Klassenzimmer. All diese Leute um sie herum. All diese lauschenden Ohren.

Der Beamte räusperte sich und starrte ausdruckslos auf die versammelten Journalisten. Als er wieder sprach, war seine Stimme nüchtern, ruhig und entschlossen. »Wir gehen allen Hinweisen nach.« Er verstummte kurz und konsultierte seine Notizen. »Im Moment behandeln wir die Angelegenheit als einen Mordfall. Nolan Hotchkiss wurde von jemandem – oder von mehreren Personen – getötet. Und wir werden nicht ruhen, ehe wir die Täter nicht zur Verantwortung gezogen haben.«

# *Kapitel 6*

Es war Sonntagmorgen und die Episkopalkirche von Beacon Heights war bis zum Bersten gefüllt. Es war Nolan Hotchkiss' Beerdigung. Parker stand ganz hinten und zupfte an der schwarzen Wollhose, die sie sich von Julie geliehen hatte. Es war warm und roch durchdringend nach einer Mischung aus brennenden Wachskerzen und teuren Parfums. Hoch über ihnen glänzten die vergoldeten Decken und prächtigen Säulen im trüben Licht. Vor dem Altar stand ein schimmernder Holzsarg, auf dem Lilien, Rosen und Hortensien aufgehäuft waren. Der Sargdeckel war geschlossen. Parker fragte sich, ob das bedeutete, dass die Bestatter es nicht geschafft hatten, den Edding von Nolans Gesicht zu entfernen.

*Jetzt hast du auch Narben, genau wie ich,* dachte sie unwillkürlich und verabscheute sich dann für ihre Bitterkeit.

In den Bänken saßen dicht gedrängt Schüler, manche bei ihren Eltern, andere mit ihren Freunden zusammen. Die ganze Schule war gekommen, nachdem die Nachricht, dass Nolan ermordet worden war, sich wie ein Lauffeuer verbreitet hatte. Alle möglichen Theorien wurden diskutiert. Dass Nolan sich mit ein paar Drogendealern angelegt hatte, die ihn während der Party umgebracht hatten. Dass Nolan einem Mafia-Boss die Freundin ausgespannt hatte und Mafiosi sich ins Haus geschlichen hatten. Dass einer von Mr Hotchkiss' unzufriedenen Angestellten sich endlich gerächt hatte.

Parker wusste nicht, was sie denken sollte. Sie wusste, wer Nolan bekritzelt hatte, aber wer sein Mörder sein konnte? Sie und die Film-Mädchen waren es nicht gewesen. Sie konnten es nicht gewesen sein.

Richtig?

In der ersten Reihe weinte Mrs Hotchkiss laut und hemmungslos. Dann spürte Parker eine Hand auf ihrem Arm und drehte sich um. Es war Julie. »Komm mit«, flüsterte sie. »Das hier ist gleich vorbei. Und wir müssen reden.«

Sie stolperte an Julies Hand auf den Rasen und um die Ecke zum Parkplatz, auf dem keine Menschenseele zu sehen war. Die Bodenplatten glänzten regennass und silbrig. Eine feuchte Kälte hing in der Luft.

Ava, Mackenzie und Caitlin warteten bereits bei einer Nische, in der üppige Myrtenbüsche und Riedgras wuchsen. In der Mitte der grünen Insel stand eine verwitterte Statue des Heiligen Franziskus, der eine Schale voller Vogelfutter in den Händen hielt.

Julie klappte ihren grün-rosa karierten Regenschirm auf und drängte sich mit Parker darunter. »Hey«, murmelten sie den anderen Mädchen zu. Parker zog sich die Kapuze ins Gesicht. Diese Mädchen waren nett – sie schauten sie an, ohne zu starren, als sei mit ihr alles in Ordnung –, aber sie fühlte sich bei ihnen trotzdem noch unwohl.

»Was sollen wir jetzt bloß machen?«, platzte Ava mit tränenerstickter Stimme heraus.

»Wir sollten vor allem ruhig bleiben«, sagte Julie in gelassenem Tonfall, aber sie drückte Parkers Hand so fest, dass diese Angst bekam, sie könne ihre Nägel durch Parkers Haut bohren. »Ich meine, wir haben doch nichts gemacht. Wir haben ihm eine Oxy-Pille gegeben – das war alles. Das bringt niemanden um. Vor allem nicht ihn.«

»Aber unser Gespräch im Unterricht.« Caitlin schaute panisch von einer zur anderen. »Was ich gesagt habe. Was wir getan haben.«

»Ich weiß«, unterbrach Parker und dachte an jenen Abend zurück.

Sie hatte stundenlang darüber nachgedacht, ob sie zu der Party gehen sollte oder nicht, aber die Versuchung, sich an Nolan zu rächen – ihm richtig eins auszuwischen –, war zu groß gewesen. Sie hatte sich unauffällig auf die Party geschlichen, die Kapuze im Gesicht, und Julie beinahe sofort entdeckt. »Bist du bereit?«, hatte Parker sie mit breitem Lächeln gefragt.

Julies Lächeln war viel nervöser gewesen. »Ich glaube schon.«

Sie waren nacheinander nach oben gegangen. Auf dem Treppenabsatz hatte Parker den Blick über die Menge schweifen lassen, aber niemand beobachtete sie – die Gäste schrieben entweder SMS oder tranken Bier oder knutschten. Sie erinnerte sich, dass sie Asher in einer Ecke mit einem Mädchen von der Brillwood Prep hatte flirten sehen. Und Ursula, die mit einem Footballspieler sprach. Julies Freundin Nyssa knutschte mit einem Basketballspieler und ihr Möchtegern-Klon Ashley sprach mit dem coolen Neuen aus Australien. Parker war die dunkle Treppe hinaufgegangen, hatte ein Bier getrunken und den leeren Becher auf einer Stufe abgestellt.

Sie trafen sich im Badezimmer des zweiten Stocks. Auf dem Waschbeckenschrank stand eine Vase mit frischen gelben Astern.

Mackenzie hatte Caitlin angeschaut: »Du hast es, oder?«

Caitlin zog eine orangefarbene Medikamentendose heraus, auf der ihr Name stand. »Jepp.«

»Wie viele sollen wir ihm geben?«, fragte Ava.

»Nur eine«, sagte Parker entschieden. Sie erinnerte sich daran, was Nolan mit ihr gemacht hatte. »Das Zeug ist stark, besonders mit Alkohol.«

Caitlin legte eine Pille auf den Tresen und zerrieb sie mit dem Deckel des Döschens zu Pulver. Julie reichte ihr einen Becher Bier, und sie fegte das Pulver hinein und rührte mit dem Finger um.

Und dann schalteten sie das Licht aus und reichten den Becher herum. Alle Mädchen spuckten auch noch hinein. Ihre Stimmen vermischten sich. *Er verdient alles, was auf ihn zukommt. Alle werden uns dafür danken.*

Schweigend beobachteten sie von der Balustrade aus, wie Ava den Becher nahm und nach unten schwebte. Es dauerte ein bisschen, bis sie Nolan in der Menge erspähten – er füllte gerade seinen Becher am Bierfass auf.

Nolan wirkte überrascht, als er Ava sah, aber er nahm bereitwillig den Drink aus ihrer Hand an. *»Hallöchen«*, flüsterte Mackenzie mit hoher Erzählerstimme, als Ava sich vorbeugte und Nolan etwas ins Ohr flüsterte. *»Hast du Spaß?«*

Dann übernahm sie auch Nolans Part und sagte mit tiefer Stimme: *»Jetzt, wo du hier bist, schon. Mm, was für ein köstlicher Drink. Echt lecker! Gluckgluckgluck.«*

Die anderen Mädchen, auch Parker, kicherten. Sie hielt den Atem an, als Nolan den ersten Schluck nahm.

*»Es war ein Super-Abend«*, führte Mac den Witz weiter. *»Ich habe schon einem Neuntklässler die Hose runtergezogen, einem Mädchen Bier übers T-Shirt gekippt, damit es durchsichtig wird, und vier meiner sogenannten Freunde in den Pool geschubst. Zum Glück bin ich superreich, und all diese erbärmlichen Weicheier lesen mir jeden Wunsch von den Augen ab, also hat mein beknacktes Verhalten keinerlei Konsequenzen.«*

Unter ihnen tippte Ava mit dem Finger auf Nolans Bizeps, wobei ein schüchternes Lächeln ihre Lippen umspielte. Sie wusste definitiv, wie man die Aufmerksamkeit eines Jungen behielt. Auch Parker hatte das früher gekonnt.

Jetzt kamen sie nach oben. Die Mädchen huschten wieder ins Bad und schlossen die Tür bis auf einen schmalen Spalt. Einen Moment später führte – oder vielmehr zerrte – Ava Nolan vorbei. Er wirkte schon ziemlich breit.

»Ich habe dich so vermisst, Baby«, schnurrte sie, und sie hörten ihn eine Antwort murmeln.

Alle rannten auf den Flur. Durch die offene Schlafzimmertür sahen sie Nolan auf seinem Bett liegen. Ava stand vor ihm.

Zuerst versuchte er noch, sie zu betatschen, aber dann

fielen ihm die Augen zu, und er begann schläfrig zu lallen. Parker erinnerte sich, dass sie sich nervös umgeschaut hatte. Hoffentlich kam jetzt niemand die Treppe herauf und sah sie. Alle schauten der Szene zu und einen Moment lang war es ihr extrem unangenehm. Als seien *sie* jetzt die Mobber.

Dann bemerkte Nolan die anderen Mädchen im Türrahmen. Er nannte sie nacheinander beim Namen und sagte zu jeder etwas. Parkers Herz verhärtete sich wieder, und sie war beinahe froh, als er endlich die Augen schloss und wegdämmerte.

*Es geht ihm gut,* hörte sie eine Mädchenstimme sagen. *Er schießt sich jedes Wochenende weg. An die Arbeit.*

Dann hatte Mackenzie die grellbunten Eddings aus ihrer Tasche geholt. Alle nahmen sich einen Stift und schlichen zu Nolan. Caitlin hatte sich zuerst getraut und *Verräter* auf seine Stirn geschrieben. Mackenzie schrieb *Lügner* und Julie *Monster.*

»Die Polizei wird alle Partygäste vernehmen«, unterbrach Ava Parkers Erinnerungen. »Was ist, wenn uns jemand mit Nolan gesehen hat? Wir waren ja nicht gerade vorsichtig. Wahrscheinlich sind in dem Bad und auf dem Bierbecher, aus dem er getrunken hat, überall unsere Fingerabdrücke zu finden. Die Polizei nimmt den ganzen Abfall wahrscheinlich als Beweisstücke mit.«

Mac stützte die Hände in die Hüften. »Du sagst das so, als hätten wir tatsächlich etwas verbrochen. Wir haben ihm nur eine einzige Pille gegeben, Ava. Er hat das Zeug doch ständig geschluckt. Dass wir darüber geredet haben, ihn umzubringen, macht uns noch lange nicht schuldig. Die Polizisten haben Hinweise auf ein Verbrechen gefunden – und *eine* Pille kann damit nicht gemeint sein.«

»Aber wir haben etwas getan. Wir haben ihm eine Pille eingetrichtert. Und ihn vollgeschmiert!« Caitlin schrie hysterisch auf und rang die Hände.

Parker verzog den Mund, aber sie konnte sich nicht wirklich konzentrieren. An jenen Abend zu denken, bereitete ihr Kopfschmerzen.

»Vielleicht sollten wir jemandem davon erzählen«, schlug Mac vor. »Ihr wisst schon, gestehen, dass wir ihm einen Streich gespielt haben.«

Ava fielen fast die Augen aus dem Kopf. »Wir haben ihm definitiv eine Oxy gegeben und das ist definitiv ziemlich schlimm. Was ist, wenn sie uns nicht glauben? Was, wenn sie trotzdem denken, dass wir es waren?«

»Das finde ich auch«, nickte Julie. »Wir könnten eine Menge Ärger bekommen. Ich meine …« Sie schluckte. »Wir haben alle eine Menge zu verlieren.«

Alle schwiegen und dachten daran, was für sie auf dem Spiel stand – ihr Ruf, ihr Schulabschluss, ihr Studium, das Wohlwollen ihrer Eltern.

»Ich verstehe nicht, was eigentlich passiert ist«, flüsterte Caitlin und schaute sich nervös um. »Ich meine, alle sagen, es war Oxy. Falls das stimmt, muss ihm jemand noch mehr Drogen gegeben haben, nachdem wir gegangen sind. Meint ihr nicht auch?«

»Eine Menge Leute haben ihn gehasst«, flüsterte Mac und schaute unsicher auf den voll besetzten Parkplatz.

Dann kam Parker ein schrecklicher Gedanke. »Glaubst du, jemand will uns die Sache anhängen?«

»Das habe ich mich auch schon gefragt«, sagte Ava.

Mackenzie fummelte an ihrer Brille herum. »Als wir uns im Unterricht unterhalten haben, war niemand in unserer Nähe.«

»Das Klassenzimmer ist nicht so groß«, sagte Caitlin mit zitternder Stimme. »Wer ist noch mit uns im Filmunterricht?«

»Nolan«, sagte Julie. »Zumindest war er das.«

»Alex«, sagte Ava. »Aber er würde so etwas niemals tun, selbst wenn er gelauscht haben sollte.«

»Oliver Hodges, Ben Riddle«, zählte Caitlin auf. »Quentin Aaron. Mit denen hat Nolan nichts zu tun. Ursula Winters aus meiner Fußballmannschaft. Fiona Ridge, die ist Veganerin.«

Parker verdrehte die Augen. »Nur weil sie sich vegan ernährt, heißt das noch lange nicht, dass sie keinen Mord begehen könnte.«

Caitlin schüttelte den Kopf. »Fiona könnte keiner Fliege etwas zuleide tun.«

»Meine Freundin Claire ist auch in dem Kurs«, fiel Mackenzie ein, »aber ich bin sicher, dass sie uns nicht gehört hat. Sie saß auf der anderen Seite des Klassenzimmers.«

Alle schwiegen einen endlosen Augenblick lang. Finken und Seidenschwänze jagten sich gegenseitig über den Hof und kämpften um das Körnerfutter. Hinter der Steinmauer des Kirchhofs war das Summen von Autoreifen auf nassem Asphalt zu hören.

»Das ist alles so verkorkst.« Ava tigerte auf und ab und wackelte mit ihren hohen Stilettoabsätzen gefährlich auf den nassen Steinplatten herum. »Was sollen wir jetzt machen?«

»Wir bleiben ganz ruhig«, sagte Julie gelassen. »Wir wissen, dass wir niemanden umgebracht haben. Das ist alles ein … eine Art Zufall. Oder jemand versucht uns in Schwierigkeiten zu bringen. Wir sollten auf jeden Fall so tun, als wäre nichts passiert.«

»Wir sollen also … lügen?«, fragte Mackenzie und biss sich auf die Lippe.

»Wir lügen«, sagte Julie entschlossen.

Parker holte tief und zitternd Atem. Auf einmal spürte sie Blicke, die sich in ihren Nacken bohrten. Sie schaute zur Pforte zurück, aber dort war niemand. Nur der Heilige Franziskus beobachtete sie, die leeren steinernen Augen kalt und abwesend. Ein Zittern ging durch ihren Körper und hinter ihrem linken Auge zuckte der bekannte Schmerzblitz vorbei. Sie vergrub den Kopf in den Händen.

*Reiß dich zusammen*, dachte sie. *Du kannst hier nicht zerbröseln.*

»Geht ihr zum Leichenschmaus?«, fragte Ava und schaute die anderen an. Die Familie Hotchkiss hatte darauf bestanden, alle in ihren schicken Country-Club auf der anderen Seite der Stadt einzuladen.

Mackenzie nickte kläglich. »Wir spielen mit dem Orchester dort, also muss ich hin. Was ist mit dir?«

»Wahrscheinlich wäre es ganz gut, wenn wir uns dort sehen ließen«, sagte Ava achselzuckend. »Wir sollten wenigstens kurz hingehen.« Sie lachte kurz und bitter auf. »Das wird die Party des Jahres.«

Ein zweiter Schmerzblitz schlug in Parkers Schädel ein und ließ alles vor ihren Augen verschwimmen. Sie spürte Julies Hand auf ihrem Rücken und blickte auf. Ihre Freundin hatte gemerkt, was mit ihr los war, und schaute sie mit weit aufgerissenen Augen an. Sie wirkte sehr besorgt.

»Wir sehen uns dort«, sagte Julie, drehte sich dann um und half Parker zu einer Bank. Sekunden später waren sie allein.

»Alles okay?«, fragte Julie und rieb Parker den Rücken.

Parker schluckte bittere Galle hinunter. Übelkeit breitete sich in ihrem Körper aus, und sie hatte das Gefühl, sich gleich übergeben zu müssen. »Ich glaube, den Empfang schaffe ich nicht«, flüsterte sie, zog ihre Knie an und lehnte die Stirn dagegen. »Kopfschmerzattacke. Eine üble. Ich muss mich hinlegen.«

»Okay«, sagte Julie leise. »Das ist schon in Ordnung. Ich glaube nicht, dass irgendjemand auf der Party dich in Nolans Nähe gesehen hat. Du musst dir keine Sorgen machen.«

»Ich mache mir keine Sorgen!«, sagte Parker ärgerlicher, als sie eigentlich wollte.

Aber ihr Magen verkrampfte sich. Julie hatte recht – auf der Party hatte niemand sie gesehen. Sie war schließlich das unsichtbare Mädchen. Es gab keinen Grund für Paranoia.

Julie stand auf. »Ich bringe dich nach Hause. Zu mir nach Hause, meine ich. Du siehst furchtbar aus.«

»Nein.« Parker schüttelte den Kopf, was sie sofort bereute, denn es löste eine neue Schmerzwelle aus. »Du solltest gehen. Ava hat recht. Ihr solltet euch auf dem

Empfang blicken lassen. Ich schaffe es allein zu dir nach Hause.«

Julie musterte sie nachdenklich und umarmte sie dann. »Ruf mich an, wenn du etwas brauchst, okay?«

»Okay. Das verspreche ich.«

Julie reichte ihr den Schirm, zog die Kapuze ihrer Jacke hoch und ging schnell durch den Regen zur Straße, wo sie ihr Auto geparkt hatte. Parker blieb noch einen langen Augenblick reglos sitzen und starrte ihr nach. Dann bemerkte sie einen Wasserspeier auf einer der hohen Säulen an der seitlichen Kirchenwand, der ihr die Zunge herausstreckte. Ein Schauer lief ihr über den Rücken, als sie in seine bösartigen kleinen Steinaugen blickte.

*Du musst dir keine Sorgen machen*, sagte sie sich. *Niemand hat Grund, anzunehmen, dass du an der Sache beteiligt warst.*

Aber sie wurde das Gefühl nicht los, dass ihr bereits kaputtes Leben bald noch viel schlimmer werden würde.

# Kapitel 7

»Streicher, ich kann euch kaum hören!«, rief Mrs Rabinowitz und zeigte auf die Geigen. »Dieses Crescendo muss kraftvoller sein!«

Mac saß auf einem Stuhl im Musikflügel der Beacon Heights High, das Cello zwischen die Knie geklemmt. Es war Montag und Mrs Rabinowitz ließ sie Mahlers Trauermarsch üben. Sie hatte es dem Herbstprogramm hinzugefügt, zur Erinnerung an Nolan.

Das Zimmer roch nach dem blumigen Febreze-Spray, das Mrs Rabinowitz immer vor den Proben versprühte, und an den Wänden hingen Porträts berühmter Dirigenten und Komponisten – ein pedantisch dreinblickender Mozart, ein manischer Beethoven und ein hochmütiger Scarlatti, dessen skeptischer Blick Mackenzie immer durch den ganzen Raum zu verfolgen schien. Heute kam es ihr vor, als würden alle Bilder sie anstarren und dafür verurteilen, was sie Nolan angetan hatte. Sie konnte es immer noch nicht fassen: Wollte ihnen wirklich jemand den Mord anhängen?

*Du warst diejenige, die die Bilder online gestellt hat,* sagte eine höhnische Stimme in ihrem Kopf. *Glaubst du wirklich, der billige Trick mit der falschen Mailadresse, den dir der*

*Nerd aus der Orchesterfreizeit gezeigt hat, wird die Polizei täuschen? Sie werden dich finden.*

Neben ihr bewegte sich Claire, die momentan zweites Cello spielte, im Takt der Musik. Als sie zum Ende des Notenblatts kamen, blätterte Claire eilig um und ließ dabei beinahe den Bogen fallen. Umblättern musste immer das zweite Cello. Mac kannte diese Aufgabe gut, denn Claire und sie tauschten oft die Position, da sie beide nahezu gleich gut waren.

Als Mac wieder aufschaute, war es still im Proberaum, und Mrs Rabinowitz starrte sie an. »Mackenzie, du bist einen halben Takt hinterher.«

Mac blinzelte. »Wirklich?« Mrs Rabinowitz nickte. »Ist dir das nicht aufgefallen?«

Mac spürte Panik in sich aufsteigen. War sie wirklich so neben der Spur?

Claire schaute Mac mitfühlend an. »Wir sind heute alle ein bisschen abgelenkt.«

Das war stark untertrieben. Mac hatte schon den ganzen Tag beinahe hyperventiliert. Und Rektor Obatas schulweite Bekanntmachung nach der Mittagspause hatte es nur noch schlimmer gemacht. *Für alle Schüler, die besondere Unterstützung brauchen, halten sich Sozialarbeiter bereit. Und falls ihr irgendwelche Informationen über die Party habt, sprecht bitte mit einem Lehrer oder einem der Schulpsychologen – alle Hinweise werden vertraulich behandelt.*

*Hinweise. Vertraulich.* Die Worte schwirrten Mac durch den Kopf, während sie mit ihrem Bogen über die Saiten strich. Vielleicht sollten sie sich doch melden. Vielleicht hatten sie ja etwas Wichtiges gesehen, ohne es zu merken? Vielleicht konnten sie dabei helfen, den wahren Mörder zu finden.

»Pssst!«

Mac schaute zu Claire, die neben ihr saß, den Bogen auf ihr Instrument gestützt. Sie holte eine braune Papiertüte aus ihrer Tasche und reichte sie ihr.

»Die habe ich dir mitgebracht«, flüsterte Claire.

Mac linste in die Tüte. Sie war beinahe randvoll mit Mini-Gummigeigen. Sie liebte Fruchtgummis, und Geigen waren schwer zu finden – es gab sie nur in einem speziellen Süßwarengeschäft in Seattle.

Sie schaute Claire an. »Wofür ist das?«

»Eine kleine Aufmunterung«, sagte ihre Freundin achselzuckend. »Du wirkst ein bisschen down zurzeit.«

In ihrer Miene lag keinerlei Boshaftigkeit. Kein Anzeichen von Hintergedanken, sondern nur Ernst und Freundlichkeit. Mac hatte auf einmal einen sauren Geschmack im Mund. *Und du hast ihren Freund geküsst*, schimpfte eine Stimme in ihrem Kopf. *Du hast im Filmunterricht schlecht über sie geredet. Und du kannst nichts davon ungeschehen machen.*

Zum ersten Mal in ihrem Leben fragte sich Mac, ob sie womöglich ein schrecklicher Mensch war.

Plötzlich ging die Tür des Probenraums auf und alle Köpfe fuhren herum. Zwei Männer in Anzügen betraten das Zimmer. Sie schauten sich um und musterten das Symphonieorchester. Mrs Rabinowitz zuckte zusammen und drehte sich zu ihnen um.

»Entschuldigen Sie die Störung«, sagte der erste Mann. Er war riesig – mindestens zwei Meter groß –, dunkelhäutig und trug einen anthrazitfarbenen Anzug. Sein dröhnender Bariton füllte den Raum mühelos aus. Mrs Rabinowitz stieg vom Dirigentenpult. Neben ihm wirkte sie winzig in ihrer flauschigen braunen Strickjacke, wie ein kleiner runder Teddybär. »Was können wir für Sie tun?«

»Ich bin Detective Peters, und dies ist mein Kollege, Detective McMinnamin. Wir sammeln Informationen darüber, was bei der Party neulich geschehen ist. Dürfen wir ein paar Minuten Ihrer Zeit in Anspruch nehmen?« Mrs Rabinowitz machte eine einladende Geste, aber es war dann McMinnamin, der vortrat. Er war blass, dünn und hatte Hasenzähne, und er hielt einen Stapel Karteikarten in der Hand. Dann sah er sich mit zusammengekniffenen Augen im Probenraum um.

»Ich teile jetzt diese Karten an alle aus, und ich möchte, dass ihr auf die eine Seite das Alphabet und auf die andere Seite euren Namen schreibt.« Seine Stimme war nüchtern und geschäftsmäßig. »Großbuchstaben, bitte. Druckschrift.«

Kenleigh Robbins, eine Bratschistin, hob die Hand. »Muss ich?«

»Natürlich nicht«, sagte McMinnamin beinahe automatisch. »Aber wir werden uns notieren, wer nicht mitmacht.«

Er verteilte die Karten. Mackenzie erstarrte, als er an ihrem Notenständer vorbeiging und den Blick dabei kurz auf ihr ruhen ließ.

Sie wusste, was hier lief. Die Polizei brauchte Handschriftenproben. Ihre Gedanken überschlugen sich. Was genau hatte sie an jenem Freitagabend auf Nolans Gesicht geschmiert? Einen Wut-Smiley und dann das Wort LÜGNER in Großbuchstaben.

Langsam stellte sie ihr Cello in den Ständer und nahm sich ihren Notenordner als Schreibunterlage. Mit zitternden Händen schrieb sie die Buchstaben und versuchte sie etwas schräger zu machen als die Großbuchstaben, die sie auf Nolans Haut gemalt hatte.

Als alle fertig waren, sammelte McMinnamin die Karteikarten wieder ein. Peters nahm einen Marker und schrieb eine Telefonnummer und seinen Namen auf das Whiteboard. »Ich weiß, wie diese Partys laufen«, sagte er freundlich, und der Hauch eines Lächelns umspielte seine Lippen. »Keiner will zugeben, dass er dort war, weil sonst alle Ärger bekommen.« Dann änderte sich sein Ausdruck, er zog die Mundwinkel nach unten, und sein Blick wurde ernst. »Aber eurem Mitschüler ist etwas Furchtbares zugestoßen.« Er ließ seine Worte wirken und fuhr dann fort: »Wir wollen wissen, was passiert ist. Und dafür brauchen wir eure Hilfe. Ich bitte alle, die auf dieser Party waren – egal ob ihr Nolan gesehen habt oder nicht –, mich unter dieser Nummer anzurufen. Vielleicht erinnert ihr euch an Details, die uns dabei helfen können, die Chronologie der Ereignisse zu rekonstruieren. Alle eure Aussagen werden streng vertraulich behandelt.«

Mackenzie schluckte mühsam. Dann spürte sie, wie jemand ihre Hand nahm und fest umklammerte. Claires Lippen zitterten.

Mac schaute sie überrascht an. »Alles okay mit dir?«

Claire schüttelte den Kopf. »Wir waren auf dieser

Party. Das heißt, wir müssen mit ihnen reden. Ich muss mit ihnen reden.«

*Na und?*, hätte Mac am liebsten gefragt. Aus welchem Grund fühlte Claire sich denn schuldig? Sie waren zwar gemeinsam auf Nolans Party gegangen, aber Claire war sofort abgezogen, als sie Blake entdeckte.

Detective Peters nickte der Orchesterleiterin freundlich zu. »Danke für Ihre Mitarbeit.« Er wechselte einen bedeutungsschweren Blick mit Detective McMinnamin und ging mit ihm auf den Flur hinaus.

Mac warf einen Seitenblick auf Claire. Ihre Knie zitterten und sie knabberte an ihren Daumennagel. »Hey«, sagte Mac leise und berührte Claires Hand. »Du musst keine Angst davor haben, mit den Polizisten zu reden. Das wird sicher kein Problem. Sie werden nett zu dir sein, du hast ja nichts gemacht.« *Im Gegensatz zu dir,* sagte die Stimme in ihrem Kopf.

Claires schluckte mühsam. »Danke«, sagte sie mit zitternder Stimme. »Ich weiß nicht, warum mich das so nervös macht.« Sie drückte Macs Hand noch einmal und holte ein paarmal tief Atem.

Mackenzies Handy piepste. Sie öffnete ihre Tasche und linste auf das Display. SMS von Blake, stand dort.

Ihr Herz begann zu hämmern. Sie schnappte sich ihr Telefon und las die Nachricht so, dass Claire nichts sehen konnte.

*Hi*, schrieb Blake. *Müssen an den neuen Stücken arbeiten. Extraprobe diese Woche? Bei mir, morgen Abend um 7?*

Mac hielt das Handy in beiden Händen und überlegte. Sie begriff immer noch nicht, was an jenem Abend im

Cupcake Kingdom zwischen ihnen vorgefallen war. Sie hatte ihn seitdem nur auf Matt Hills Party gesehen, wo Claire Blake sofort zu dem mit Kissen ausgelegten Fernsehraum geführt hatte. Mac hatte sie mit ihren Bierbechern am Snacktisch stehen lassen. Was Mac noch einmal überdeutlich machte, dass Blake sie zwar geküsst hatte, aber mit Claire zusammen war. Mit ihrer besten Freundin.

Ihr Blick fiel auf die Tüte mit den Gummigeigen, die auf dem Boden stand. Dann schaute sie wieder Claire an, deren Gesicht so offen und verwundbar wirkte. Vom heutigen Tag an würde Mac ein ganz neuer Mensch werden. Ein besserer Mensch. Was bedeutete, dass sie Blake nie wieder küssen durfte.

*Okay, aber nur kurz. Das Vorspiel ist schon bald*, tippte sie und schickte die Nachricht ab. So. Hoffentlich war das sachlich und desinteressiert genug gewesen. Als sei sie nur ein Mitglied seiner Band und nichts weiter.

Dann löschte sie seine Nachricht und wünschte, sie könnte die Erinnerung an ihren Kuss genauso leicht verschwinden lassen.

# Kapitel 8

Am selben Tag parkte Caitlin nach der Schule in ihrer Auffahrt, um ihre Stollenschuhe zu holen, die sie zu Hause vergessen hatte. Sie fand sie sofort und war schon wieder auf dem Weg zum Auto – mit etwas Glück würde sie nur das Aufwärmen verpassen –, als sie sah, was über den Fernseher im Familienzimmer flimmerte. Ein Reporter stand vor dem Haus der Familie Hotchkiss, das nun vom gelben Absperrband der Polizei, Barrieren und Gaffern umgeben war.

»Im Moment sammeln die Polizisten nur Aussagen, machen sich ein Bild vom Ablauf des Abends und suchen im Hotchkiss-Haus nach Spuren«, sagte er. »Am Abend der Party waren eine Menge Schüler hier, und bisher ist noch nicht sicher geklärt, was genau wann passiert ist.«

Ursula Winters' Gesicht erschien auf dem Bildschirm. »Ich habe Nolan sehr gemocht«, sagte sie mit gefühlvoller Stimme. »Wir alle mochten ihn. Ein schwerer Schlag, wirklich.«

Caitlin starrte mit offenem Mund auf den Fernseher. Ursula hatte Nolan verabscheut. Nicht wegen seines Verhaltens Taylor gegenüber, sondern weil er ihr einen Korb gegeben hatte, als sie ihn um ein Date bat. Sie erinnerte sich daran, wie Ursula kurz nach Nolans Tod auf dem Fußballfeld über ihn gesprochen hatte. *Über ein totes Arschloch darf man ruhig schlecht reden*, hatte sie gesagt. Und dann Caitlin so vielsagend angesehen, als hätte sie ihr die Worte aus dem Mund genommen. Was im Grunde auch stimmte.

Es folgte eine Einstellung mit Mrs Hotchkiss, einer dürren, extrem gebotoxten Frau, deren aschblondes Haar von einem karierten Stirnband zurückgehalten wurde. Ihre Augen waren rot und ihr Mund zitterte. »Ich verstehe einfach nicht, wer meinem Jungen das antun konnte. Er war bei allen beliebt.«

»Soll das ein verdammter Witz sein?«, zischte Caitlin.

»Ähem.«

Sie schaute auf. Sibyl, eine ihrer Mütter, saß in dem Sessel in der Ecke, einen Stapel Papiere und einen Taschenrechner auf dem Schoß. Sie war Buchhalterin, also hatte sie ungewöhnliche Arbeitszeiten, war über Mittag oft zu Hause, musste am Wochenende oft in letzter Minute Steuererklärungen fertigstellen und war im März und April eigentlich nie zu Hause.

»Caitlin«, sagte Sibyl sanft, aber fest.

»Was?« Caitlin schaute sie trotzig an. »Tut mir leid, wenn das herzlos klang, aber Nolan war nicht bei allen beliebt. Und das weißt du auch.«

Sibyl legte ihre Papiere auf den Tisch neben sich und starrte in ihren Schoß. »Ich weiß, was ich weiß«, sagte sie sanft. »Aber ich habe meine Wut auf diesen Jungen schon vor langer Zeit überwunden. Sonst hätte sie mich zerfressen. So wie sie dich offenbar zerfrisst.«

Caitlin verschränkte die Arme vor der Brust. »Du bist eben ein besserer Mensch als ich.«

Ihre Mutter erhob sich aus ihrem Sessel und ging zu ihr. Aus der Nähe sah man die feinen Fältchen um ihre Augen und die grauen Strähnen in ihrem Haar. Ihr Körper war weich und gemütlich, wie es der einer Mutter sein sollte. Dann fragte sie: »Du warst auf dieser Party, stimmt's? Michelle und ich haben darüber geredet, und sie sagte, du wärst mit Josh dort gewesen.«

»Auf der Party waren eine Menge Leute«, sagte Caitlin schnell. Ihr Herz begann zu rasen.

»Ich weiß, ich weiß. Es tut mir nur leid, dass etwas so … Schreckliches in deiner Nähe passiert ist. Schon wieder.« Ihre Mutter schaute sie scharf an. »Weißt du, wenn ich wütend bin, mache ich manchmal auch Dinge, die ich nicht tun sollte. Ich habe dir ja schon erzählt, dass ich in der Highschool ziemlich getriezt wurde, weil ich lesbisch bin. Und einmal habe ich mich an einem der besonders fiesen Mädchen gerächt. Sie hieß Lindsay.«

»Was hast du gemacht?«

Ihre Mutter spielte mit dem Kuli in ihrer Hand. »Während des Turnunterrichts habe ich mich in den Umkleideraum geschlichen, ihre Unterwäsche geklaut und ihr den Schritt ihrer Jeans zerschnitten. Damals hat niemand sein Zeug weggeschlossen. Ich musste nicht einmal ein Schloss knacken.«

»Mom!« Caitlin riss die Augen auf. »Das ist ja furchtbar!«

»Ich weiß«, sagte Sibyl mit gerunzelter Stirn. »Es ist furchtbar. Und weißt du was? Ich habe mich sofort danach grässlich gefühlt. Es war die Sache überhaupt nicht wert.«

Caitlin spürte, dass ihre Mutter sie beobachtete. Sie schwieg, als warte sie auf ein Geständnis ihrer Tochter.

Eine Erinnerung an den Partyabend zuckte durch ihr Gehirn. Nolan war groggy auf sein Bett gesunken ... In diesem Moment hatte Caitlin sich sehr schuldig gefühlt. Nolan wirkte beinahe verwundbar, so wie ihr Bruder, wenn er auf der Couch eingeschlafen war.

Aber dann schaute Nolan Caitlin an und grinste. »Weißt du, wie dein Bruder geklungen hat, als ich seinen Kopf in die Kloschüssel gesteckt habe?« Er gab ein grässliches, schrilles Jaulen von sich, ein so ekelhaftes Geräusch, dass Caitlin ihn beinahe ins Gesicht geschlagen hätte. Stattdessen hatte sie *Verräter* daraufgeschrieben.

Sie wendete sich ab. »Ich habe Nolan nichts angetan, falls du darauf hinauswillst«, log sie.

Ihre Mutter hielt ihren Blick noch einen Moment lang auf sie geheftet und nickte dann. »Natürlich nicht.«

Sie sammelte ihre Siebensachen vom Sessel und Tisch ein und ging zur Tür. »Ich muss zurück ins Büro«, rief sie Caitlin zu. »Später Termin. Bis heute Abend.«

Die Tür fiel ins Schloss. Caitlin setzte sich und vergrub die Hände in ihrem Haar. Sie fühlte sich seltsam unwohl. Sie hasste es, ihre Mutter anzulügen, aber was hätte sie denn tun sollen?

Sie konnte immer noch nicht fassen, dass wirklich jemand Nolan umgebracht hatte. Auf der Party waren so viele Leute gewesen. Aber war darunter auch jemand, der sie persönlich hasste? Jemand, der Nolan loswerden und ihr den Mord in die Schuhe schieben wollte?

Ursula, fiel ihr plötzlich ein. Das Mädchen saß im

Filmunterricht ganz hinten und döste normalerweise sofort ein, sobald Granger das Licht ausschaltete. Aber sie waren doch nur auf dem Fußballfeld Rivalinnen. Ursula war nicht verrückt genug, jemanden umzubringen und den Mord Caitlin anzuhängen, nur weil sie auf ihren Platz in der Mannschaft neidisch war. Oder doch?

Caitlin stand auf und schüttelte ihre Hände aus. Sie wollte unbedingt zum Training. Vielleicht würde ihr das helfen, ein bisschen Dampf abzulassen. Sie schnappte sich ihre Stollenschuhe, marschierte zu ihrem Auto und kletterte hinein.

Aber als sie den Zündschlüssel umdrehte, passierte nichts. Caitlin runzelte die Stirn. Die Lichter gingen nicht an, das Radio blieb stumm, und auch die Ladebuchse für ihr Handy glühte nicht wie sonst blau. Sie drehte den Schlüssel wieder und wieder, aber es sah so aus, als sei die Batterie leer. »Mist«, flüsterte sie und schaute zur Auffahrt hinüber. Sibyl war bereits weg. Ging denn heute alles schief?

Sie zog ihr Handy aus der Tasche und dachte nach. Zuerst rief sie Vanessa an, aber die ging nicht dran. Wahrscheinlich war sie bereits auf dem Platz und wärmte sich auf. Shannon, Sujatha und Gina waren ebenfalls nicht erreichbar. Mailbox, Mailbox, Mailbox.

»Verdammt«, flüsterte Caitlin und ging neben dem Auto auf und ab. Dann drückte sie die Nummer zwei ihrer Kurzwahlliste – Josh. Er war heute nicht beim Fußball, weil der Trainer der Jungs krank war.

Auch bei Josh ging nur die Mailbox dran, aber das war typisch – er vergaß das Ding ständig irgendwo. Als Nächstes wählte sie seine Festnetznummer. Es klingelte ein paarmal, dann wurde der Hörer abgenommen, und eine verschlafene Stimme meldete sich.

»Hi«, sagte Caitlin dankbar. »Mein Auto springt nicht an und ich muss dringend zum Training«, sprudelte sie dann hervor.

»Oh, ich kann dich fahren«, sagte die Stimme am anderen Ende.

Caitlin blinzelte. »Jeremy?« Es war unheimlich, wie ähnlich die beiden Brüder klangen. »Ist Josh auch da?«

»Nein.« Jeremy klang ein bisschen enttäuscht. »Aber ich kann dich wirklich fahren, Caitlin. Das ist kein Problem.«

»Macht es dir wirklich nichts aus?«, fragte Caitlin.

Jeremy lachte. »Dann hätte ich es ja wohl kaum angeboten. Ich bin in fünf Minuten da.«

»Okay.« Caitlin legte auf und versuchte noch ein paarmal, ihr Auto anzulassen. Aber leider sprang es nicht wie durch Zauberei an, egal wie sehr sie flehte. Sie stieg wieder aus und knallte die Tür zu. Dann hörte sie ein leises Summgeräusch und am Ende der Straße erschien eine hellgrüne Vespa. Caitlin kniff die Augen zusammen. Der Roller fuhr direkt auf ihr Haus zu, und als er vor ihr hielt und sie Jeremy erkannte, sog Caitlin den Atem ein. Jeremy trug Cargoshorts und eine North-Face-Daunenweste über einem langärmligen T-Shirt. Ihr fiel auf, wie muskulös seine nackten Waden waren. Er sieht gut aus, dachte sie. Dann schloss sie die Augen. Was war denn in sie gefahren?

»Und wie hast du dein Auto kaputtgekriegt?«, fragte Jeremy zur Begrüßung.

Caitlin schaute zu Boden. Sie spürte, wie sich ihre Augen mit Tränen füllten.

»Hey.« Jeremys Tonfall änderte sich. »Oh mein Gott, Caitlin. Was ist los?«

Caitlin wusste selbst nicht, was sie so aus dem Gleichgewicht gebracht hatte. Das merkwürdige Geständnis ihrer Mutter über das Mädchen, das sie getriezt hatte? Taylor? Nolan? Definitiv Nolan. Alles zusammen, einfach alles.

Jeremy kam näher und legte ihr die Hand auf den Arm. »Ich weiß Bescheid«, sagte er leise. »Du musst zum Training. Auf dem Platz herumrennen und an nichts anderes denken als an Fußball. Stimmt's?«

Sie blinzelte. Es war, als wären dies ihre eigenen Worte.

»Mir geht es manchmal genauso«, gestand Jeremy. »Manchmal … manchmal muss ich mich auch abreagieren, weil ich sonst explodiere.«

Caitlin schluckte ihre Tränen herunter. »Und was machst du dann?«

»Meistens setze ich mich auf das Ding hier und fahre einfach los«, sagte Jeremy achselzuckend. Er tätschelte die Vespa. »Ist das okay für dich? Oder findest du immer noch, dass nur Loser Roller fahren?«

»Ich …« Dann machte Caitlin den Mund zu. Sie erinnerte sich noch an den Tag, an dem Jeremy die Vespa bekommen hatte. Er war vierzehn gewesen und durfte sie noch gar nicht fahren, nachdem er sie einem Typen auf Craigslist gebraucht abgekauft hatte. Das Ding war dreißig Jahre alt und nicht mehr fahrtüchtig, aber er hatte es in die Garage seiner Eltern gestellt, sich eine alte Betriebsanleitung heruntergeladen und in den unterschiedlichsten Vespa-Foren Fragen zur Reparatur gestellt. Ein paar Monate später lief das Teil.

*Nur Weicheier fahren so was,* hatte Josh gehöhnt. *Das ist ein verdammter Roller.* Auch Caitlin hatte gekichert und Jeremys Miene hatte sich verdüstert. Damals hatte Joshs Meinung ihm noch etwas bedeutet.

Als sie die Vespa jetzt betrachtete, sah sie zum ersten Mal, wie viel Arbeit es Jeremy gekostet hatte, den Roller zu restaurieren – und wie cool das Ding aussah. Hätte sie selbst auch so etwas Tolles zustande gebracht? Oder Josh? Vielleicht hatte er Jeremy ja verhöhnt, weil er auf eine merkwürdige Art neidisch auf ihn gewesen war.

Caitlin hatte mitgelacht, wenn Josh Witze auf Kosten seines Bruders machte, weil sie es für ihre Freundinnenpflicht hielt, sich auf seine Seite zu stellen. Aber jetzt wurde ihr klar, wie unreif das gewesen war. Jeremy war ein Mensch – und offenbar ein sehr interessanter. Sie kannte ihn schon seit Jahren und hatte das bisher nicht bemerkt. So blind war sie auch Taylor gegenüber gewesen. Sie hatte ihn erst wirklich gesehen und verstanden, als es bereits zu spät war.

»Kann ich deinen Helm haben?«

»Darauf bestehe ich.« Jeremy reichte ihn ihr mit leuchtenden Augen. Er war noch warm von seinem Kopf und duftete nach einem Stylingprodukt.

Jeremy stopfte ihre Ausrüstung in seine Leinen-Satteltasche und stieg auf. Caitlin nahm auf dem Soziussitz Platz, schlang die Arme um seine Taille und spürte die Wärme seines Körpers. Sein T-Shirt roch nach Holzrauch und Fichten, als hätte er einen langen Waldspaziergang gemacht. Das war ihr bisher noch nie aufgefallen.

»Halt dich fest«, sagte Jeremy.

Sie schossen durch Caitlins Viertel und bogen in eine unausgebaute Straße durch den Wald ein. Das blasse Sonnenlicht fiel durch die Baumwipfel und färbte alles grüngolden. Caitlin glaubte zu fliegen.

»Das ist toll«, gestand sie, als sie an einer Ampel hielten.

»Oh ja.« Jeremy schaute sie an und grinste. »Vespa fahren ist mein liebstes Hobby. Weißt du, was ich gerne mal machen würde? Durch ganz Amerika fahren, wie bei Jack Kerouac in *Unterwegs*. Verrückte Leute kennenlernen und Abenteuer erleben.«

»Das habe ich auch gelesen«, sagte Caitlin beeindruckt. »Aber war Kerouac nicht im Auto unterwegs?«

»Ach, das ist doch egal«, sagte Jeremy achselzuckend. »Glaubst du nicht, dass es Spaß machen würde?«

»Doch«, sagte Caitlin schwach. Sie hatte dieselbe Abenteuerlust gespürt, als sie das Buch gelesen hatte. *Vielleicht könnte ich vor dem Studium eine lange Reise machen*, hatte sie gedacht. Aber als sie Josh von ihrer Idee erzählte, hatte er sie nur verdutzt angeschaut. »Und die All-Stars?«, hatte er gefragt. »Ab Juli musst du an der U-Dub trainieren.«.

Vor ihnen erstreckte sich Lake Washington, stahlblau und glitzernd. Jeremy fuhr einen schmalen Weg entlang, der zum Kikisoblu-Bay-Park führte, einem felsigen Küstenabschnitt. Caitlin liebte diese Route. Sie dauerte zwar ein bisschen länger, war aber wunderschön. Plötzlich wäre sie am liebsten den ganzen Tag mit wehendem Haar auf diesem Roller durch die Gegend gefahren. Es war ein wundervolles Gefühl, sich vom Wind streicheln zu lassen, und alle Geräusche dröhnten ihr so laut in den Ohren, dass sie ihre eigenen Probleme vergaß. Und es war auch schön, die Arme um einen Jungen zu schließen, sich an seinen Körper zu drücken und sich dabei völlig sicher zu fühlen.

Als sie langsamer wurden, sagte Jeremy: »Kannst du dich zufällig noch an mein erstes Jahr an der Highschool erinnern?«

Sie schnaubte. »Natürlich.«

»Damals war ich noch ein dünner kleiner Nerd. Ich habe alle Begabtenkurse belegt, war im Debattierclub und in der Modell-UNO. Was dünne kleine Nerds eben so machen. Aber wir hatten zusammen Hausaufgabenbetreuung. Du und ich.«

Caitlin kniff die Augen zusammen. »Ja«, sagte sie langsam. »Das weiß ich noch.«

»Einmal hast du mir einen Stift geliehen, weil ich keinen dabeihatte. Und als ich ihn anschaute, war ich sehr erstaunt. Es war nämlich ein Dungeons & Dragons-Kuli. So etwas Cooles hatte ich noch nie gesehen.«

Caitlin lachte. »Das war wahrscheinlich Taylors.«

»Schon, aber du hast damit geschrieben, bevor du ihn mir gabst«, sagte Jeremy. »Dir ist nicht einmal aufgefallen, dass das irgendwie schräg wirken könnte.«

»Okay«, sagte Caitlin abwartend.

»Ich ... daran erinnere ich mich eben«, sagte Jeremy. »Ich fand das toll. Du warst irgendwie ... anders. Nicht nur eine gute Fußballspielerin, sondern auch interessant.«

Caitlin dachte nach. Sie hätte das Kompliment abwehren müssen, aber es war sehr nett gewesen. Hatte Josh sie schon einmal als interessant und einzigartig bezeichnet? Bestimmt, oder? Ihr fiel nur nicht ein, wann.

»Danke«, sagte sie lächelnd.

Jeremy hielt auf dem Schulhof. Er schaute sich zu ihr um und grinste. »Es ist schön, dich lächeln zu sehen. Seit Taylor tot ist, wirkst du immer so grimmig«, sagte er sanft. Dann senkte er den Kopf.

Beinahe, als wollte er sie küssen.

Caitlin befahl sich, zurückzuweichen, aber ihre Glieder gehorchten ihr nicht. Sie starrte nur in Jeremys große, fragende Augen und wartete darauf, was als Nächstes passieren würde.

»Da bist du ja!«

Caitlin riss den Kopf herum.

Vanessa, deren rotes Haar im Sonnenlicht glänzte, rannte über den Parkplatz auf sie zu. Ihre Stollenschuhe klackerten über den Asphalt. »Coach Leah wollte gerade einen Suchtrupp losschicken.« Dann warf sie einen Blick auf Caitlins Chauffeur und stutzte. »Oh. Hi, Jeremy.«

»Sorry. Mein Auto hat gestreikt.« Caitlin sprang mit brennenden Wangen von der Vespa. Sie fühlte sich so ertappt, als habe sie etwas Falsches getan.

Vanessa drehte sich um. »Beeil dich. Sie hat miese Laune.«

Caitlin rannte ihrer Freundin nach und merkte erst auf dem Fußballfeld, dass sie sich gar nicht bei Jeremy bedankt hatte – und auch noch gar nicht begriffen hatte, was sie beinahe getan hätten. Aber da gab es auch nichts zu begreifen. Er war Joshs Bruder, sonst nichts.

Sie sah sich trotzdem noch einmal um. Jeremy saß noch auf seiner Vespa, den Helm in der Hand. Er warf Caitlin einen langen Blick zu, und als sie in seine warmen braunen Augen sah, erstarrte sie. Irgendwie war es, als blicke er direkt in ihre Seele.

Als wisse er, dass sie beinahe zugelassen hätte, dass er sie küsste.

# Kapitel 9

Am Montagabend hatten sich Ava und Alex auf der riesigen, L-förmigen Couch in Avas Familienzimmer zusammengekuschelt. Eigentlich schauten sie gerade einen Harry-Potter-Marathon, aber die beiden widmeten dem Fernseher kaum Aufmerksamkeit. Ava hätte Alex natürlich lieber mit in ihr Zimmer genommen, aber ihr Dad und ihre Stiefmutter waren zu Hause, und was unbeaufsichtigten Kontakt zwischen Jungs und Mädchen betraf, gab es bei Ava zu Hause strenge Regeln.

»Habe ich dir schon mal gesagt, wie wunderschön du bist?«, murmelte Alex und zog sie an sich. Er roch nach sauberem Kaschmirpulli und Old Spice.

Ava stupste ihn spielerisch an. »Komplimente bringen dich auch nicht weiter, mein Freund.«

»Ich habe nur ehrenwerte Absichten«, wehrte Alex dramatisch ab und schüttelte seine braunen Locken. »Das ist einfach die Wahrheit. Du, Ava Jalali, bist einfach umwerfend. Lass es dir bloß nicht zu Kopf steigen.«

»Keine Sorge«, lachte Ava und berührte seine Nasenspitze. »Solange du mein Ego in Schach hältst, wird das nicht passieren.«

Alex beugte sich vor und küsste sie. Ava schloss die

Augen, umfasste seine Schultern und zog ihn an sich. Sie und Alex waren zwar schon ein Jahr zusammen, aber ihre Küsse waren immer noch so aufregend wie beim ersten Mal.

Das galt auch für die Komplimente. Es war seltsam: Ava hatte schon immer gewusst, dass sie schön war. Das hatten ihr eine Menge Leute gesagt: Fotografen, Agenten, sogar der Typ, der aus ihr einen Avatar in dem Videospiel machen wollte, das er gerade entwickelte. Aber nur wenn Alex es sagte, fühlte es sich echt an – denn im Gegensatz zu all den anderen liebte er Ava, und nicht nur ihr Aussehen. Alex gab ihr die ganze Zeit das Gefühl, etwas Besonderes zu sein, und außerdem hatte er die einzigartige Fähigkeit, dafür zu sorgen, dass sie auf dem Boden blieb und in dem extremen Konkurrenzkampf, der in Beacon Heights herrschte, nicht den Verstand verlor.

Alex' Handy summte in seiner Tasche und er zog es heraus. »Mist«, sagte er. »Mir war gar nicht klar, wie spät es ist. Meine Eltern bringen mich um, wenn ich zu spät nach Hause komme.«

»Bleib doch«, sagte Ava. »Du weißt doch, dass deine Eltern dich lieben.« *Viel mehr als meine mich lieben*, fügte sie im Stillen hinzu. Sie wollte jetzt auf keinen Fall allein sein. Wenn niemand bei ihr war, drohte die Panik, die sie wegen Nolan – und ihrer schlechter werdenden Noten – spürte, sie zu überwältigen. Dank ihrer bösen Stiefmutter war Avas Verhältnis zu ihrem Vater ziemlich angespannt. Wenn er jemals von den Nolan-Gerüchten Wind bekäme, würde er sie wahrscheinlich enterben.

»Machst du dir immer noch Gedanken wegen deinem

Aufsatz?«, fragte Alex, als habe er ihre Gedanken gelesen. Seine braunen Augen blickten besorgt. »Das war wirklich mies von Mr Granger.«

Ava erinnerte sich auf einmal an den Tag zurück, an dem sie und die anderen Mädchen im Filmunterricht über Rache gesprochen hatten und schließlich bei Nolan gelandet waren. *Wir könnten ihm Oxy geben*, hörte sie sie sagen. *Nur so viel, dass er einschläft. Dann könnten wir ein paar peinliche Fotos von ihm machen.*

Sie biss die Zähne zusammen. *Denk nicht mehr daran.*

»Ja, das war kacke«, sagte sie laut. »Vielleicht sollte ich mit ihm reden und ihn fragen, ob ich den Essay noch mal schreiben kann.«

Alex schaute eilig zur Seite. »Hältst du das wirklich für eine gute Idee?«

Ava blickte ihn scharf an. »Wie meinst du das?« Sie dachte augenblicklich an die Gerüchte, die über sie in Umlauf waren. Aber Alex hatte ihnen keine Beachtung geschenkt. »Außerdem war es doch deine Idee«, fügte sie hinzu.

»Ach, vergiss es«, sagte Alex achselzuckend. »Du hast recht, versuch ruhig, die Note zu ändern.«

»Okay.« Ava drückte Alex die Hand. Sein Kommentar hatte sie zwar verunsichert, aber vielleicht trauten Jungs Granger aus denselben Gründen nicht, aus denen Mädchen ihn mochten. »Ich frage ihn am Montag.«

Sie gingen die große Freitreppe hinunter ins Erdgeschoss. Sofort drang ihnen der schwere Duft des Raumsprays, das Avas Stiefmutter benutzte, in die Nase. Obwohl ihr Vater schon seit Jahren mit Leslie verheiratet war, hatte sich Ava noch immer nicht an den Geruch gewöhnt. Aber Leslie wollte nun mal nicht, dass das Haus nach den iranischen Gewürzen roch, mit denen ihr Vater immer kochte. Das wäre zu fremdländisch und schräg gewesen.

Natürlich hatte sich auch der Rest des Hauses verändert. Die Perserteppiche, die ihr Vater und ihre Mutter während ihres letzten Urlaubs in Teheran gekauft hatten, waren verschwunden und durch zwei beigefarbene Sofas und einen Ledersessel ersetzt worden, die Leslie ausgesucht hatte. Dasselbe Schicksal hatte den Couchtisch mit den Goldfüßen und die seidenen Vorhangschals ereilt, hinter denen Ava sich als Kind immer versteckt hatte. Stattdessen hatte Leslie einen Glastisch und moderne Holzjalousien angeschafft. Ava wusste nicht genau, was Leslie eigentlich damit ausradieren wollte – das kulturelle Erbe ihres Vaters oder das Vermächtnis seiner früheren Frau.

An der Haustür stellte Ava sich auf die Zehenspitzen und gab Alex einen Abschiedskuss. Sie war groß, aber er überragte sie noch um beinahe fünfzehn Zentimeter. »Ruf mich an, wenn du daheim bist«, sagte sie.

Er nickte. »Hab dich lieb«, sagte er, küsste sie sanft auf die Stirn und ging nach draußen.

»Ava?«, hörte sie von oben, als sie die Tür hinter ihm schloss. »Bist du das?«

Ihr Vater erschien am oberen Ende der Treppe. Er trug einen weißen Frotteebademantel, den er sich niemals selbst gekauft hätte – offenbar ein Geschenk von Leslie. Sein ergrautes Haar war zerwühlt, wie immer, wenn er spätabends noch arbeitete. Seine Brille war ihm bis fast auf die Nasenspitze gerutscht.

»Wie geht's meinem Mädchen?«, fragte er mit dem Hauch von Akzent, der immer noch bei ihm zu hören war.

»Alles super!« Ava verzog das Gesicht. Sie hatte ihre geheuchelte Begeisterung ein bisschen übertrieben. Aber zu ihrer Überraschung merkte ihr Vater nichts.

»Das ist schön. Schlaf gut, *Jigar*«, sagte er. Als sie ihren alten iranischen Kosenamen aus seinem Mund hörte, wurde Ava wieder bewusst, wie lieb sie ihn hatte. Sie hatte wegen der Nolan-Sache in letzter Zeit so viel Stress gehabt, dass sie kaum Zeit mit ihm verbracht hatte. Das würde sie ändern.

»Gute Nacht«, sagte sie und beobachtete, wie er in sein Zimmer verschwand. Als sie schon auf der Treppe stand, überlegte sie es sich anders und ging in die Küche, um sich ein Glas Wasser zu holen. Sie tastete nach dem Lichtschalter, als sie ein Lallen aus der Dunkelheit hörte.

»Hi, Ava.«

»Leslie!« Ava zuckte heftig zusammen. *Warum sitzt du hier im Stockdunkeln wie eine Einbrecherin?*, hätte sie am liebsten gefragt. Sie fand den Lichtschalter und sofort war die Küche von Licht überflutet. Hier fühlte es sich auch nicht mehr heimelig an, denn Schränke und Granittresen hatte Leslie ebenfalls neu angeschafft. Ihre Stiefmutter saß auf einem Barhocker, die langen, gebräunten Beine verschränkt. Ihr blondes Haar hing ihr ins Gesicht und neben ihr stand eine leere Flasche Chardonnay.

Leslies Anblick reichte, um Ava mit Frustration zu

erfüllen. Ihre Mutter war klein und unscheinbar gewesen und hatte ihr struppiges rotes Haar zu einem Knoten zusammengefasst. Und ihr Vater hatte sie wegen ihres Geistes geliebt: Sie war Mathe-Dekanin an der U-Dub gewesen. Brillant, zerstreut und witzig. Ob Leslie überhaupt ein Gehirn hatte, wusste Ava immer noch nicht. Und falls ja, schien sie fest entschlossen zu sein, es sich kaputtzutrinken.

»Hat sich dein Freund erst jetzt aus dem Haus geschlichen?«, fragte Leslie herausfordernd.

»Es ist neun, und wir haben uns im Familienzimmer einen Film angeschaut. Soviel ich weiß, ist das erlaubt.« Ava verschränkte trotzig die Arme vor der Brust.

»Ich finde, dass du zu viel Zeit mit ihm verbringst. Ich möchte, dass er nicht mehr hierherkommt«, sagte Leslie langsam.

»Ach ja?«, blaffte Ava. »Dann ist es ja gut, dass du das nicht zu entscheiden hast.«

Leslie verzog keine Miene. »Ich mache mir Gedanken um dich, Ava.« Ihre Stimme triefte vor geheuchelter Besorgnis. »Ich habe ein paar schlimme Dinge darüber gehört, wie sich ... dein Notendurchschnitt so plötzlich verbessert hat. Ich würde nur ungern mit deinem Vater darüber sprechen müssen.«

Ava atmete keuchend ein. Wie um alles in der Welt hatte denn Leslie von diesen Gerüchten erfahren? Durch die Mutter einer Mitschülerin? Wussten viele Eltern davon? »D... das sind nur gemeine Gerüchte. Mein Exfreund hat sie in die Welt gesetzt«, stammelte sie.

»Siehst du?« Leslie lächelte und entblößte dabei ihre

unnatürlich weißen Zähne. »Jungs sind offenbar ein Problem für dich, Ava. Sicher siehst du ein, dass es das Beste ist, wenn du diesen Alex nicht mehr triffst.«

Ava hatte die Hände zu Fäusten geballt und bemühte sich, ihre Atmung wieder zu beruhigen. Sogar nach seinem Tod schaffte es Nolan Hotchkiss noch, ihr Leben zu ruinieren.

Im Frühling des zehnten Schuljahres war Ava ein paar Monate lang mit Nolan ausgegangen. Normalerweise hatte sie mit seiner Clique nichts zu tun, aber Nolan hatte sie so ausdauernd umworben, dass Ava ihm nachgegeben hatte. Und obwohl sie einiges an Nolan ärgerte, musste sie zugeben, dass es, na ja, Spaß gemacht hatte, seine Freundin zu sein. Auf dem Schulflur machten ihr die Mädchen aus der Neunten ehrerbietig Platz, so wie sie es sonst nur für Julie Redding, Parker Duvall und deren Günstlinge taten. Sie bekam ständig Lernhilfen, Flurpässe und Einladungen in Ferienhäuser und Country-Clubs angeboten. Als ihr zu Ohren kam, dass Nolan damit angegeben hatte, er werde nach dem Abschlussball mit ihr schlafen, machte ihr das nicht besonders viel aus – und dafür verachtete sie sich jetzt. Sie hasste es, dass sie nicht genug Selbstachtung gehabt hatte, um zu sehen, was für ein Mistkerl er war. Sie hatte sich von seinem strahlenden Lächeln und seinen Lügen einwickeln lassen und hatte genau das getan, was er wollte.

Als Nolan danach unter der Dusche war, hatte sie sein iPhone genommen, um Musik aufzulegen – und die MMS gesehen. Es waren Nacktfotos von x Mädchen aus ihrem Jahrgang – darunter auch Delia Marks, die ihres erst vor einer Stunde geschickt hatte. *Ich will dich sehen*, hatte sie daruntergeschrieben. *Morgen Abend, 23 Uhr*, hatte Nolan geantwortet – kurz bevor er mit Ava geschlafen hatte. *Kann es kaum erwarten, dich zu sehen – jeden Zentimeter von dir.*

Obwohl sie innerlich kochte, war Ava ganz ruhig aufgestanden, hatte sich ihr zerknittertes Zac-Posen-Kleid angezogen und die Tür hinter sich zugeknallt.

Aber danach musste sie am eigenen Leib erfahren, dass kein Mädchen ungestraft mit Nolan Hotchkiss Schluss machte. Aus Rache hatte er überall herumerzählt, sie habe mit allen männlichen Lehrern der Beacon Heights High geschlafen – und vermutlich auch einigen der weiblichen. Alle wussten, dass Ava seit einem Jahr viel bessere Noten schrieb als früher, und sie waren nur zu gerne bereit, Nolans Erklärung dafür zu glauben. »Hübsche Mädchen brauchen kein Hirn«, sagte Nolan jedes Mal laut, wenn er an Ava vorbeilief. »Sie kriegen mit anderen Mitteln das, was sie wollen.«

Es war furchtbar gewesen. Eine Woche lang hatte jeden Tag jemand NUTTE auf ihr Schließfach geschmiert. Jungs verfolgten sie und wollten Details ihrer Schäferstündchen erfahren. Mädchen verstummten abrupt, wenn sie ins Zimmer kam. Wütend hatte sie Nolan gesimst: *Wenn du weiter diese Lügen verbreitest, dann bringe ich dich um.* Aber dies war Beacon Heights. Der Schaden war bereits angerichtet.

Am Anfang des elften Schuljahrs hatte sich der Sturm wieder gelegt – die nächsten Skandale warteten schon, und Avas Freunde wussten ohnehin, dass Nolan ein verlogener Mistkerl war. Und dann war sie mit Alex zusammengekommen, der sie wegen ihrer Persönlichkeit und nicht wegen ihres Äußeren liebte. Aber Ava wusste, dass solche Gerüchte niemals vollständig verschwanden. Immer wenn sie ein paar Mädchen sah, die flüsternd in ihre Richtung blickten, oder wenn ein Junge sie einen Moment zu lange musterte, fragte sie sich, ob das an den Lügen lag, die Nolan über sie verbreitet hatte.

Sie dachte zurück an den Abend der Party, an dem Caitlin sie dazu überredet hatte, Nolan nach oben zu locken. »Das musst du machen, Ava. Sag, dass du wieder mit ihm zusammen sein willst. Das wird ihm runtergehen wie Öl. Er hält sich für Gottes Geschenk an die Frauen.«

Und Caitlin hatte recht behalten.

Ein kalter, harter Knoten bildete sich in ihrem Magen, wie immer, wenn sie an den Streich dachte. Nolan war so bereitwillig mit ihr nach oben gegangen, als hätte er tatsächlich geglaubt, sie wolle ihn zurück. Ava hatte nicht gewagt, Alex davon zu erzählen – sie war sicher, dass er eifersüchtig darauf reagieren würde, dass sie ihren Ex hatte verführen wollen. Und außerdem hätte er jetzt sicher Angst, weil es sie mit Nolans Tod in Verbindung brachte. Ava hatte definitiv Angst. Die anderen blieben dabei, dass es reiner Zufall war, dass er an diesem Abend gestorben war, aber sie fühlte sich verfolgt. Sie war diejenige gewesen, die Nolan nach oben gelockt hatte. Sie hatte ihm den präparierten Drink in die Hand gedrückt. Aber sie wusste genau, wie viel Oxy Caitlin hineingemischt hatte: eine lausige Pille. Genug, um

Nolan müde zu machen, aber nicht genug, um ihn zu töten.

Wieso war es dann doch so gekommen?

»Okay«, sagte Ava seufzend und drehte sich zu Leslie um. »Du hast gewonnen. Ich werde Alex nicht mehr hierher einladen. Bitte erzähle Dad nichts von diesen dummen Gerüchten.«

Leslie lächelte erfreut und amüsiert. »Wie schön, dass wir uns einig sind, Ava. Ich will nur dein Bestes, das weißt du ja.« Sie drehte sich um und ging ohne ein weiteres Wort die Treppe hinauf.

Ava zitterte vor Wut. *Eigentlich dürfte mich das nicht überraschen*, dachte sie. Nolans Gerüchte quälten sie jetzt schon seit mehr als einem Jahr. Warum sollte diese Qual enden, nur weil er tot war?

# Kapitel 10

Am Dienstag saß Julie nach der Schule in ihrem Zimmer. Sie hatte sich in zwei weiche Dekokissen gekuschelt und eine Kunstpelzdecke um ihre Beine gewickelt. Das Sonnenlicht, das durch die Fenster strömte, ließ ihr Zimmer sauber, einladend und vor allem normal wirken. Wie das nette, normale Schlafzimmer eines normalen Mädchens, das eine normale Mutter und ein normales Zuhause hatte. Ein normales Mädchen, das nicht möglicherweise versehentlich einen Klassenkameraden durch einen schrecklich misslungenen Streich getötet hatte.

Denk nicht daran, befahl sie sich. Es war ein Zufall. Ein schrecklicher, scheußlicher Zufall, dass sie ihn ausgerechnet kurz vor seinem Tod mit Edding beschmiert hatten. Aber das würde man ihr nur glauben, wenn sie es auch selbst glaubte.

Gestern waren Polizeibeamte durch alle Klassenzimmer gegangen und hatten Fragen gestellt. Ein paar Kids waren schon zu der Party befragt worden, aber Julie noch nicht. Was, wenn jemand gesehen hatte, wie sie nach oben gegangen war? Was, wenn jemand ihre Unterhaltung im Filmunterricht mitgehört hatte? Irgendjemand musste das getan haben, oder?

Nur … wer?

Am liebsten hätte Julie sich die Decke über den Kopf gezogen, aber sie musste die normale, perfekte Julie spielen. Und die war fröhlich und beliebt. Also hatte sie Nyssa am Handy und ihre Freundin Colette in der Warteschleife. Gleichzeitig simste sie mit Natalie hin und her. Sie musste noch fünfzehn Facebook-Nachrichten lesen, und das Selfie, das sie erst gestern Abend auf Instagram gepostet hatte, hatte bereits dreihundert Likes.

»Jemand hat mir erzählt, dass sie im Fotolabor geknutscht haben«, sagte Nyssa in Julies Ohr und quittierte den Klatsch mit einem Kichern. Sie redete von Rebecca Hallswell und Corey Grier, dem neuesten Pärchen der Beacon. Skandalös war das, weil beide ihre Ex-Partner miteinander betrogen hatten. »Ich meine, Corey könnte auch etwas einfallsreicher sein, oder? Muss ihr Haar den ganzen Tag nach Fixierer riechen?«

»Unglaublich«, sagte Julie und verdrehte die Augen. »Obwohl die Dunkelkammer schon ziemlich romantisch ist, findest du nicht? Das schwache Licht und die ganzen Schwarzweißfotos, die an der Leine hängen …«

»Julie!«, gellte eine Stimme.

»Du Freak«, lachte Nyssa. »Aber mit Mr Granger würde ich jederzeit in eine Dunkelkammer gehen. Der Fotoclub ist absolut fantastisch.«

»Julie«, rief die Stimme wieder. Dann war ein rasselndes Husten zu hören.

»Wer ist das denn?«, fragte Nyssa ein bisschen angewidert.

»Öh, unsere Putzfrau«, sagte Julie. Ihr Herz klopfte

schnell. »Du solltest sie nach Hause schicken. Offensichtlich ist sie krank«, sagte Nyssa. Dann stöhnte sie. »Meine Mom ruft. Was machst du heute Nachmittag?«

»Julie!«

»Äh …« Julie musste das Gespräch schnell beenden. »Ich muss auch los. Ich ruf dich später an.«

Sie legte auf. Dann wickelte sie sich aus der Decke und stand auf. Ihr Herz klopfte immer schneller. Ihre Mutter rief sie noch einmal, diesmal sehr drängend. »Ich komme«, antwortete Julie mit erstickter Stimme.

Und dann öffnete sie die Tür.

Jeder Zentimeter Teppich war mit Kartons, Möbeln oder Plastikboxen voller Krimskrams vollgestellt. Sie quetschte sich durch den Flur und bahnte sich einen Weg durch das Karton-Labyrinth. Müllsäcke waren so hoch darauf gestapelt, dass sie die Wandleuchten verdeckten. Julies Herz hämmerte gegen ihr Brustbein und ein vertrautes Gefühl der Übelkeit stieg in ihr auf.

Bei jedem Schritt spürte sie Katzen um ihre Waden und Knöchel streichen. In der Küche lagen kaputte Elektrogeräte auf dem Boden, alte Standmixer und Eiskrem-Maschinen neben Papiertüten voller zerbrochenem Geschirr. Ein nicht funktionierender alter Gasherd, den Julies Mutter irgendwo im Müll gefunden hatte, stand unter dem Fenster, und es stapelten sich fleckige, aufgequollene Kochbücher darauf. Zu Bündeln geschnürte alte Zeitungen und Zeitschriften waren in anderthalb Meter hohen Stapeln gegen die Wände gelehnt. Auf einem Stapel schlief zusammengerollt eine schmutzige weiße Katze, während eine andere sich an demselben

Stapel gerade die Krallen wetzte und dabei Papierschnipsel auf dem Boden verteilte. Katzenhaare schwebten in der Luft und bildeten kleine Wirbel, wenn Julie sich bewegte.

*Beruhig dich*, sagte sich Julie. Sie begann zu zählen. Eins, zwei, drei …

Ein Katzenschwanz strich über ihr nacktes Bein. Sie hatte das Gefühl, sie würde gleich wahnsinnig werden. Vier, fünf, sechs …

»Julie? Kommst du?«

Ihre Mutter, die neben den wackligen Papierstapeln winzig wirkte, saß am Tisch und ließ eine kleine Tigerkatze die Milch aus ihrer Müslischüssel lecken. Um ihre dicken Knöchel strichen vier weitere Katzen und bettelten miauend um Futter. Mrs Redding trug einen rosaroten Steppmorgenmantel, der von Essensflecken übersät und am Saum schmutzig-grau war. Ihr Gesicht war teigig, ihre Haut fahl. Julie hätte den Körper ihrer Mutter am liebsten mit Stahlwolle von all den Dreckschichten befreit, die jahrelange Vernachlässigung darauf abgelagert hatte. Und sich dann dem Rest des Hauses zugewendet. Sie wollte alles wegschmeißen. Oder gleich die Bude niederbrennen.

»Hier bin ich«, sagte Julie und trat näher. Sie nahm die Schüssel und brachte sie zum Waschbecken. Sie wusste, wenn sie sie nicht spülte, würde das Ding wochen- oder monatelang dort stehen bleiben.

»Ich war noch nicht fertig«, rief ihre Mutter. Dann riss sie die Augen auf. »Und schmeiß das ja nicht weg!«

Sie zeigte auf Julies Hand, in der sich ein zerknittertes

Zeitungsblatt und ein Wochen altes Anzeigenblatt befanden, die sie aus dem Waschbecken geholt hatte. Julie hatte keine Ahnung, warum ihre Mutter diese beiden Fetzen noch brauchte. Aber sie legte sie brav auf den Tresen zurück. Auf den Stapel dreckiges Geschirr und die anderen Anzeigenblätter, die wahrscheinlich genauso veraltet waren.

Neun. Zehn. Elf. Nicht aufregen. Dann weint sie, und das ist am schlimmsten. Zwölf. Dreizehn. Julie umklammerte den Topfreiniger und beobachtete, wie der Schaum ins Spülbecken tropfte.

»Ich wollte nur helfen, Mom«, sagte sie mit ruhiger Stimme. Sie spülte das Frühstücksgeschirr und zog den Stöpsel. Natürlich gab es nirgendwo Platz für das saubere Geschirr – nur auf dem Berg von schmutzigem. Julie trocknete alles sorgfältig ab und stellte es auf den wackligen Geschirrberg. »Warum hast du mich gerufen?«, fragte sie.

»Kannst du meinen Scheck auf mein Konto einzahlen?«, fragte ihre Mutter. »Und dann noch Katzenstreu kaufen?«

Vierzehn. Fünfzehn. Sechzehn. Natürlich brauchte ihre Mutter Katzenstreu. Und es war natürlich ausgeschlossen, dass sie es selbst kaufte. Aber eigentlich war Julie dankbar dafür. Sonst hätte sie jemandem erzählen können, dass sie Julies Mutter war. Und dann könnten es ihre Mitschüler erfahren. Und dann wäre alles vorbei. »Okay.«

»Kannst du mir bitte auch eine Illustrierte mitbringen?«

In Julie stieg plötzlich hysterisches Gelächter auf, als sie die Zeitungstürme in der Küche betrachtete. »Ehrlich,

Mom?«, prustete sie. »Willst du nicht vielleicht erst mal die lesen, die du schon hast?«

Sie sah noch, wie verletzt ihre Mutter wirkte, bevor sie sich an einem Karton voller Weihnachtsschmuck vorbei wieder auf den Flur zwängte. Schuldgefühle stiegen in ihr auf. Sie wusste, dass ihre Mom an einer psychischen Krankheit litt, das hatte Dr. Fielder ihr gesagt. Aber Julie schaffte es nicht, ihre Wut auf sie zu überwinden.

Sie zwängte sich in das kleine Bad, das nach dem Chlorreiniger roch, mit dem sie es geschrubbt hatte. Hier standen Familienpackungen voller Fertiggerichte, offene Tüten mit Katzenstreu, benutzte Zahnbürsten, leere Shampooflaschen und wer weiß was noch alles durcheinander.

Sie holte tief Luft und betrachtete sich im Spiegel. Ihr glänzendes kastanienbraunes Haar war glatt und gepflegt. Ihre hellgrüne Bluse war sauber und faltenfrei.

»Du bist nicht deine Mutter. Du wirst nicht so werden wie sie«, wiederholte Julie im Stillen. Sie beruhigte sich ein bisschen, aber sie wusste, dass sie das Haus verlassen musste, um nicht völlig durchzudrehen. Sie zog ihr Handy aus der Tasche und rief Parker an. »Ich brauch ein bisschen Shopping-Therapie. Sofort. Bist du dabei?«, fragte Julie, als Parker sich meldete.

»Klar. Holst du mich ab?«, fragte Parker heiser. »Aber ich hab nur bis sechs Uhr Zeit. Dann habe ich einen Termin bei Dr. Fielder.«

Julie schloss die Augen und schickte ein stummes *Gott sei Dank* gen Himmel. »Alles klar. Ich fahre gleich los.«

Zwanzig Minuten später schlenderten Julie und Parker durch die Gänge von der Secondhand-Boutique »Tara« in Beacon, deren Besitzerin ein Riesenfan von »Vom Winde verweht« war. An den Wänden hingen die Filmposter, die Umkleidekabinen waren mit Zitaten dekoriert, und auf dem Tresen saß eine Scarlett-O'Hara-Puppe. Es war Julies Lieblingsladen. Erstens, weil er in einer kleinen Seitenstraße abseits der großen Einkaufsmeile lag – was bedeutete, dass sie dort einkaufen konnte, ohne von ihren Freundinnen gesehen zu werden. Die hätten sich nämlich gefragt, warum um alles in der Welt eine wie sie gebrauchte Klamotten kaufte.

Zweitens brachten die reichen Bewohner von Beacon Heights dort ihre Designerstücke der letzten Saison hin, um in ihren Schränken Platz für die neueste Kollektion zu schaffen. Dank Tara konnte Julie, die von dem Geld lebte, das sie als Schwimmaufsicht verdiente, sich Joe's Jeans, Diane-von-Furstenberg-Wickelkleider, Joie-Blusen und Elizabeth-and-James-Accessoires leisten.

»Wie wäre es damit?«, fragte Julie und hielt Parker ein kanariengelbes Kleid vor den dünnen Körper.

Parker verzog das Gesicht. »Habe ich schon jemals Gelb getragen?«

»Schon lange nicht mehr«, sagte Julie leise. »Ich bin froh, dass du heute zu Dr. Fielder gehst. Hast du Angst?«

Achselzuckend ging Parker zu den Schuhregalen im hinteren Teil des Ladens. Julie folgte ihr. Sie wusste, dass sie Parker nicht drängen durfte.

Sie dachte an ihre eigene Sitzung mit Elliot Fielder. Im Gegensatz zu vielen anderen Dingen war es in Beacon

Heights kein Stigma, einen Therapeuten zu haben. Nyssa, die eine Essstörung hatte, redete die ganze Zeit über ihren. Gerüchten zufolge hatte sogar Nolan einen Therapeuten, aber Julie bezweifelte, dass das stimmte. Der Typ war nicht menschlich genug gewesen, um einen Psychiater zu brauchen.

»Nenn mich Elliot«, hatte Dr. Fielder gesagt, als er die Tür zu seinem kleinen gemütlichen Büro öffnete. Wenn er lächelte, bildete sich ein Fältchenkranz um seine Augen, aber er war überraschend jung.

Er hatte Julie das Gefühl gegeben, in Sicherheit zu sein, als sie ihm ihre Familiengeschichte erzählte. All ihre Sorgen in Bezug auf ihre Mutter. *Ich habe Angst, dass ich so werde wie sie,* hatte sie geflüstert. *Sie war früher so schön, so erfolgreich, so perfekt. Aber dann ... ist irgendetwas passiert.*

Vor langer Zeit hatte ihre Mutter genauso ausgesehen wie Julie jetzt. Und sich auch genauso verhalten, sich um ihr Äußeres und ihr Zuhause gekümmert. Etwas darauf gegeben, was andere Leute von ihr dachten. Julie wusste nicht genau, wann sie aufgegeben hatte, nur, dass es ganz allmählich passiert war. Wenn jemand ihr vor zehn Jahren gesagt hätte, dass die kalifornische Gesundheitsbehörde sie ihres Hauses verweisen würde, weil es wegen der Katzen ihrer Mutter nicht mehr bewohnbar wäre, hätte Julie ihn als dreisten Lügner beschimpft. Sie hatte die Krankheit ihrer Mutter nicht kommen sehen. Und sie wusste nicht, wie sie damit leben sollte. Sie atmete ... zählte ... und versteckte sich.

»Hast du schon mal mit jemandem darüber geredet?«, fragte Elliot.

Julie senkte den Blick. Ihr Geheimnis war schrecklich. Ihre kalifornischen Freunde hatten sie fallen lassen wie eine heiße Kartoffel, als sie es herausfanden. Sie hatten sie erbarmungslos gehänselt, Gemeinheiten über sie im Klassenzimmer an die Tafel geschrieben und sie auf dem Pausenhof Spießruten laufen lassen. Alle glaubten, sie sei so schmutzig wie das Haus, in dem sie lebte. Im letzten Jahr in Kalifornien hatte sie sich wie eine Gefangene gefühlt. Sie hatte keine Freunde mehr. Ihre Mom war eine Fremde für sie gewesen. Sie hatte niemanden.

Julie nahm allen Mut zusammen. »Nur mit meiner Freundin Parker. Und jetzt muss ich einfach wissen, ob mir dasselbe passieren wird wie meiner Mutter«, sagte sie leise.

Elliot war verständnisvoll und zuversichtlich gewesen. »Weißt du, klinisch betrachtet bist du nicht der Typ Mensch, der kurz vor einem psychischen Zusammenbruch steht«, hatte er gesagt. »Du wirkst wie eine sehr lebenstüchtige, kluge junge Frau, die es schafft, trotz ihrer Probleme ein erfülltes Leben zu leben.« Mit anderen Worten: *Du bist nicht deine Mutter.*

Julie blieb vor einem Foto von Vivian Leigh stehen, auf dem sie mit wehmütigem Gesicht in der Tür von Tara stand. Ach, wenn sie doch auch die innere Einstellung hätte, dass morgen ein neuer Tag wäre. Ein neuer Tag, an dem sie sich keine Sorgen wegen Nolan machen musste. Oder wegen ihres schmutzigen kleinen Geheimnisses.

Julie räusperte sich und nahm ein Nietenarmband in die Hand, das auf einem Tablett mit Schmuck lag. »Wie findest du das?«

»Eigentlich ist das doch mehr mein Stil, oder?«, fragte Parker stirnrunzelnd.

»Na, dann kaufe ich es dir«, sagte Julie und marschierte zur Kasse. Sie schob das Armband der Studentin mit den grünen Strähnchen zu, die immer hier arbeitete.

»Ich möchte das für meine Freundin kaufen«, sagte sie und zeigte auf Parker, die hinter ihr stand.

Ein merkwürdiger Ausdruck huschte über das Gesicht der Kassiererin, als sie Parker sah. Manchmal waren die Leute so schrecklich oberflächlich. Julie ballte die Faust.

Später spazierten sie zur großen Einkaufsstraße, die ein paar Blocks entfernt lag. Hier gab es einen Nobeljuwelier, ein Einrichtungsgeschäft, in dem Kronleuchter und Eintausend-Dollar-Kaschmirdecken verkauft wurden, Luxusboutiquen und einige Restaurants.

»Julie?«

»Ach, Scheiße«, murmelte Parker.

Julie wirbelte herum. An der Ecke stand Nyssa, der ein paar Einkaufstüten vom Handgelenk baumelten. Natalie Houma stand neben ihr, das Handy in der Hand.

»Du bist es doch!«, rief Nyssa. Sie hüpfte fröhlich auf Julie zu und nahm ihre Hand. »Du hast vorhin so schnell aufgelegt, dass ich dich gar nicht fragen konnte, ob du auch mit in Judys Diner kommen willst. Ein paar Leute treffen sich dort. Du musst kommen. Carson ist dort, und er hat schon nach dir gefragt.« Sie zwinkerte.

Julie wurde rot. Ob Parker auch mitkommen wollte? Sie schaute sich nach ihrer Freundin um, aber die war bereits verduftet. Typisch.

»Klar«, sagte sie. Es mochte zwar so aussehen, als ließe

sie Parker im Stich, aber sie wusste, dass ihre Freundin sich dort nicht wohlfühlen würde. Julie beschloss, sich nach ihrem Therapietermin bei ihr zu melden. Vielleicht würde die Sitzung ja helfen. Vielleicht würde Parker es irgendwann schaffen, sich der Welt wieder zu öffnen, damit alle das Mädchen sehen konnten, das im Moment nur Julie kannte.

# Kapitel 11

Abends um sechs drückte Parker die Tür eines unauffälligen Bürogebäudes in der Innenstadt von Beacon Heights auf. Der Eingangsbereich war leer, abgesehen von ein paar Stühlen, einer Vase mit Blumen und ein paar eselsohrigen Zeitschriften. Auf der zweiten Tür, die zu einem weiteren Flur führte, stand in großen Buchstaben

PRAXIS ELLIOT FIELDER.

Der Seelenklempner. Parker hatte überhaupt keine Lust auf diese Sitzung, aber sie hatte es Julie versprochen. Und jetzt wo Nolans Tod als Mordfall behandelt wurde, war es wichtiger denn je, dass sie lernte, sich zusammenzureißen.

Die Tür öffnete sich und ein Mann erschien im Türrahmen. Er hatte wuscheliges dunkles Haar und seine tief liegenden Augen wirkten ernst und nachdenklich. Sein schlanker, muskulöser Körper erinnerte an einen Marathonläufer.

»Äh …«, sagte er und blinzelte sie an.

Parker stand auf. Sie war verlegen wegen all der Gedanken, die ihr gerade durch den Kopf geschossen waren. »Ich bin Parker«, sagte sie. »Parker Duvall. Julies Freundin?«

Er ließ seinen Blick weiter auf ihr ruhen. Neugierig, als versuche er etwas über sie herauszufinden. Dann räusperte er sich und nahm ihren Patientenfragebogen an sich. »Ah, richtig. Julie sagte, dass du heute vorbeikommst. Komm rein und setz dich.«

Sie ging an ihm vorbei in sein Büro. Die Neonröhre an der Decke brannte nicht, aber ein paar Lampen in den Zimmerecken verbreiteten ein sanftes Licht. Der Himmel vor dem Fenster war so grau und öde wie ihre Laune.

Parker fläzte sich auf die Couch und legte die Beine auf die Lehne.

Dr. Fielder schloss die Tür, setzte sich auf einen Bürostuhl und schob ihn in die Mitte des Raums. Ein paar Sekunden lang starrte er sie mit einem Gesichtsausdruck an, den sie nicht deuten konnte. Die Uhr an der Wand tickte im Rhythmus der verstreichenden Zeit.

»Warum starren Sie mich so an?«, fragte Parker schließlich gereizt. »Ich weiß, dass ich Narben habe. Wollen Sie, dass ich mich noch mehr als Freak fühle?«

Fielder runzelte die Stirn. »Narben?«

Parker verzog den Mund. »Toller Partytrick, Doktor. Aber sie sind genau hier.« Sie zeigte auf ihr im Schatten ihrer Kapuze verborgenes Gesicht. »Ich weiß, dass mein Gesicht aussieht, als sei ich in einen Fleischwolf geraten.«

»Ich sehe keine Narben«, sagte Dr. Fielder bestimmt. Er befeuchtete seine Lippen. »Entschuldige, Parker. Julie hat mir ein bisschen von dir erzählt, und ehrlich gesagt überrascht es mich, dass du heute gekommen bist.«

Was hatte Julie gesagt? Wahrscheinlich denselben Mist, den sie Parker jeden Tag vorkaute – *es ist, als hättest du einfach aufgegeben. Wenn du dich nur ein bisschen anstrengen würdest. Blablabla.* »Julie ist meine beste Freundin, und sie meint, sie weiß alles. Aber manchmal liegt sie falsch.«

Er lächelte. »Julie macht sich Sorgen um dich, Parker.«

Parker schnaubte. »Julie macht sich um alles Sorgen. Ich kann auf mich selbst aufpassen. Ich bin noch da, obwohl ich durch die Hölle gegangen bin. Zählt das denn gar nicht, Dr. Fielder?«

Er nickte langsam und strich sich übers Kinn. »Bitte nenn mich Elliot. Außerdem habe ich keinen Doktortitel. Ich bin Therapeut, und das bedeutet, dass ich mehr daran interessiert bin, dir zuzuhören, als dich zu heilen. Okay?«

Parker runzelte misstrauisch die Stirn. *Nenn mich Elliot. Ich will dir zuhören. Ich sehe keine Narben.* Der Mann war ein wandelndes Klischee.

»Und du hast recht«, fuhr er fort. »Du bist ganz offensichtlich eine starke Persönlichkeit, Parker. Eine Kämpferin. Aber das bedeutet nicht, dass du das alles allein durchstehen musst.«

Parker wich seinem Blick aus und betrachtete ihre langen, schlanken Beine in den abgewetzten Bikerboots.

»Willst du darüber reden, was passiert ist?«, fragte Elliot leise und sanft.

Sie winkte ab. »Das war kein großes Ding«, sagte sie abwehrend.

»Bist du sicher?«

Parker schaute ihn wieder an. Ein hohler Schmerz pulsierte hinter ihrem Brustbein. Es war schon lange her, dass jemand außer Julie sie wie ein menschliches Wesen behandelt hatte.

Sie räusperte sich. »Na ja, mein Dad hat mich früher oft geschlagen. Keine große Sache.«

Elliot riss die Augen auf. »Da bin ich anderer Meinung.«

Ein bellendes Lachen entrang sich ihrer Kehle. »Ich hatte es verdient. Das hat meine Mom mir immer gesagt – ich würde ihn provozieren. Ich habe ständig Mist gebaut. Er ertappte mich dabei, wie ich am Telefon über eine Party sprach, oder fand, dass ich meinen Schulrock zu weit hochgezogen hatte. Es gab immer irgendeinen Grund.« Sie starrte zu Boden und wickelte sich eine Haarsträhne um den Finger.

Elliot verschränkte die Arme vor der Brust. »Niemand hat das Recht, dir wehzutun. Ganz egal, was du machst. Das weißt du, oder?«

Parker zog eine Grimasse. »Tja, die Polizei war offenbar derselben Meinung. Jetzt ist er nämlich im Knast. Problem gelöst, richtig?«

Elliot kratzte sich an der Nase. »Julie hat von einem Übergriff gesprochen.«

Natürlich hatte Julie den Mund nicht halten können. »Ja. Das war der Wendepunkt. Der Abend, an dem die Polizei ihn abführte.«

»Kannst du den Abend beschreiben?«

»Er ist durchgedreht«, sagte Parker achselzuckend. »Völlig ausgerastet. Und dann ist das hier passiert.« Sie zeigte auf ihr Gesicht und versuchte zu lachen, als sei das alles egal, aber natürlich stimmte das nicht. Es war nicht egal, dass ihr früher perfektes Gesicht jetzt so aussah.

Sie erinnerte sich an die Party, daran, wie Julie sie völlig bedröhnt in Nolans Schlafzimmer gefunden hatte. An jenem Abend hatte er ihr eine Oxy in den Drink gemischt – diese Droge hatte sie vorher noch nie probiert. »Komm, ich bring dich nach Hause«, hatte Julie gesagt.

Parker hatte sie angefleht, das nicht zu tun. »Und wenn mein Dad noch wach ist? Kann ich nicht einfach bei dir bleiben?«

Julie biss sich auf die Lippe. Damals hatte Parker noch nichts von ihrem Geheimnis gewusst. »Er schläft sicher schon. Du hast dich doch schon oft ins Haus geschlichen. Sei einfach mucksmäuschenstill und schlaf deinen Rausch aus.«

Parker erinnerte sich, wie sie aus Julies Auto ausgestiegen und mit zitternden Beinen zum Haus gegangen war. Aber an das, was danach passiert war, konnte sie sich eigentlich nicht erinnern. Allerdings hatte sie ihren Vater oft genug wütend erlebt, um eine recht genaue Vorstellung davon zu haben.

»Das war schrecklich, oder?«, fragte Elliot leise.

Parker starrte auf ihre im Schoß gefalteten Hände.

»Und was ist danach passiert? Du warst im Krankenhaus, nicht wahr?«

Jesus. Hatte Julie dem Typ alles erzählt?

»Und dann kam dein Dad ins Gefängnis. Wie hast du dich da gefühlt?«

»Was glauben *Sie* denn?«, schnaubte Parker. Dann wanderte ihr Blick zum Fenster. »Meine Mom hasst mich dafür. Sie glaubt, der ganze Abend war meine Schuld. Und vielleicht stimmt das auch. Aber er war auch schuld daran.«

»Dein Dad?«

»Nein«, sagte sie mit erstickter Stimme. »M... mein Freund.«

»Wie meinst du das?«

Parker schloss die Augen. Nolans Gesicht stieg vor ihr auf. Sie überlegte kurz, ob sie schweigen sollte, aber sie war schon so weit gekommen. »Ich hatte neben Julie noch einen anderen besten Freund. Und an dem Abend, an dem ich angegriffen wurde, hat er mir Oxy gegeben, obwohl er wusste, dass mein Dad mich umbringen würde, wenn ich high nach Hause käme.«

Elliot runzelte die Stirn. »Und warum hat dein Freund das gemacht?«

Parker zog ratlos die Schultern hoch. »Weil er eben Nolan war. Manchmal hat er nun mal gern Gott gespielt.«

Elliot kniff die Augen zusammen. »Nolan ... Hotchkiss?«

Parker starrte ihn an. Ihr Herzschlag beschleunigte sich. »Haben Sie ihn gekannt?«

Elliot schüttelte den Kopf. »Nur in der Zeitung von ihm gelesen. Wie kommst du mit seinem Tod klar?«

Parker lehnte sich zurück und drückte sich ein Kissen an die Brust. »Ich war nicht gerade ein Fan von ihm.«

Elliot runzelte die Stirn. »Ihr wart also keine Freunde mehr?«

»Ach was. Nachdem mein Gesicht zerstört war, hat er mich nicht einmal mehr angeschaut.«

»Warst du auf der Beerdigung?«

»Schon. Ich meine, ich wollte ja nicht, dass ihm etwas passiert. Aber ich hätte auch keine Lust, eine Totenwache für ihn abzuhalten und Kerzen anzuzünden. Oh nein.«

Sie erschauderte. »Aber das Geheule und dieses ganze Drama. Das ... weckt schlechte Erinnerungen in mir.«

Elliot nickte langsam. »Das ist nicht ungewöhnlich.«

»Nein?«

Elliot schaute auf seinen Block. »Julie hat einmal erwähnt, dass du Panikattacken hast. Plötzlich einsetzende Kopfschmerzen. Wie häufig kommen die vor?«

Parker dachte nach. »Ein paarmal die Woche. Die Kopfschmerzen kommen und gehen. Die Panikattacken ... die bekomme ich, wenn ich mich erschrecke. Bei lauten Geräuschen, plötzlichen Bewegungen. Fehlzündungen und so. Und manchmal fällt es mir schwer, mich an Dinge zu erinnern. Ich habe riesige Gedächtnislücken ...«

»Das klingt sehr nach Posttraumatischer Belastungsstörung«, sagte Elliot und lehnte sich in seinem Stuhl zurück. »Und nach allem, was du durchgemacht hast, wundert mich das gar nicht.«

Parker warf ihm einen Blick zu. »Kriegen das nicht Soldaten, wenn sie aus dem Krieg zurück sind?«

»Da kommt es sehr häufig vor, das stimmt. Aber PTBS kann jeden treffen, der ein schweres Trauma durchgemacht hat. Dein Körper reagiert danach so, als müsse er eine lebensbedrohliche Situation überstehen, selbst wenn es gar keine reale Bedrohung gibt. Die gute Nachricht ist, dass es sich sehr gut behandeln lässt.«

Parker setzte sich auf, stellte die Füße auf den Boden und schaute Elliot ins Gesicht. Ihr schwirrte der Kopf. Eigentlich war sie nur hierhergekommen, um Julie eine Freude zu machen. Sie war sicher gewesen, dass nichts – und niemand – sie wieder gesund machen könnte. Aber

Elliot redete so, als könne er ihr helfen. Vielleicht war sie ja doch kein hoffnungsloser Fall, wie sie so lange geglaubt hatte.

»Eins musst du wissen, Parker«, begann Elliot sanft. Sie riss die Augen auf und schaute ihn an. »Das bedeutet nicht, dass du beschädigt bist. Es bedeutet nur, dass dein Geist sich dem Gefühl angepasst hat, dass du nicht sicher bist. Es ist eine Bewältigungsstrategie.«

»Das klingt aber schon beschädigt«, sagte Parker und holte tief und zitternd Luft. »Toll. Ich bin doppelt kaputt. Im Gesicht und im Hirn.«

Elliot schnalzte mit der Zunge. »Parker, wir alle sind irgendwie beschädigt. Aber die meisten Leute nennen das ›Lebenserfahrung‹. Und du hast eine Menge Lebenserfahrungen machen müssen. Mit deinem Vater. Mit deiner Mutter. Mit Nolan.«

Sie nickte.

Plötzlich spürte sie seine Hand auf ihrer. Sie war warm, die Fingerspitzen ein bisschen verhornt, als spiele er in seiner Freizeit ein Instrument. Er drückte ihre Hand kurz und ließ sie dann los.

»Parker, du hast allen Grund, niemandem zu trauen«, murmelte er. »Niemand kann dir übel nehmen, dass du vorsichtig bist. Aber du brauchst keine Angst zu haben. Ich verspreche dir, wenn du mir ein bisschen Vertrauen schenkst … wenn du ins kalte Wasser springen kannst … dann werde ich mein Bestes tun, um dir zu helfen.«

»Wie denn?«, würgte Parker heraus. Ihr Gesicht war bestimmt brandrot.

»Wir können alles zusammen durcharbeiten. Der erste

Schritt jeder Therapie ist ein wenig Selbsterkenntnis. Ich möchte, dass du darüber nachdenkst, wie sich deine Gewohnheiten, deine Überzeugungen und deine Eigenheiten entwickelt haben, mit dem Zweck, dir zu helfen und dich zu beschützen. Und dann möchte ich, dass du dich fragst, ob sie dir wirklich helfen oder ob sie dir eher schaden. Wenn du zum Beispiel eine Kopfschmerzattacke kommen spürst, dann konzentriere dich auf einen realen Gegenstand vor dir. Zum Beispiel auf deine Hand. Das wird dich in der Gegenwart verankern. Das klingt banal, aber es hilft, das verspreche ich.«

Parker schaute ihn forschend an. Er wirkte so aufrichtig. Und sie wollte ihm so gerne glauben. Sie wollte glauben, dass ihre Situation nicht für immer so schmerzhaft, so verzweifelt bleiben müsste. Dass sie nicht für immer allein sein würde. Glauben, dass vielleicht, ganz vielleicht eines Tages wieder alles okay sein würde.

# Kapitel 12

Am selben Abend, nachdem sie ein paar Stunden lang ihr Programm für das Juillard-Probespiel geübt hatte, parkte Mac vor Blakes Haus. Er lebte in einem Viertel voller alter viktorianischer Häuser in der Nähe der Bibliothek von Beacon Heights. Früher war sie oft hier gewesen und hatte mit ihm auf dem Trampolin in seinem Garten gespielt. Sie hatten darum gewetteifert, wer am höchsten springen und den besten Salto machen konnte. War Claire jemals dabei gewesen?, fragte sich Mac. Sie wusste es nicht mehr.

Sie knallte ihre Autotür zu und holte tief Luft. *Okay. Es ist nur eine Bandprobe. Und der Kuss? Ist nie passiert. Und wird auch nie wieder passieren.*

Außerdem würde heute die ganze Band hier sein, und Blake würde wohl kaum versuchen, sie vor all diesen Leuten zu küssen.

Sie holte ihren Cellokasten aus dem Kofferraum und lief entschlossen den Weg zum Eingang hinauf. Blakes Türglocke spielte wie immer die ersten Töne von Beethovens Fünfter Symphonie. Die Tür ging auf und vor ihr stand Blake in Socken, dunklen Jeans und einem lindgrünen T-Shirt. Er lächelte sie vorsichtig an.

»Hallo«, sagte Mac cool.

»Hi.« Blake war genauso lässig-freundlich. Er öffnete die Tür weiter. »Komm rein.«

*Siehst du?*, dachte Mac, als sie ihm folgte. Ihr Cellokasten stieß ihr an die Knie. Blake wollte das Ganze auch vergessen. Das würde einfacher werden, als sie geglaubt hatte. Und als sie an den Fotos vorbeiging, die im Flur hingen, entdeckte sie eines von Blake und Claire auf dem Orchesterausflug nach Disneyland letztes Jahr. Blake war damals schon nicht mehr im Orchester gewesen, aber er hatte seine Eltern angefleht, ihn trotzdem mitfahren zu lassen. Er trug Mickymaus-Ohren und machte Teufelshörner in die Kamera. Claire küsste ihn mit rosa überhauchtem Gesicht auf die Wange.

Die beiden waren zusammen, sagte Mac sich entschlossen. Und sie war nur sein Kumpel.

Blake führte sie durch die geräumige Landhausküche und öffnete die Tür zum ausgebauten Keller. Als Mac hinter ihm die Treppe hinunterpolterte, fiel ihr auf, wie still es im Haus war. Sie betrat den großen Kellerraum, der ein bisschen muffig roch. In der Ecke summte ein Luftentfeuchter. Beim Fernseher standen Notenständer und ein paar Verstärker, aber sonst war der Raum leer.

»Sind die anderen noch nicht da?«, fragte sie.

Blake hüpfte die letzte Stufe hinunter, drehte sich um und schaute sie an. »Die haben schon wieder abgesagt. Viel zu tun, schätze ich.«

Mac blinzelte. Blake schien das diesmal nicht so viel auszumachen wie letztes Mal. Hatte *er ihnen* etwa abgesagt?

Sie umklammerte den Griff ihres Cellokastens. »Oh. Dann sollte ich wohl lieber weiter für mein Vorspiel üben.«

Er nickte, aber Mac glaubte, Enttäuschung in seiner Miene zu sehen. »Ja. Du bist sicher ziemlich im Stress. Was spielst du denn?«

Mackenzie biss sich auf die Lippe. »Entweder den ersten oder den vierten Satz von Elgars Cellokonzert in e-Moll. Und wahrscheinlich *Pezzo Capriccioso* von Tschaikowsky als großes Finale. Das weiß ich aber noch nicht, ich kann mich einfach nicht entscheiden. Letztes Jahr habe ich beim Staatswettbewerb Poppers Spinnlied gespielt und das kann ich immer noch gut. Vielleicht mache ich doch lieber das.« Sie kniff sich in die Nase. »Meine Mom hat eine Freundin, Darlene, die an der Juillard arbeitet und jemand im Aufnahmekomittee kennt. Ich könnte sie eigentlich fragen, was ich spielen sollte, aber das kommt mir wie Betrug vor.« Noch schlimmer, als nicht an der Juillard aufgenommen zu werden, wäre, es auf unehrliche Weise zu schaffen.

»Na ja, Claire spielt schon den Popper«, sagte Blake. »Nimm lieber den Tschaikowsky, dann stichst du mehr hervor.«

Er verzog gespielt das Gesicht, als er merkte, dass er Claires Namens ausgesprochen hatte.

»Ja, äh … okay«, sagte Mac verlegen und wandte sich zum Gehen.

Blake packte ihren Arm. »Mac, warte. Bitte. Bleib doch wenigstens für einen Song.«

Überrascht registrierte sie, wie bittend seine Stimme

klang. Ihr Herz hämmerte gegen ihre Rippen. Aber sie räusperte sich. »Ich glaube, das ist keine gute Idee«, sagte sie. »Nicht nach … du weißt schon. Letzter Woche.« Sie würde das Wort Kuss auf keinen Fall laut aussprechen.

Blake schaute zu Boden. »Ich hatte Angst, dass du das sagen würdest. Ich hätte dich auf keinen Fall küssen dürfen, stimmt's? Du … du stehst eben nicht auf mich.«

»Nein … ich meine doch.« Mac schlug sich die Hand vor die Stirn. »Moment. Ich meine *nein*. Du hättest mich einfach nicht küssen dürfen, Blake. Claire ist meine beste Freundin. Ich kann ihr das nicht antun.«

Er stemmte die Hände in die Hüften. »Warte. Was hast du gerade gesagt? Du stehst doch auf mich?«

Mac hob ausweichend eine Schulter. War das nicht schrecklich offensichtlich?

»Und wenn Claire nicht wäre, würdest du mich jetzt nicht abweisen?«

Mac starrte auf ihre bestickten Ballerinas. Sie durfte sich jetzt nicht in ein Drama hineinziehen lassen. Sie musste sich auf die Juillard konzentrieren. Es war schon schlimm genug, dass sie wahrscheinlich bald von der Polizei verhört werden würde. Es war schlimm genug, dass bestimmt jemand gesehen hatte, wie sie kurz vor Nolans Tod nach oben gegangen war. Und dann waren da noch die Bilder, die sie gepostet hatte … sie würde auf jeden Fall verhört werden. Sie hatte schon viel zu viel um die Ohren und durfte sich jetzt nicht mit Blake einlassen.

Aber als er ihre Hand nahm, wehrte sie sich nicht. Seine Berührung schien sie zu schwächen, ihre Glieder fühlten sich auf einmal an wie gekochte Nudeln. Er zog sie zur Couch, die weich gepolstert war und auf der eine Häkeldecke lag, die Mac schon immer geliebt hatte. Er umschloss ihr Gesicht mit den Händen und lächelte sie zärtlich an. »Du bist so wunderschön«, schwärmte er. »Ich kann einfach nicht aufhören, an unseren Kuss im Cupcake zu denken.«

Sein Atem kitzelte ihr Ohrläppchen. Er duftete nach Seife und karamellisiertem Zucker – der Cupcake-Geruch haftete ihm auch an, wenn er nicht bei der Arbeit war. Ihr wurde schwindelig.

»Ich auch nicht«, hörte sie sich zugeben. Aber dann drehte sie den Kopf weg. »Aber was machen wir hier? Du hast eine Freundin, Blake. Das ist nicht richtig.«

Blake schüttelte den Kopf. »Ich versuche die Sache zu beenden. Ich möchte mit dir zusammen sein.«

Mac blinzelte verwirrt. »Mit mir? Warum?«

»Weil du so … weil du eben du bist.« Er nickte.

Mac lächelte traurig. »Leider.«

»Das ist eine gute Sache.« Blake setzte sich auf und nahm ihre Hände. »Ich habe dich schon immer gemocht.«

»Warum hast du dann in Disneyland Claire geküsst?«, fragte Mac.

Einen Moment lang wirkte Blake aufrichtig verwirrt. »Wovon redest du? Claire hat mich geküsst.«

»Was?«, fragte Mackenzie und schaute ihn durch ihre Brillengläser hindurch erstaunt an. »Claire sagte, du hättest sie auf der Achterbahn geküsst, aber sie hätte dich abgewehrt, weil sie zuerst mit mir darüber reden wollte.«

Blake schüttelte langsam den Kopf. »Äh, nein. Wir waren in *Fluch der Karibik*. Und ich habe sie gefragt, ob du ihrer Meinung nach jemals mit mir ausgehen würdest.« Blake wurde rot. »Sie sagte, du seiest in einen anderen verliebt, aber sie sei interessiert – und dann hat sie mich geküsst.« Er schaute Mackenzie ernst an und hob mit dem Zeigefinger ihr Kinn. »Ich hätte niemals etwas mit ihr angefangen, wenn ich geglaubt hätte, dass wir eine Chance hätten.«

Macs Mund klappte auf. Claire hatte ihr das genaue Gegenteil erzählt. Und sie hatte sich die ganze Zeit zurückgezogen, um den beiden genug Raum zu geben. Ihr Blut begann zu kochen.

Er schlang die Arme um sie und zog sie auf seinen Schoß. »Reden wir nicht mehr über Claire, okay?«

Dann küssten sie sich wieder. Und Mac ließ sich fallen: Ihr Verstand wurde ganz leer. Ausnahmsweise machte sie sich keine Gedanken darüber, wie sie aussah oder wie sie klang – oder was sie Claire gerade antat. Sie dachte nur an Blakes Lippen, Blakes Hände und Blakes Körper. In diesem Moment existierten nur sie und der Junge, den sie schon so viele Jahre lang aus der Ferne liebte.

# Kapitel 13

Am Mittwoch tauchte Ava früh beim Filmunterricht auf, weil sie mit Mr Granger reden wollte, aber er kam erst ins Klassenzimmer, als die Glocke zum Unterricht ertönte.

»Okay, alle miteinander«, sagte er. Dann drehte er sich um und schrieb etwas an die Tafel. »Heute fangen wir mit einem neuen Film an. Dieser hier heißt *Böse Saat*. Hat jemand schon davon gehört?«

Eine Menge eifriger Hände, darunter auch die von Ava, schossen hoch. Granger drehte sich um und sein Blick landete auf ihr. »Das ist der mit dem kleinen Mädchen, das einen Mord begeht«, sagte sie beherzt.

Granger nickte. »Ein scheinbar perfektes Kind. Tochter einer perfekten Familie. Wie um alles in der Welt konnte sie zu etwas so Schrecklichem fähig sein?«

Avas Magen zog sich zusammen. Es war eine merkwürdige Filmauswahl, nachdem einer seiner Schüler ermordet worden war. Sie schaute die anderen an. Mac verlagerte ihr Gewicht. Julie klopfte nervös mit dem Fuß auf den Boden.

Granger lief hinüber zum Fernseher und schaltete ihn an. »Eine Frage an die, die ihn gesehen haben: Was sind eurer Meinung nach die Hauptthemen?«

Avas Hand schoss wieder nach oben. Sie war entschlossen, die große rote Drei wieder auszuwetzen. »Anlage oder Erziehung«, schlug sie vor. »Eine perfekte Familie sollte eigentlich ein perfektes Mädchen großziehen. Was ist schiefgelaufen?«

»In der Tat.« Granger grinste. »Was könnte denn schiefgelaufen sein, Ava? Irgendwelche Ideen?«

»Na ja.« Ava konnte spüren, dass alle sie anstarrten. »Vielleicht sind manche Menschen einfach böse geboren. Sie können nichts dagegen tun.«

Granger schnippte mit den Fingern. »Das ist eine der zentralen Streitfragen in dem Film: Kommen die Menschen bereits böse oder gut auf die Welt? Sehr schlau, Ava.«

Sie lehnte sich zurück und grinste. Alex schaute sie an und zog die Augenbraue hoch. Seine Lippen formten provozierend ein »Angeberin«.

»Wir können sogar in unserem eigenen Leben nach Beispielen suchen«, fuhr Granger fort. »Es gibt vielleicht Menschen, die wir kennen und bei denen wir uns genau diese Frage stellen.«

Granger dimmte die Lichter, und alle verstummten, als der Film auf dem Bildschirm erschien. Er war noch genauso gruselig, wie Ava ihn in Erinnerung hatte, und das kleine Mädchen im Film erinnerte sie sehr an Nolan. Als es zum Ende der Stunde läutete, fing sie an, ihre Bücher zusammenzupacken. Dann zupfte sie nervös am Saum ihres grauen Theory-Kleids, das sie angezogen hatte, weil sie wusste, dass sie darin seriös wirkte.

»Hey«, sagte Alex und drehte sich lächelnd zu ihr um. »Willst du heute Mittag mit mir was essen gehen?«

Sie lächelte zurück.

»Danke. Aber ich muss noch mit Mr Granger reden.«

»Oh, stimmt. Viel Glück.« Er drückte ihr aufmunternd die Hand.

Ava wartete, bis alle das Klassenzimmer verlassen hatten, dann stand sie auf und lief langsam zum Lehrerpult. Mr Granger wischte gerade alles weg, was er an die Tafel geschrieben hatte, und drehte ihr dabei den Rücken zu. Sie hörte, wie sich vor dem Raum der Gang mit dem chaotischen Lärm freigelassener Schüler füllte. Spinde wurden zugeschlagen und Kids brüllten herum. Als Mr Granger sich endlich umdrehte, wirkte er überrascht, sie zu sehen.

»Ava. Was kann ich für dich tun?«

Der Aufsatz zitterte in ihren Händen und die große rote Drei stach ihr ins Auge. Sie biss sich auf die Lippen und versuchte so selbstbewusst wie möglich zu klingen. »Ich wollte mit Ihnen über meine Note sprechen, Mr Granger.«

Er setzte sich auf die Ecke seines Schreibtischs. »Verstehe. Ergeben meine Anmerkungen für dich Sinn?«

Sie zuckte mit den Achseln, während sie auf den Essay starrte.

»Ich glaube schon. Sie halten meine Argumente für dumm.«

»Keineswegs.« Er stand abrupt vom Schreibtisch auf, und plötzlich standen sie so nahe beieinander, dass sie gezwungen war, seinen Blick zu erwidern. Ein warmer Zitrusduft ging von ihm aus, so ungefähr wie Mandarinen, die in der Sonne gelegen hatten. Sie schluckte.

»Der Aufsatz war sehr gut geschrieben, Ava. Dein Stil gehört zu den anspruchsvollsten in der Klasse. Aber deine Argumentation war nicht überzeugend, es war kein Vergleich zu deinen bisherigen Aufsätzen.«

Ava nickte. »Ja, ich war irgendwie abgelenkt, als ich ihn schrieb.«

»Es war ein schwieriges Thema, und es war eine schwierige Woche«, sagte Mr Granger und starrte sie mit seinen grünen Augen an. »Es ist hart, einen Klassenkameraden zu verlieren – oder, in meinem Fall, einen Schüler.«

Ava nickte und schaute zu Boden.

Granger lehnte sich gegen den Schreibtisch zurück. »Vielleicht hattest du Nachteile wegen deiner Gruppe.«

»Äh … kann sein.« Ava versuchte seinen Gesichtsausdruck zu deuten. Was meinte er damit?

Er schaute sie erwartungsvoll an, und sie versuchte, nicht zittrig zu klingen, als sie fortfuhr. »Worum ich Sie bitten wollte: Darf ich den Aufsatz noch einmal schreiben?«

Mr Granger überlegte kurz, dann nickte er. »Das klingt fair«, sagte er. »Sollen wir uns treffen und darüber reden? Hast du irgendwann diese Woche noch etwas Luft?«

»Ich kann mich ganz nach Ihnen richten«, sagte Ava dankbar.

Granger holte sein iPhone heraus, um seine Termine zu checken, dann runzelte er die Stirn.

»Ehrlich gesagt ist es diese Woche für mich ziemlich schwierig, besonders direkt nach der Schule. Wäre der Freitag okay – vielleicht gegen sieben?« Er lächelte ihr aufmunternd zu.

Ava ließ die Schultern sinken. Ihre Anspannung legte sich.

»Ja, natürlich. Haben Sie vielen Dank, Mr Granger. Sollen wir uns hier treffen?«

Er starrte an die Wand und lächelte schief. »Zu meinem Pech hat die Theater-AG am Freitag Kostümprobe für *Guys and Dolls* und die Aula liegt direkt hinter dieser Wand. Hier drin wird es sehr laut werden.« Er dachte einen Augenblick nach. »Was ist mit meinem Haus? Ich wohne nur ein paar Blocks entfernt von hier. Außerdem habe ich ein Buch über Schurken von Chuck Klostermann, das dir gerne leihen würde.«

Ava blinzelte. Sie war noch nie zuvor im Haus eines Lehrers gewesen. Aber er nahm sich extra Zeit, um ihr zu helfen, also sollte sie ihm wohl entgegenkommen.

»Okay«, sagte sie. »Ich werde da sein.«

»Großartig.« Er schob sein Handy zurück in die Hosentasche und schrieb schnell seine Adresse für sie auf. »Ich glaube, dass du sehr talentiert bist, Ava. Du hast eine Menge Potenzial.«

»Danke, Mr Granger.« Sie straffte ihre Schultern und drehte sich um. Als sie den Raum gerade verlassen wollte, öffnete sich die Tür vom Gang aus.

»Entschuldigung?«, sagte ein Mann und trat ein.

»Ja?« Mr Granger stand schnell auf und glättete seine Unterlagen.

Der Mann musterte das Klassenzimmer. »Ich bin Detective Peters und hätte gerne mit Miss Jalali gesprochen.«

Sein Blick richtete sich auf Ava. Ava wich zurück und fragte sich, woher er ihren Namen kannte – andererseits war es ja die Aufgabe eines Polizisten, Dinge herauszufinden. Ihr wurde schwindelig. Was wusste er sonst noch?

»Ich habe nur ein paar Fragen an Sie, Miss Jalali«, sagte Peters, als er Avas Nervosität bemerkte.

»Ich habe nichts dagegen«, sagte Granger milde lächelnd. »Wir sind hier fertig. Sie können das Klassenzimmer benutzen.«

»Eigentlich muss ich Sie mit aufs Revier nehmen«, sagte Peters.

Avas Herz sackte ihr in die Knie. »A... aufs Revier?« Sie spürte, dass Granger sie anstarrte.

»Wir dürfen aus rechtlichen Gründen keine Befragungen auf dem Schulgelände durchführen, aber ich habe die Erlaubnis vom Rektorat, in die Schule zu kommen.«

»W-werden Sie das meinen Eltern erzählen?«, entfuhr es Ava.

Peters gütiger Gesichtsausdruck veränderte sich nicht. »Dass Sie befragt wurden, ja. Aber alle Schüler werden befragt, Miss Jalali. Gibt es noch etwas, das ich ihnen erzählen sollte?«

Ava schüttelte zaghaft den Kopf. »Natürlich nicht.« Dann drehte sie sich um und folgte dem Polizisten aus dem Zimmer. Alex wartete direkt hinter der Tür. Als er sie mit dem Polizisten zusammen sah, klappte ihm die Kinnlade herunter.

»Sie stellen mir nur ein paar Fragen«, sagte Ava schnell, um ihn zu beruhigen.

»Äh, okay.« Alex berührte sanft ihren Arm. «Willst du, dass ich mitkomme?«

Ava überlegte. Dann setzte sie eine selbstsichere, mutige Miene auf. Sie musste sich zusammenreißen. Sie konnte es sich nicht leisten, schuldig zu wirken. Sie hatte nichts falsch gemacht.

»Schon okay«, sagte sie strahlend und gab Alex einen Kuss auf die Wange. »Ich bin sicher, es ist nur eine Formalität. Ich bin bald wieder zurück.«

Und dann lächelte sie den Detective an und folgte ihm nach draußen, wo sein Streifenwagen am Bordstein parkte. Sie blieb vor der hinteren Tür stehen und der Detective schmunzelte. »Sie können vorne bei mir sitzen. Oder sind Sie etwa eine Verbrecherin?«

Avas Wangen röteten sich, und sie schaffte es, zu lachen, während sie zur Beifahrertür ging. »Natürlich nicht«, murmelte sie und stieg ein.

*Bisher zumindest nicht.*

Ava war noch nie zuvor in einem Polizeirevier gewesen, aber es war genauso, wie sie es sich vorgestellt hatte: kahle blaue Wände, Menschen hinter Schreibtischen, Poster mit den Fotos gesuchter Verbrecher, Linoleum. Der Detective führte Ava in einen kleinen Raum weiter hinten und fragte sie, ob sie einen Kaffee wolle. Sie lehnte ab, weil sie fürchtete, dass ihre Hände dann noch mehr zittern würden. Eine Seite des Raumes bedeckte ein langer Spiegel; in ihm sah sie ihr wunderschönes Gesicht mit den großen Augen und den dunklen Haaren. Sie fragte sich, ob der Spiegel womöglich von der anderen Seite der Wand her durchsichtig war. Standen dort Polizisten und beobachteten sie?

Ihr Handy klingelte. *Alles okay?*, simste ihr Alex.

Ava drehte ihr Telefon um. Sie traute sich nicht, zurückzuschreiben. Sie schaute noch einmal zu ihrem Spiegelbild hinüber. Sie musste sich konzentrieren.

Peters kam mit seinem Kaffee zurück und schloss die Tür. »Also. Ava Jalali. J, A, L, A, L, I, ist das richtig?«

Ava nickte. »Ja.«

Peter beugte sich nach vorne.

»Okay. Den Aussagen zufolge, die wir bisher gesammelt haben, waren Sie die letzte Person, mit der Nolan Hotchkiss am Abend seines Todes gesehen wurde.«

Ava fröstelte, ihr Pulsschlag verdoppelte sich. »Das bezweifle ich.«

Peters blinzelte nicht. »Ein Augenzeuge sagt, er hätte Sie auf der Tanzfläche mit ihm gesehen. Wie er es beschreibt, waren sie voll und ganz mit ihm beschäftigt.«

Gott sei Dank war Alex nicht mitgekommen. Auf einmal schoss ihr die Erinnerung daran, wie Nolans heißer Körper sich auf der Tanzfläche an sie gedrängt hatte, durch den Kopf. *Weiß dein Freund, dass du mit mir flirtest?*, hatte er ihr mit nach Alkohol stinkendem Atem zugeflüstert. *Was er nicht weiß, macht ihn nicht heiß*, hatte Ava gedacht. Sie erinnerte sich daran, wie schnell ihr Herz geklopft hatte. Wie sie immer wieder über ihre Schulter gelinst hatte, um sicherzustellen, dass Alex nicht den Raum betrat und sah, was sie da gerade machte. Sie hatte ihn auf die Suche nach ihrem Handy geschickt und behauptet, es liege in ihrem Auto, das ziemlich weit weg geparkt war. Als Ava Nolan mit nach oben nahm, suchte Alex vermutlich immer noch das Handy, das gar nicht da war.

»Wer hat Ihnen das erzählt?«, platzte sie heraus.

»Ist es wahr?«, konterte Peters.

Ava drehte eine Haarsträhne um ihren Finger. »Ich hatte in jener Nacht zu viel getrunken. Aber ich habe einen Freund, und er weiß, dass Nolan und ich vor ein paar Jahren zusammen waren. Er ist immer noch eifersüchtig. Es wäre mir lieber, wenn er nichts davon erfahren würde.«

»Er wird nichts davon erfahren«, versicherte ihr Peters. »Also haben Sie mit Nolan geflirtet?«

Ava wägte ab. Wenn Leute sie auf der Tanzfläche gesehen hatten, wäre es nicht klug, jetzt zu lügen. »Ich flirte gerne«, sagte sie sachlich. »Besonders nach ein paar Bier.«

»Sind sie mit ihm raufgegangen?«

Sie wich zurück und zog eine Grimasse.

»So betrunken war ich nun auch wieder nicht.«

»Jemand sagte, er hätte Sie gesehen.«

In ihren tiefsten Tiefen fand Ava den Mut, dem Detective in die Augen zu sehen. »Hat Ihnen das einer von Nolans Kumpeln gesagt?« Sie beugte sich nach vorn und klimperte mit den Wimpern. »Nicht alle Mädchen gehen auf Partys mit Kerlen nach oben. Einige von uns haben so etwas wie Würde.«

»Okay, okay.« Der Detective blätterte ein paar Seiten in seinem Notizbuch um und starrte auf das Gekritzel. »Aber irgendjemand ist in dieser Nacht mit Nolan nach oben gegangen – mehrere Augenzeugen haben das ausgesagt. Haben Sie eine Ahnung, welches Mädchen das gewesen sein könnte?«

Ava schüttelte den Kopf. Ihr langes Haar wippte und ihr Herz schlug schnell. »Nein.«

»Waren Sie aus irgendeinem Grund … *wütend* auf Nolan? Ich habe nämlich gehört, dass Sie beide eine schlimme Trennung hatten. Nolan hat sogar angefangen, Gerüchte über sie zu verbreiten, wenn ich mich nicht irre? Gerüchte, Sie würden … *mehr* tun als nur gerne flirten, wie Sie es ausdrücken. Vielleicht hat Nolan Ihnen auf der Party eine Abfuhr erteilt, weil er nicht dasselbe wollte wie Sie. Vielleicht hat Sie das wütend gemacht.«

»Ich kann Ihnen versichern, dass nicht Nolan derjenige war, der die Abfuhr erteilt hat.« War das zu sarkastisch gewesen? »Es tut mir leid, Detective. Aber das ist alles, was ich weiß.«

»Können Sie mir sagen, wohin Sie gegangen sind, nachdem Sie mit Nolan getanzt hatten?«

»Zurück zu meinem Freund. Wo ich hingehöre.«

»Und er kann für Sie bürgen?«

»Natürlich«, sagte Ava und schaute Peters direkt in die Augen. Alex war, kurz nachdem sie sich wieder nach unten geschlichen hatte, zurückgekehrt; sie hatte ihn nach dem Streich in der Küche gefunden. Das entsprach also der Wahrheit.

Der Detective starrte sie eine gefühlte Ewigkeit lang an. Ava erwiderte seinen Blick, ohne zu blinzeln. *Sie wissen nichts*, sagte sie sich im Stillen immer wieder. *Außer dass er mit einem Mädchen nach oben gegangen ist. Und nicht einmal das können sie beweisen.*

Endlich schaute Peters weg. »Also dann«, sagte er und warf seinen leeren Kaffeebecher in den kleinen Mülleimer in der Ecke. »Ich werde Sie zurück zur Schule fahren. Danke, dass Sie sich Zeit genommen haben.«

Avas Beine fühlten sich an wie Götterspeise, als sie ihm durch den langen Flur folgte und noch einmal in seinen Streifenwagen kletterte. Nachdem Peters seine Tür zugeschlagen und den Motor gestartet hatte, legte er den Arm auf die Rückenlehne des Sitzes und lächelte sie an. »Falls Sie sich noch an etwas anderes erinnern, erzählen Sie es mir, okay? Egal, was?«

»Natürlich«, sagte Ava und lächelte strahlend und hilfsbereit.

Was sie dabei dachte, war jedoch: *Darauf kannst du lange warten.*

# Kapitel 14

»Wir sind also in der sechsundsiebzigsten Spielminute und haben Gleichstand mit Kirkland. Und wir sind alle total aufgeregt, denn bei diesem Spiel entscheidet sich, wer aufsteigt. Ich ziehe mich gerade wieder ins Mittelfeld zurück, als der Stürmer auf mich zuprescht.«

Caitlin schob ihren Lachs mit der Gabel über den Teller und hörte mit halbem Ohr zu, wie Josh die Geschichte seines Fußballtriumphs zum Besten gab. Neben ihr lachte ihre Mutter Sibyl.

»An *den* Jungen erinnere ich mich«, sagte sie. »Er war riesig. Ich hätte nie gedacht, dass er sich so schnell bewegen könnte.«

»Ja, er ist dieses Jahr in Indiana. Vollstipendium«, sagte Josh. Er nahm einen weiteren großen Bissen von seinem Dungeness-Krabbenkuchen. »Egal, auf jeden Fall, die Uhr läuft, und dieser Typ ist riesig und schnell und rennt direkt aufs Tor zu. Niemand sonst ist auch nur in der Nähe von ihm.« Er machte eine dramatische Pause. »Ich bin der Einzige, der eine Chance hat, ihn aufzuhalten.«

Auf der anderen Tischseite nippte Joshs Dad Ted mit gerötetem, freundlichem Gesicht an einem Glas Rotwein.

Neben ihm beobachtete Joshs Mutter Michelle ihren Sohn mit entzücktem Ausdruck. Caitlins Mütter saßen an den Längsseiten des Tisches – Sibyl neben Caitlin und Mary Ann Sibyl gegenüber. Sie waren im Haus der Martell-Lewis zu ihrem allwöchentlichen Mittwochs-Abendessen versammelt. Jeremy war nicht mitgekommen, und Caitlin fragte sich, wo er wohl steckte.

Erst vor zwei Tagen hätten sie sich beinahe geküsst. Oder … nicht? Vielleicht hatte sie es falsch interpretiert. Vielleicht hatte er sich nur nach vorne gebeugt, um ihr eine freundschaftliche, platonische Umarmung zu geben. Das musste es sein.

»Was ist dann passiert?«, fragte Michelle atemlos und sah Josh gespannt an.

Caitlin kämpfte gegen den Drang, die Augen zu verdrehen. Sie war auch stolz auf Josh, aber das Spiel lag schon fast ein ganzes Jahr zurück, und sie waren alle dort gewesen. Sie hatten alle gesehen, was als Nächstes passiert war.

Josh legte seine Gabel ab und beugte sich über den Tisch.

»Es gab keine Möglichkeit, ihn zu überrumpeln – das war eindeutig. Er war zu schnell und ich war fast dreißig Meter von ihm entfernt. Aber plötzlich, aus dem Nichts, traf es mich wie ein Blitzschlag aus heiterem Himmel. Ich konnte den Weg, den ich nehmen musste, vor meinen Füßen sehen, so als hätte ihn jemand auf den Rasen gemalt. Er glühte fast, so plastisch war er. Und ich wusste – wenn ich es nur schaffte, diesem Weg zu folgen, würde ich ihn noch rechtzeitig erwischen.«

Caitlin versuchte Joshs Worten Aufmerksamkeit zu schenken, aber ihre Gedanken schweiften ab. Sie dachte stattdessen daran, was Ava ihr gesagt hatte, als sie sie vor einer Stunde angerufen hatte. An alles, was Ava über ihr Verhör in dem Polizeirevier erzählt hatte. Darüber, dass jemand gesehen hatte, wie Ava mit Nolan nach oben gegangen war. Und wenn die Polizei Ava zusetzte, wie lange würde es dauern, bis sie erwähnte, mit wem sie unterwegs gewesen war und was sie getan hatten? Was würden ihre Eltern dann tun? Caitlin war alles, was ihnen geblieben war. Das würde sie zerstören.

Plötzlich hörte sie, wie Josh sich räusperte. Als sie bemerkte, dass alle am Tisch still geworden waren, zuckte sie zusammen und schaute auf. Sie sah, dass Josh eine kleine schwarzsamtene Schachtel aus der Hosentasche geholt hatte. Selbstbewusst lächelnd schob er sie ihr über den Tisch zu.

Caitlins Mund wurde trocken. Ihr Blick wanderte um den Tisch. Ted lächelte wissend unter seinem grau melierten Bart, aber neben ihm hatte Michelle die Hand vor den Mund geschlagen. Mary Ann ergriff Sibyls Hand und beide sahen mit weit aufgerissenen Augen zu. Von gegenüber warf Josh ihr ein aufforderndes Nicken zu.

Das Dumme war nur, dass Caitlin die Schachtel nicht öffnen wollte. Sie fürchtete sich vor dem, was darin auf sie wartete. Aber alle starrten sie an, und mit jeder Sekunde, die verstrich, wurde die Situation noch peinlicher. Sie holte tief Luft und klappte den Deckel hoch.

In dem Kästchen lag ein Anhänger an einer dünnen

goldenen Kette. Es war eine kleine Glaskugel – in der sich etwas Grünes befand. Caitlin konnte wieder atmen und die Anspannung am Tisch war verflogen.

»Es ist ein Stück Rasen«, sagte Josh und schenkte ihr ein schiefes Grinsen. »Aus dem Husky-Stadion.«

»Das ist bezaubernd«, rief Mary Ann aus und beugte sich vor, um in das Kästchen zu linsen. Caitlin fand, dass sie ein bisschen enttäuscht klang. Hatten ihre Mütter allen Ernstes gehofft, dass Josh sich mit ihr verloben wollte … in der Highschool? Andererseits würden sie und Josh auf diese Weise für immer das perfekte Fußballerpärchen bleiben …

Aber daran wollte Caitlin nicht mal denken. Und es schockierte sie ein bisschen, wie ungern sie tatsächlich daran denken wollte. Lief irgendetwas bei ihr verkehrt??

»Danke«, sagte sie, als sie endlich ihre Sprache wiedergefunden hatte. Sie schloss die Schachtel. »Das ist wirklich … cool.«

Josh grinste. »Du wirst das Halbfinale rocken«, sagte er. »Ich kann's kaum noch erwarten.«

Caitlin starrte auf ihren Teller, aber sie sah nur rote und grüne Farbkleckse. Sie wusste, dass dies eine nette Geste war, über die sie sich eigentlich freuen sollte. Aber aus irgendwelchen Gründen fühlte sie sich dadurch … eingeengt. Irgendetwas an der Art, wie ihre Mütter sie angestarrt hatten – als wäre sie ihre letzte Hoffnung, als wäre es eine Notwendigkeit für sie beide, dass sie glücklich war –, und die Art, wie Josh sie anschaute, so süß und doch so ahnungslos. Er hatte keine Ahnung, was sie gerade durchmachte, und das ärgerte sie auf eine Art und

Weise, die sie nicht erklären konnte. Sie musste hier raus, bevor sie am Tisch zu weinen anfing.

»Äh, könnt ihr mich für eine Minute entschuldigen?«, murmelte sie und sprang auf. »Ich fühl mich nicht gut.«

Sie drehte sich um, verließ die Küche und rannte nach oben. Aber anstatt in ihr Zimmer zu gehen, ging sie in das von Taylor. Sie und ihre Mütter hatten sein Zimmer kein bisschen verändert; es lagen immer noch Bücher auf dem Boden, wo er sie hatte liegen lassen, und der Kalender war immer noch auf den Monat eingestellt, in dem er gestorben war. Caitlins Mütter hatten schon oft gesagt, dass sie das Zimmer ausräumen und in ein Gästezimmer verwandeln wollten, aber irgendwie schienen sie nie dazu zu kommen.

Während sie sich auf sein Bett fallen ließ, sah sie Taylor vor sich. Ihr kleiner Bruder hatte die Angewohnheit gehabt, all seine Schulbücher in seinem Rucksack mit sich herumzuschleppen, anstatt seinen Spind zu benutzen wie jeder normale Mensch. Er erinnerte immer an eine Schildkröte unter dem riesigen Panzer seiner Tasche. Wie er ausgesehen hatte, wenn er über eine Dungeons & Dragons-Figur gebeugt war und die Rüstung mit einem kleinen feinen Pinsel bemalte, die Zunge vor lauter Konzentration zwischen den Lippen. Wie er hoch und schrill gekreischt hatte, wenn er erschrak. Caitlin hatte sich gerne an ihn herangeschlichen und ihm den Finger in die Rippen gebohrt, nur um zu sehen, wie er hochfuhr. Dann dachte sie daran, wie Nolan ihn für drei Stunden in einen Spind gesperrt hatte, so wie Taylor es in *Warum der Tod besser ist als die Schule* dokumentiert hatte. Wie Nolan ihn im Gang hatte stolpern lassen, sodass er der Länge nach auf dem schmutzigen Linoleumboden hingeschlagen war. Wie Nolan auf Taylors iPhone getreten war, um es kaputt zu machen, oder vor seinen Augen Seiten aus seinem Robert-Jordan-Roman gerissen hatte. Caitlin hatte die meisten dieser Übergriffe nicht miterlebt – sie hatte nur in Taylors Tagebuch davon gelesen, nachdem es passiert war. Taylor hatte alles so tapfer geschluckt. Er hatte seine Qual für sich behalten, die letzten Einträge wirkten sowohl hoffnungslos als auch entschlossen. Für ihn war der Tod eine bessere Option als die Highschool. So würde er Nolan entkommen.

Kein Wunder, dass Caitlin so wild darauf gewesen war, Nolan auf der Party einen Streich zu spielen. Kein Wunder, dass sie Julie vor Aufregung am Arm gepackt hatte, als sie sich alle auf Nolans Treppe versammelten, das Blut voller Adrenalin. Sogar jetzt, wo sie wusste, dass sie vielleicht für seinen Tod verantwortlich gemacht werden würde, bereute sie keine Sekunde lang, dass sie Nolan hatte spüren lassen, wie es war, schikaniert zu werden.

»Caitlin.«

Aus ihren Gedanken gerissen, setzte sie sich auf. Mary Ann stand auf der Türschwelle.

Sie dachte, ihre Körpersprache würde ihre Mutter vertreiben, aber Mary Ann kam herein und blieb neben dem Bett stehen. Ihre Augen hatten dasselbe dunkle Braun wie die von Caitlin. Wann immer Fremde sie mit Mary Ann gesehen und gefragt hatten, ob Caitlin adoptiert sei, hatte Mary Ann gesagt: »Nein, sie ist meine Tochter. Sehen Sie das nicht an den Augen?«

Mary Ann setzte sich neben Caitlin auf das Bett und faltete die Hände. »Ist alles in Ordnung, Schatz?«, fragte sie mit leiser Stimme. »Vermisst du Taylor?«

»Nein«, sagte Caitlin mürrisch. »Ich meine, ja, ich vermisse ihn immer. Aber heute Abend nicht mehr als sonst.«

»Ist irgendwas mit Josh?«, seufzte Mary Ann. »Ihr zwei solltet nicht streiten. Ihr seid so ein tolles Paar.«

Caitlin starrte ihre Mutter frustriert an. Warum waren ihre Mütter so besessen von ihrem und Joshs Liebesleben?

»Ich streite mich nicht mit Josh. Wie kommst du darauf?«

Mary Ann lächelte betrübt. »Es passt einfach nicht zu dir, vom Tisch wegzulaufen. Und du hast dich in letzter Zeit sehr seltsam benommen, Schätzchen. Ich mache mir nur Sorgen um dich.« Sie zögerte. »Hast du eine von den Oxycodon genommen, die dir Dr. Magnuson verschrieben hat?«

Caitlin konnte nicht glauben, was sie da hörte. »Was? Wieso?«

»Ich bin bloß ... neugierig.« Ihre Mutter sah sie nicht an.

Caitlin wickelte sich eine schwarze Haarsträhne um den Finger. Ihr Puls raste plötzlich.

»Ein paar«, sagte sie vorsichtig.

»Wann?«

»Ich weiß es nicht.« Caitlin hob genervt die Hände.

Ihre Mutter atmete laut aus. »Nun, ich hatte gehofft, du hättest es nicht getan. Wenn du immer noch die volle Packung hättest, wärst du jetzt aus dem Schneider.«

Ihr Herzschlag setzte aus.

»Wovon zum Geier sprichst du?«

Irgendetwas am Gesichtsausdruck ihrer Mutter war merkwürdig, fast schon misstrauisch. »Nun, die Polizei hat vorhin angerufen. Sie rufen jeden aus deiner Schule mit einem Oxy-Rezept an. Sie haben die Akten von allen örtlichen Apotheken angefordert. Natürlich war dein Name auch darunter.«

Caitlins Herz hämmerte. »Nolan war ein bekannter Tablettenjunkie. Er hatte seinen eigenen Vorrat.«

»Vielleicht.«

Mary Ann nickte, als wollte sie ihr glauben. Aber der Ausdruck auf ihrem Gesicht war ängstlich, als stünde sie kurz davor, in Tränen auszubrechen.

»Es ist nur … kannst du etwas für mich tun?«

»Na klar. Was?«

»Bringst du mir den Rest deiner Oxy-Tabletten?«

Caitlin starrte sie an.

»Warum?«

»Nur zu meiner Beruhigung, Schatz.« Mary Ann wirkte angespannt. »Du brauchst sie nicht mehr, oder? Ich werde sie für dich entsorgen.«

Caitlin blinzelte. »Glaubst du, ich hätte irgendwas mit dem zu tun, was mit Nolan passiert ist?«

»Nein!«, sagte Mary Ann schnell und riss die Augen auf. »Schatz, ich beschuldige dich doch nicht. Es ist nur … du warst in letzter Zeit nicht du selbst. Und Coach Leah hat angerufen und gesagt, dass sie dich vor ein paar Tagen vom Training ausschließen musste. Diese Medikamente verändern Menschen manchmal. Es wäre mir einfach lieber, wenn wir die Pillen hätten, okay? Nur für den Fall …«

Nur für welchen Fall?, wollte Caitlin fragen. Es ängstigte sie, dass ihre Mutter verstummt war.

Stattdessen erhob sie sich roboterhaft, lief ins Badezimmer, das sie sich früher mit Taylor geteilt hatte, und holte die Dose mit den Pillen. Aber zuerst untersuchte sie sie sorgfältig. Paranoide Gedanken schossen ihr durch den Kopf: Was, wenn an dem Ding eine Abhörwanze dran war? Was, wenn die Dose irgendwie anzeigte, wo sie gewesen war – und ihre Zeit im Haus der Familie Hotchkiss gespeichert hatte? Sie schloss die Augen, sah sich eine einzelne Pille in ihre Handfläche schütten, sie zermahlen und in Nolans Becher geben. War alles Oxy gleich oder war jede Pille so einzigartig wie eine Schneeflocke? Gab es einen Weg, die Pille in Nolans Magen zu ihr zurückzuverfolgen? Doch wenn sie jetzt nicht gehorchte, würden ihre Mütter sicher Verdacht schöpfen. Schweren Herzens brachte Caitlin die Pillendose zu Mary Ann.

»So, bitte sehr«, sagte sie niedergeschlagen. »Ich hoffe, das erleichtert dein Gemüt.«

»Oh, Schatz, du weißt, dass ich nur das Beste für dich will«, sagte Mary Ann und versuchte Caitlin in die Arme zu schließen. Caitlin machte sich los, sauste unter ihrem Arm hindurch und eilte in ihr Schlafzimmer, wo sie rasch die Tür hinter sich schloss. Sie sackte auf ihrem Bett zusammen und drückte am ganzen Leib zitternd das Kissen auf ihr Gesicht. Die Polizei hatte bereits mit Ava gesprochen. Es war nur eine Frage der Zeit, bis sie Caitlin ebenfalls befragten. Und wenn selbst ihre eigene Mutter glaubte, dass sie dazu fähig war, Nolan umzubringen, warum sollte dann irgendjemand sonst an ihre Unschuld glauben?

# Kapitel 15

Am Mittwochnachmittag saß Parker auf ihrer Veranda in South Kenwood, einem Vorort von Beacon Heights, rauchte eine Zigarette und schaute hinaus in den Regen. Es fühlte sich merkwürdig an, hier zu sitzen; sie hasste es so sehr, nach Hause zu kommen, dass sie kaum noch hier war. Diese Gegend lag von ihrer alten in Beacon weit entfernt. Nachdem ihr Dad ins Gefängnis kam, hatte ihre Mutter ihr ausladendes Haus mit fünf Schlafzimmern verkauft und war in diesen Bungalow gezogen. Der Außenanstrich blätterte in langen Streifen ab. Eine verwahrloste Begonie hing in einem Blumentopf auf dem Verandageländer. Alle Häuser der Straße waren klein und zerfallen, mit überwucherten Gärten, die von durchhängenden Maschendrahtzäunen umgeben waren. Leere Bierdosen rollten in den Gullys und in einigen Höfen standen verrammelte Autos.

Sie nahm einen schnellen, nervösen Zug und atmete eine scharfe Salve Rauch aus. Ein Schatten erschien im Eingangsbereich des Hauses gegenüber und sie verkrampfte sich. Hör auf mit diesem ganzen paranoiden Scheiß, schalt sie sich selbst. Niemand ist hinter dir her.

Aber das war leichter gesagt als getan. Während der

letzten paar Tage war sie ein komplettes Wrack gewesen. Wo sie auch hinging, konnte sie Augen auf sich ruhen spüren. Warum, da war sie sich nicht sicher … aber sie fühlte sich eben beobachtet. Polizisten waren überall in der Schule herumgekrochen, und Schüler wurden rechts und links einbestellt, um irgendetwas, das sie über die Party wussten, zu gestehen. Es wurde langsam zur Hexenjagd – die Leute ließen Namen von Rivalen und Feinden fallen, damit diese in die Verhöre mit hineingezogen wurden, und behaupteten, sie hätten Den-und-den Freitag Nacht mit Nolan reden sehen.

Ava hatte sie alle heute Nachmittag angerufen, um ihnen zu erzählen, dass jemand sie dabei gesehen hatte, wie sie Nolan mit nach oben nahm. »Ich habe es bestritten«, sagte sie kategorisch. »Aber wir müssen vorsichtig sein. Die Leute haben vielleicht mehr gesehen, als wir glauben.«

Bislang hatte Parker noch niemand irgendwelche Fragen gestellt – und sie konnte nur hoffen, dass es auch so blieb. Aber was war mit all den Bildern, die die Kids in jener Nacht gemacht hatten? Was, wenn jemand ihre Gestalt im schwarzen Kapuzenpulli aufgenommen hatte, wie sie im Hintergrund herumlungerte? Irgendjemand würde den Bullen vielleicht erzählen, wie mürrisch und verschlossen sie nach dem Angriff auf sie geworden war. Vielleicht gab es Gerüchte, die sich darum drehten, wie Nolan sie in der Nacht, in der sie verprügelt worden war, unter Drogen gesetzt hatte. Parker Duvall hat ein Motiv, könnte irgendwer behaupten.

Und dann gab es da noch einen anderen fürchterlichen

Gedanken: Obwohl Parker ihren neuen Freundinnen gerne vertrauen wollte, konnte sie es wirklich? Wer sagte denn, dass nicht eine von ihnen zusammenbrechen und sie preisgeben würde? Sie glaubte nicht, dass Caitlin ein Problem darstellen würde – Caitlin hasste Nolan immer noch zu abgrundtief, um sie zu verraten und der Polizei zu helfen. Und natürlich konnte Parker auf Julie zählen. Aber Mackenzie? Sie hatte auf der Beerdigung gewirkt, als wollte sie nur zu gerne ihr Herz ausschütten. Und Ava … nun, die Polizei war ihr bereits auf den Fersen – Parker zweifelte daran, dass diese Prinzessin sich im Knast gut halten würde. Es war nicht so, dass Parker sonderlich viel zum Freundeskreis beitrug. Vielleicht hatten sie sie als entbehrlich wahrgenommen. Als einen geeigneten Sündenbock. Ein ohnehin schon kaputtes Mädchen, das nichts mehr zu verlieren hatte.

Ihre Gedanken wurden unterbrochen, als ein Lexus – fünf Jahre alt, aber immer noch schöner als alle anderen Autos in dieser Nachbarschaft – in die Einfahrt fuhr. Ihre Mutter stieg aus, schlug die Tür hinter sich zu und starrte Parker an.

»Was machst du hier?«, blaffte sie, die Hände in den Hüften.

Parker zog eine Grimasse. »Na, das ist ja eine nette Begrüßung.«

Mrs Duvall öffnete die Hintertür ihres Autos und begann, Einkaufstüten herauszuziehen. Parker beobachtete ihre Mutter kühl und machte keine Anstalten, zu helfen.

Wenn das Haus schon ein sozialer Abstieg gewesen

war, so war das Outfit ihrer Mutter eine totale Kapitulation. Seit dem Prozess hatte Mrs Duvall fast jeden Tag dasselbe langärmelige Hemd und dieselbe Yogahose angehabt, obwohl sie immer ausgebeulter geworden war, als ihr Verfall voranschritt. Ihr einstmals perfekt gefärbtes Haar war zu einem trüben, farblosen Mausbraun herausgewachsen und hing in welken Locken um ihr Gesicht. Und mehr als das, sie sah schlicht ... müde aus. Als hätte sie gegen die Welt gekämpft und die Welt hätte gewonnen. Sie lächelte nicht mehr. Lachte nicht mehr. Alles war ein Kampf.

Mrs Duvall hob die Taschen an und kämpfte sich mit ihnen die Stufen hoch.

»Hast du vor, den ganzen Tag auf der Veranda herumzusitzen?«, murrte sie.

Es war überraschend, wie sehr sie das noch provozierte. Sie sprang auf ihre Füße.

»Du bist wirklich das Allerletzte, weißt du?«, keifte sie. Sie hatte keine Ahnung, was über sie gekommen war. Vielleicht lag es an ihrem Gespräch mit Elliot, aber sie fühlte sich mutiger als sonst. »Es ist die Aufgabe eine Mutter, ihre Familie zu beschützen. Aber du hast nur tatenlos zugesehen.«

Alle Farbe wich aus Mrs Duvalls Wangen, und sie sah aus, als habe Parker sie geschlagen. Dann presste sie die Lippen aufeinander und schloss die Haustür auf. »Gott im Himmel«, knurrte sie. »Hast du nicht schon genug angerichtet?«

Sie drückte sich durch die Türe und zog die Einkaufstüten hinter sich her. Bevor Parker ihr folgen konnte, schlug sie die Tür zu. Parker hörte das Klicken des Schlosses auf der anderen Seite.

Sie blieb noch eine Weile reglos an der Tür stehen und starrte auf den vergilbten Willkommens-Fußabtreter. Gut. Scheiß drauf. Sie drehte sich um und trat mit ihrem Stahlkappenstiefel gegen den Blumentopf. Er kippte um und zerbarst mit einem befriedigenden Geräusch auf dem Schieferpfad.

Also dann, zurück zu Julie. Sie lief die Straße hinauf zur Bushaltestelle, an den zerfallenen Häusern und dem Gemischtwarenladen vorbei. Aber dann fingen ihre Hände an zu zittern. Was hatte sie getan, das so schlimm war, dass sie eine derart schreckliche Behandlung verdiente? Warum hassten ihre beiden Eltern sie so sehr?

Sie erinnerte sich an einen Abend, als sie am Küchentisch gesessen hatte, kurz vor der Nacht, die alles veränderte. Sie hatte mit Julie telefoniert und über irgendetwas gelacht, was Nolan an dem Tag in der Schule gemacht hatte. Dann hatte sie gehört, wie die Tür laut zuschlug – ihr Vater war zu Hause. Seine Schritte waren schwer, genauso wie sein Atem. Parker wusste, was das bedeutete, aber anstatt nach oben zu gehen und sich in ihrem Zimmer zu verschanzen, wie sie es sonst zu tun pflegte, war sie am Tisch sitzen geblieben, das Telefon an ihr Ohr gepresst. Es ist auch mein Haus, hatte sie abwehrend gedacht. Ich sollte mich nicht verstecken müssen.

Sie hatte noch nicht einmal die Zeit, aufzulegen, da schlug er sie schon. Nachdem ihr Vater mit ihr fertig war, hatte sich ihre Mutter neben ihr auf den Boden gekniet und ihr eine Packung gefrorener Erbsen an die geprellten Rippen gehalten – ihr Vater hatte gelernt, sie da zu verletzen, wo andere es nicht sehen konnten. »Du musst lernen, deinem Vater aus dem Weg zu gehen«, hatte ihre Mutter gemahnt. »Du machst es nur noch schlimmer.«

Klick.

Parker war sich nicht sicher, woher das Geräusch gekommen war. Sie drehte sich um und schaute die Straße hinunter. Ihre Nackenhaare sträubten sich. Folgte ihr jemand? Machte Fotos? Beobachtete sie? Drei Teenager kamen aus dem Gemischtwarenladen, aßen Slush-Eis und unterhielten sich auf Spanisch. Einen Block weiter humpelte eine alte Frau zu ihrem Briefkasten. Drei Vögel flogen alle auf einmal von der Telefonleitung in die Luft.

Niemand beobachtet dich, sagte sie wütend zu sich selbst. Glaubst du wirklich, dass sich irgendjemand um dich schert?

Der Bus grollte in nicht allzu großer Ferne. Parker rannt los, um die Haltestelle rechtzeitig zu erreichen. Plötzlich wollte sie nur noch in dem Bus sein, in einer anonymen Pendlermeute, die Kapuze über das Gesicht gezogen, Kopfhörer auf den Ohren mit laut aufgedrehter Musik. Der Bus fuhr gerade von der Haltestelle los, als sie um die Ecke bog. »Hey!«, rief Parker und winkte dem Fahrer. Sie sprintete, um ihn einzuholen, doch der Fahrer fuhr weiter.

»Nein!«, schrie Parker und boxte frustriert in die Luft. Jetzt musste sie zwanzig Minuten auf den nächsten Bus warten.

Klick.

Parkers Haut kribbelte wieder. Sie schaute sich um. In der Nähe löste sich ein Nissan Maxima vom Bordstein. Als er wegfuhr, sah sie kurz den Fahrer durch das getönte Fenster, aber sie konnte das Gesicht nicht erkennen. Er sah aus wie ein Mann. Fast wie ihr Vater.

Sie spürte, dass sich ein weiterer heftiger, pochender Kopfschmerz anbahnte, aber sie versuchte ihn zu bekämpfen. Zu welchem Abwehrmechanismus hatte Elliot ihr während einer solchen Phase geraten? Sie konnte sich an überhaupt nichts erinnern. Alles verschwamm ihr vor den Augen. Fahrig suchte sie nach ihrem Handy und wählte eine Nummer.

»Hallo?«, ertönte Elliots Stimme.

»Äh, Dr. Fielder – Elliot?« Ihre Stimme klang hoch und dünn, gar nicht wie ihre eigene.

»Julie?«, fragte Elliot unsicher.

»N-nein, hier ist Parker. Parker Duvall.«

»Ah, Parker. Natürlich.«

Hinter ihm erklang ein Rauschen, als telefoniere er im Straßenverkehr. Parker fragte sich, ob sie ihn zu einem ungünstigen Zeitpunkt erwischt hatte. Er war gesund und lebte ein normales Leben. Er wollte nicht von ihr gestört werden.

»Sie sind beschäftigt«, sagte sie. »Bin schon weg.«

»Warte, Parker«, sagte Elliot. »Einen Anruf von dir nehme ich immer gern entgegen. Geht es dir gut? Was gibt es?«

»Es geht um ...« Parker schluckte schwer. »Alles. Meine Mutter ... diese Gegend, in der ich wohne ... ich fühle mich, als würde mich jemand verfolgen ... ich habe es irgendwie schwer, mich darauf einzustellen. Ich kann fühlen, wie ich abdrifte, und Sie haben gesagt, ich soll mich melden, also …«

»Und ich bin froh, dass du es getan hast.« Elliots Stimme klang nun lauter, nicht mehr so dumpf. »Du musst durchhalten, Parker. Versuche, im Hier und Jetzt zu bleiben. Konzentriere dich auf etwas Reales – deine Hand, deinen Fuß – und sag dir selbst, dass alles gut werden wird.«

Parker saß nun auf der Bank bei der Bushaltestelle, den Kopf zwischen den Knien. »Aber ich fühle mich nicht gut«, gab sie zu. »Ich fühle mich, als nähme mich niemand wahr.«

»Du weißt, dass das nicht stimmt.« Seine Stimme klang fest und vertrauenerweckend. »Ich nehme dich wahr, Parker.«

Parker guckte zitternd auf die Straße und starrte auf die Fahrbahnmarkierung, bis sie wieder zu sich selbst kam. Weitere Autos fuhren nun an ihr vorbei und keines davon wirkte verdächtig. Ihr Herz schlug allmählich wieder langsamer und auch ihr Atem wurde ruhiger. Es war erstaunlich: Elliots Stimme hatte ausgereicht, um sie wieder zurück auf die Erde zu bringen.

Ein paar Momente verstrichen. »Wie fühlst du dich jetzt?«, fragte Elliot.

»Besser«, gestand Parker. »Nicht so angespannt. Ich kann alles wieder sehen. Ich fühle mich … im Hier und Jetzt.«

»Gut«, sagte Elliot. »Hör zu, Parker, lass uns unseren nächsten Termin vorverlegen. Glaubst du, du kannst dir dafür Zeit freischaufeln?«

Parkers Hals fühlte sich trocken an. »I-ich denke schon«, sagte sie.

»Großartig«, sagte Elliot. »Und hör zu. Wenn du merkst, dass noch irgendwelche Attacken kommen, wenn du mich aus irgendeinem Grund brauchst, ich bin immer da. Ruf bitte an. Ich will immer reden.«

»O-okay«, sagte Parker. Sie legte auf und schlang fest die Arme um sich. Das paranoide Gefühl war komplett verschwunden und an seine Stelle waren Bilder aus Elliots Therapiezimmer getreten. Die bequeme Couch. Die beruhigende Beleuchtung. Und Elliots gütiges, offenes Gesicht, als er sie anlächelte, ihr half. Sie rettete.

Doch dann fuhr ein Polizeiauto vorbei. Der Polizist stierte aus dem Fenster und musterte sie lange. Parker zog die Kapuze tiefer in ihr Gesicht und hielt den Atem an, bis das Auto vorbeigefahren war. Sie atmete tief aus und schaute auf ihr Handy. Elliot wollte sie vielleicht retten, aber wenn die Polizei herausfand, was sie und ihre Freundinnen mit Nolan gemacht hatten, blieb ihm dafür wohl keine Zeit mehr.

# Kapitel 16

Es regnete, als Ava am Freitag zu Mr Grangers Haus fuhr. Am Ende des Häuserblocks bog sie in die Shadywood Road ein, einer ihr vertrauten Straße mit kleinen, idyllischen Häusern. Als sie bei Alex' Zuhause vorbeifuhr, winkte sie kurz, obwohl sie wusste, dass Alex shoppen gegangen war, um sich neue Vans zu kaufen. Dann parkte sie zwei Häuser weiter auf der Einfahrt. Es war komisch: Alex hatte mal erwähnt, dass er Mr Granger um den Block rennen gesehen hatte, aber Ava war bis zu diesem Moment nicht klar gewesen, wie nahe ihre Häuser beieinanderlagen.

Grangers Haus hatte blaue Fensterläden und eine rote Tür. Ava straffte die Schultern und ging zur Veranda, klingelte und justierte dann die Riemen an ihrer Tasche, die mit Spiralblöcken, ihrem Laptop und sogar Notizzetteln gefüllt war, weil sie sich nicht sicher gewesen war, was sie brauchen würde.

Sie hörte Schritte und die Tür öffnete sich. »Miss Jalali«, sagte Granger lächelnd. »Bitte kommen Sie herein.« Ava folgte ihm nach innen und sah sich neugierig um. Sein Wohnzimmer war warm, mit zwei flachen Ledersofas, zwischen denen ein quadratischer Couchtisch aus Teak stand. Film-Noir-Poster hingen an den Wänden, ein Haufen altmodisch anmutender Kameras und ein alter Filmprojektor standen auf einem Beistelltisch.

»Kann der wirklich Filme zeigen?«, fragte Ava und deutete auf das Gerät.

»Ja. Ich dachte sogar daran, ihn mal in die Klasse mitzubringen. Vielleicht zur nächsten Stunde.«

»Ich würde unheimlich gerne was darauf sehen«, sagte sie und fragte sich dann, ob das klang, als würde sie sich gerade selbst zu einem weiteren Besuch einladen. »Ich meine, es ist bestimmt die beste Art, Filme so zu sehen, wie sie ursprünglich geschaffen wurden.«

»Ganz genau.« Für den Bruchteil einer Sekunde schien sein Blick ihren Körper entlangzuwandern und ihre weiche Haut zu mustern. Ihren üppigen Ausschnitt. Ava fühlte, wie ihre Wangen warm wurden – aber einen Moment später war sie sich sicher, dass sie es sich eingebildet hatte. Nolans blödes Gerücht machte sie langsam paranoid.

»Danke, dass Sie mich den Aufsatz noch mal schreiben lassen«, sagte sie. Je früher sie anfingen, desto früher konnte sie Alex anrufen.

»Ich halte Sie für eine sehr gute Essayistin. Sie sollten Ihr Potenzial nur besser nutzen.«

Sie zuckte zusammen und blickte zu Boden. »Danke. Aber ich glaube nicht, dass gute Essayistinnen Dreien bekommen.«

»Ava.« Granger wirkte plötzlich ernst. »Ich habe Ihnen keine Drei gegeben, weil Ihre Arbeit schlecht war. Ich habe sie Ihnen gegeben, weil ich weiß, dass Sie es besser können. Sie sind etwas Besonderes – ich erwarte mehr von Ihnen als von Ihren Mitschülern.« Er senkte den Kopf. »Schreiben Sie auch außerhalb der Schule?«

»Ich habe ein paar, äh, Essays geschrieben«, gab Ava zu. »Über Dinge, die mir passiert sind. Sie wissen schon, Sachen über meine Mutter. Sachen über meine Familie.« Sie schüttelte sich verlegen. »Hat bisher noch keiner gelesen.«

Granger nickte. »Wenn dich etwas belastet, ist Schreiben ein toller Weg, um die Anspannung zu lindern. Du hast dich also auf Essays spezialisiert?«

»Könnte man so sagen,« erwiderte Ava. »Aber ich glaube, ich betrachte sie mehr als Tagebuch. Sie sind wirklich nur für mich – niemand sonst hat sie je gelesen.«

»Nicht einmal Ihr Freund?«

»Noch nicht«, sagte Ava. War es seltsam, dass Granger Alex erwähnte? Sie versuchte, sich nicht beunruhigen zu lassen. Vielleicht versuchte er nur, cool zu sein und zu zeigen, dass er ein wenig über die schulische Gerüchteküche Bescheid wusste.

»Nun, ich würde sie wirklich gerne lesen.« Granger verschränkte die Arme über der Brust. »Du hast einen faszinierenden Verstand, Ava. Du bist schön und brillant.«

»Äh, danke«, sagte Ava unsicher. Ein Lehrer sollte nicht sagen, dass sie schön war. Ein Lehrer sollte nicht einmal zur Kenntnis nehmen, wie sie aussah. Aber so wie er sie ansah, nahm Mr Granger es definitiv zur Kenntnis.

»Also, äh, mein Aufsatz?«, quiekte sie.

»Natürlich.« Granger blinzelte, als erwache er aus einer Trance. »Dann lass uns mal damit anfangen.« Aber dann lehnte er sich nach vorne. »Hör mal, ich hoffe, es macht dir nichts aus, wenn ich frage, aber war alles okay mit der Polizei gestern? Ich habe mir Sorgen um dich gemacht.«

Ein saurer Geschmack stieg Ava in den Mund. »Ach, alles lief gut«, sagte sie mit leiser Stimme. »Nur Routinefragen.«

Granger schnaubte. »Die Polizei sollte keine Teenager verhören. Es ist gruselig und einschüchternd, und so bringen sie niemanden zum Reden.« Sein Lächeln war oberflächlich freundlich, aber Ava spürte darunter noch eine andere Emotion. »Aber genug davon. Ich habe gerade eine Kanne Kaffee gemacht. Der beste in ganz Seattle. Kann ich dir eine Tasse bringen?«

Ava war immer noch ganz zittrig von ihrem Espresso, hatte aber das Gefühl, dass es unhöflich wäre, abzulehnen. »Äh, klar.«

Sie folgte ihm in eine Küche mit Arbeitsflächen aus Keramik und einem langen Holztisch, der mit Kamerateilen und Entwicklungszubehör übersät war. Granger zog die Kaffeekanne vom Stövchen, schnappte sich zwei Tassen und reichte eine davon Ava. »Tut mir leid wegen der Unordnung.«

»Wofür ist das?«, fragte sie.

»Ach, Hobbykram. Lass mich nur kurz weitermachen und das alles hier wegräumen, okay? Ich muss sowieso dran denken, das hier für die Foto-AG in die Schule zu bringen.« Er klemmte sich mehrere Kartons mit dem Aufdruck *B&H Fotografie-Bedarf* unter die Arme. »Dann machen wir uns an deinen Aufsatz.«

»Klar.« Ava setzte sich auf die Kante eines Stuhls, während Granger aus dem Zimmer trat. Sie sah sich in seiner sauberen, praktischen Küche um, bemerkte das Spülmittel neben dem Ausguss, die rot und gelb gestreiften Handtücher an der Ofentür. An der Wand hing ein Bild von einer besonders mysteriös dreinschauenden Marlene Dietrich.

Piep.

Grangers iPhone, das er auf dem Tisch hatte liegen lassen, leuchtete auf. Ava schaute darauf und erstarrte. Es war eine MMS ... die ein Paar Brüste zeigte.

Sie spähte in Richtung Haustür, dann schob sie das Handy langsam zu sich und sah sich das Foto noch einmal an. Es waren offensichtlich Brüste, okay ... und da hing ein ihr vertrautes Casablanca-Poster an der Wand. Ava fühlte, wie sich ihr der Magen umdrehte.

Dieses Foto war in ihrem Film-Klassenzimmer gemacht worden.

Sie entriegelte den Bildschirm und die Symbole flogen an ihre Plätze. Mit zitternden Händen klickte Ava das Nachrichten-Symbol an. Unzählige MMS, die meisten davon Bilder von Mädchen mit nacktem Oberkörper, liefen über den Bildschirm. Ava blätterte entsetzt von Sexnachricht zu Sexnachricht. Die Nummern waren nicht als Kontakte gespeichert, und die Mädchen zeigten nie ihre Gesichter, aber Beacon Heights war klein. Sie erkannte Jenny Thiels Gürtelschnalle auf einem Bild. Dort lag Mimi Colts geliebte Chanel-Tragetasche auf dem Schreibtisch hinter ihr. Da waren Polly Kramers Hände, deren Hennatattoos sie sich alle paar Wochen neu aufmalen ließ. Sie erkannte Schülerinnen, die vergangenes Jahr ihren Abschluss gemacht hatten, als Granger an die Schule gekommen war.

Ava war fassungslos. Wie hatte er all diese Mädchen dazu gebracht, ihm diese Bilder zu schicken? Und was hatten sie außerdem noch für ihn getan? Ava hörte ein leises Klicken und blickte eilig auf. Grangers Haustür war immer noch verschlossen, aber er kam bestimmt gleich zurück. Sie wollte gerade das Handy wieder ablegen und abhauen, als etwas ihre Aufmerksamkeit erregte – eine Nummer, die sie wiedererkannte.

Was hatte Nolan Hotchkiss Mr Granger geschrieben?

Ava öffnete die MMS und sah, dass sie nur aus einem Anhang bestand – einer Videobotschaft. Sie drückte auf Play.

Das Video begann in Grangers Klassenzimmer. Justine Williams, eine brünette Absolventin mit aufgespritzten Forellenlippen, saß am Rand des Schreibtischs. Granger stand vor ihr, zwischen ihren leicht gespreizten Beinen, und streichelte ihre Wange. »Hast du je *Das süße Leben* gesehen?«

»Nein«, sagte Justine mit leicht zittriger, unschuldiger Stimme.

Er nahm ihre Hände. »Da gibt es eine Szene, in der ein Pärchen in den Trevibrunnen in Rom watet. Es ist so romantisch. Ich kann mir vorstellen, dass wir beide das Gleiche tun.«

»W-wirklich?«, sagte Justine nervös und lachte schrill auf.

Dann küsste er sie auf die Lippen.

Der Ausdruck auf Justines Gesicht brachte Ava fast

zum Kotzen. Für Justine schien es unangenehm und aufregend zugleich zu sein. Sie wirkte beinahe hoffnungsvoll. Obwohl sie wusste, dass es falsch war, war sie so verknallt, dass es ihr völlig egal war.

Die Kamera begann zu zittern. Für einen Moment verlor sie den Fokus, dann wurde sie umgedreht und nahm den Filmemacher ins Visier. Es war Nolan, der vor Grangers Klassenzimmer im Gang stand. Ein dreistes, bösartiges Grinsen glitt über sein Gesicht.

»Oooh, Herr Lehrer«, krähte er in die Kamera. »Sie stellen immer so tolle Fleißaufgaben.« Sein Tonfall veränderte sich abrupt. »Wo wir gerade von Aufgaben sprechen: Ich habe ein paar für Sie. Und wenn Sie nicht wollen, dass dieses Video an die Öffentlichkeit gelangt, dann passen Sie jetzt besser auf.«

*Quietsch.*

Diesmal schoss Ava wirklich hoch, als Grangers Tür sich öffnete. Schnell legte sie das iPhone genau an die Stelle, wo er es zurückgelassen hatte, und setzte sich wieder auf ihren Platz.

Granger setzte sich auf den Stuhl neben ihr und rutschte nach vorne, bis sein Gesicht nur noch ein paar Zentimeter von ihrem entfernt war. »Okay, lass uns anfangen«, sagte er. Dann schaute er sich Ava genauer an und stutzte. »Geht es dir gut?«

Unter keinen Umständen konnte Ava noch länger in diesem Raum bleiben. »Äh, um ehrlich zu sein, ich muss auf die Toilette«, sprudelte sie heraus. Sie griff nach ihrem Täschchen und hätte es beinahe zerdrückt, so fest umklammerte sie es.

Granger zeigte auf eine Tür im Flur und sie lief schnell dorthin und schloss die Tür hinter sich ab. Sie sackte dagegen und versuchte zu verarbeiten, was sie gerade gesehen hatte. All diese Busenaufnahmen. All diese Mädchen, die er ausgenutzt hatte. Justines Gesichtsausdruck. Und Nolan. Hatte Nolan Granger erpresst?

Das Fenster war offen und die kühle Bise riss sie aus ihrer Trance. Aus einer Laune heraus öffnete sie Grangers verspiegeltes Hängeschränkchen. Und direkt in Augenhöhe, auf der mittleren Ablage, stand eine orangefarbene, eindeutig bedruckte Pillendose. *Lucas Granger. Oxycodon, 20 mg. Gegen Schmerzen einzunehmen wie angewiesen.*

Oh. Mein. Gott. Mit zitternden Händen zog Ava ihr Handy aus dem Täschchen und schoss ein Foto von der Dose. Dann betätigte sie mit pochendem Herzen die Spülung, wusch sich die Hände und verließ das Badezimmer.

Mr Granger saß am Tisch und wartete auf sie.

Sie zwang sich, ihn bedauernd anzulächeln. »Es tut mir so leid, aber ich habe gerade eine SMS von meinem Dad bekommen. Ich muss gehen.«

Granger stand auf, machte ein paar Schritte auf sie zu und versperrte ihr den Weg. »So bald schon?«

Avas Atem brannte. »Wir können auch ein anderes Mal an dem Aufsatz arbeiten, oder?«

Granger lächelte lauernd. »Aber ich habe mir jetzt Zeit für dich freigeschaufelt, Ava. Das ist sehr unhöflich von dir.«

Ava schaffte es, ihm in die Augen zu sehen, und erkannte dort etwas, das in den Augen eines Lehrers nichts zu suchen hatte. Granger war absolut von sich überzeugt. Er hatte offenbar nicht das Gefühl, dass er gerade etwas Unrechtes tun könnte.

»M-mein Vater braucht mich«, stammelte sie in dem Versuch, ihn daran zu erinnern, dass sie ein Teenager war. Der Eltern hatte. Einen Vater, der Granger umbringen würde.

»Willst du dir nicht wenigstens noch ein paar Extrapunkte verdienen, bevor du gehst?«, fragte Granger vielsagend und legte Ava eine Hand aufs Dekolleté.

Die wich entsetzt zurück. »I… ich habe einen Freund«, sagte sie mit zitternder Stimme.

Granger riss die Augen auf wie eine Comicfigur. »Aber Miss Jalali! Was glauben Sie denn, was ich Ihnen vorschlage?«

Das verwirrte Ava nur noch mehr. Sie wollte es nicht, aber ihr Blick fiel auf sein Handy. Sie hatte diese Bilder gesehen. Sie hatte ihm nichts unterstellt, was nicht schon angedeutet worden war.

Granger blickte ebenfalls zu seinem Handy, schaute dann wieder sie an und schien zwei und zwei zusammenzuzählen. Seine Augen wurden dunkler.

Ava versuchte einen Schritt zurückzuweichen. »Ich muss jetzt wirklich gehen.«

Granger hielt sie fest. »Ich weiß, dass die Gerüchte über dich wahr sind, Ava«, sagte er, und alle Wärme war aus seinem Tonfall gewichen. »Und ich muss sagen, es enttäuscht mich schon, dass du es für andere Lehrer tust, aber nicht für mich.«

Die Zeit schien stillzustehen. *Dass du es für andere Lehrer tust, aber nicht für mich.* Die Worte hingen in der Luft und verliehen den schrecklichen Gerüchten, die Nolan vor langer Zeit über sie erzählt hatte, neues Gewicht. Sie wusste, dass alle Schüler diese Gerüchte gehört hatten, aber die Lehrer? Hatte Nolan es allen erzählt?

Hatte Ava deshalb ständig Einsen von Granger bekommen, weil er geplant hatte, sie hierherzulocken? Einen fürchterlichen Moment lang fragte sie sich, warum sie sich eigentlich die Mühe gemacht hatte, derart hart zu arbeiten. Wenn sowieso jeder das Schlimmste von ihr annahm, was würde sie da ein Kuss schon kosten, wenn es bedeutete, dass sie dafür eine Eins bekam?

Avas Blut gefror. »Das sind nur Gerüchte«, flüsterte sie. »Ich würde nie ... ich habe nie ... «

Granger blickte sie verächtlich an. »Ava, du wusstest genau, worauf du dich einlässt. Also hör auf, hier die Unschuldige zu spielen, okay?«

Und dann zog er sie mit festem Griff an sich. Ava schaffte es, sich zu befreien, und raste zur Tür. Sie schaffte es, hindurchzuschlüpfen, ohne dass er sie zu fassen bekam. Sie sprintete zu ihrem Auto, schlug die Tür zu und ließ den Motor an. Erst als sie ein paarmal abgebogen war, hielt sie endlich an, beugte sich nach vorn, um ihre Stirn auf das Lenkrad zu legen, und brach in Tränen aus.

# Kapitel 17

Am Freitagabend eilte Julie in ihr Schlafzimmer. Parker saß auf Julies zweitem Einzelbett und lackierte sich die Nägel schwarz. Adele säuselte aus dem iPod und draußen trommelte der Regen ans Fenster.

»Ich bin so froh, dass du hier bist. Du wirst nicht glauben, was gerade passiert ist«, sagte Julie und hielt Parker ihr Handy vor die Nase.

Auf dem Display war eine SMS von Carson zu sehen. *Magst du Sushi? Wollte mal ins Maru gehen. Morgen?*

Parker musterte die Nachricht und gab das Handy zurück. »Und? Gehst du mit?«

»Du kennst meine Regel. Keine Beziehung.«

»Leb dich mal cin bisschen aus«, sagte Parker achselzuckend. »Ein Date ist noch keine Beziehung.«

»Ich weiß.« Julie wippte auf ihrer Matratze auf und ab. Sie hatte von der Kälte Gänsehaut auf den Armen, bemerkte es jedoch gar nicht. »Aber stell dir mal vor, was passieren würde, wenn Carson das mit meiner Mom rausfindet!«

»Das wäre auch nicht das Ende der Welt«, sagte Parker. »Du musst die Geschichte nur richtig erzählen.«

Julie schüttelte den Kopf. »Leichter gesagt als getan.

Denk daran, was Ava passiert ist.« Obwohl Ava klug, hübsch und beliebt war, hatte es Nolan mühelos geschafft, ihren Ruf zu ruinieren. Dabei mussten alle im tiefsten Inneren wissen, dass er gelogen hatte.

»Oder dir«, fügte Julie hinzu und blickte ihre Freundin an. Parker war das beliebteste Mädchen der Schule gewesen, bevor ihr Dad sie angegriffen hatte. Sogar als Zehntklässlerin war sie bereits auf beinahe allen Seiten des Jahrbuchs zu sehen gewesen. Aber jetzt war sie eine Persona non grata, nur weil ihr Dad im Gefängnis saß und sie Narben im Gesicht hatte.

Wenn es so leicht gewesen war, ihren Ruf zu schädigen, dann hatte Julie keine Chance.

Plötzlich dröhnte »Fireworks« von Katy Perry aus ihrem Handy. Sie zuckte zusammen, nahm es in die Hand und runzelte die Stirn, als sie die Nummer sah. Es war Ava. Wenn man vom Teufel spricht. Julie ging dran und hörte Ava in einem fort »Oh Gott, oh Gott, oh Gott« sagen.

»Hey, was ist los?«, unterbrach sie Avas Gemurmel und schaute Parker nervös an.

Ava verstummte. »Ich glaube, Granger hat Nolan umgebracht.«

Julie erstarrte und umklammerte das iPhone. »Granger? Unser Lehrer?«

»Ich bin mir beinahe sicher.« Avas Stimme war leise und zitterte. Julie winkte Parker zu sich und stellte den Lautsprecher an.

»Ich war bei Granger zu Hause«, fuhr Ava fort. »Er hat mir angeboten, mir mit meinem Aufsatz zu helfen, aber das war Bullshit – er ist ein ekelhafter Perversling. Ich hätte nicht hingehen sollen, aber das ist eine andere Geschichte. Auf jeden Fall habe ich auf seinem Handy … Bilder gefunden …« Sie schluckte vernehmlich. Es klang, als weine sie.

Julie brauchte eine Weile, um aus Ava herauszubekommen, was für Bilder sie gesehen hatte. Dann erzählte ihr Ava von dem Video, auf dem Nolan Granger bedroht hatte. Julies Herz machte einen Ruckler.

»Das ist ein Motiv«, sagte sie langsam. »Aber glaubst du wirklich, er könnte es getan haben?«

»Er wollte mich küssen, als ich gegangen bin«, erklärte Ava. »Und als ich Nein sagte, war sein Gesichtsausdruck …« Sie brach ab und weinte: »Es war schrecklich. Und er hat ein Rezept für Oxy. Ich habe es in seinem Badezimmer gefunden.«

»Wieso bist du denn zu ihm nach Hause gegangen?«, platzte Parker heraus.

»Ich weiß, wie das aussieht«, jammerte Ava. »Aber ich wollte nur, dass er mir bei meinem Aufsatz hilft. Ehrlich.«

»Wir glauben dir«, beteuerte Julie. Sie stand auf und begann, im Zimmer auf- und abzulaufen. Granger wirkte so nett. So … hilfsbereit. Es war schockierend, dass er so ein Mistkerl war. Sie dachte wieder an den Tag im Filmunterricht zurück. Ob er ihr Gespräch belauscht hatte?

Caitlin hatte sich aufgeregt vorgebeugt. »Oxy. Alle wissen, dass das seine Lieblingsdroge ist«, hatte sie gesagt. »Oder Zyanid. Er wäre innerhalb von Minuten tot.«

Julie hatte sich geräuspert und zu Nolan geblickt, der auf der anderen Seite des Zimmers saß. Er war in einer

Gruppe mit Ursula, Avas Freund Alex und einem stillen Mädchen namens Renee Foley. Sie alle wirkten unglücklich. »Wir machen nur Spaß, oder?«, fragte sie nervös.

»Natürlich«, sagte Mackenzie schnell und lachte etwas zu schrill auf.

Dann beugte Parker sich vor und legte nachdenklich die Fingerspitzen aneinander. »Aber wir müssten ihn ja nicht gleich töten, um ihm eine Lektion zu erteilen.«

»Wie meinst du das?«, fragte Ava langsam.

Parker dachte einen Moment lang nach. »Na ja, bei seiner nächsten Party könnten wir ihm einen Streich spielen. Wir nehmen natürlich kein Zyanid, aber was ist mit Oxy? Das frisst er sowieso die ganze Zeit. Nicht viel – nur so viel, dass er einschläft und wir ein paar belastende Bilder machen können.«

Caitlins Augen glitzerten aufgeregt. »Wir könnten ihn mit heruntergelassenen Hosen fotografieren. Oder sein Gesicht beschmieren.«

Mackenzie rutschte auf dem Stuhl hin und her. »Alle hassen ihn. Die haben nur Angst, es zuzugeben. Wir wären Heldinnen, wenn wir ihm einen Streich spielen.«

Ava richtete sich auf und hob das Kinn. »Sollen wir das machen?«

»Ich bin dabei«, flüsterte Mackenzie.

»Ich auch«, nickte Caitlin.

Die Mädchen schauten Julie an. Sie hätte zwar gerne mitgemacht, aber das passte überhaupt nicht zu ihr. Doch dann holte sie tief Luft und fragte: »Woher kriegen wir das Oxy?«

In diesem Moment fiel ein Schatten auf sie. Parker

warf ihrer Freundin einen warnenden Blick zu und Julie drehte sich schnell auf ihrem Stuhl um und schaute zu Mr Granger auf. Einen Moment lang war sie sicher, dass ihr Lehrer alles gehört hatte. Manchmal belauschte er Gespräche wie die sprichwörtliche Fliege an der Wand. Julie fühlte sich, genau wie alle anderen Mädchen, gleichzeitig geschmeichelt und verunsichert durch seine Aufmerksamkeit – er war so attraktiv und charmant, und er besaß ein immenses, beeindruckendes Wissen über großartige Filme. Aber an jenem Tag war seine Miene ausdruckslos gewesen. »Und, wie läuft die Diskussion bei euch, Ladys?«, hatte er schließlich gesagt und sie breit angelächelt.

Jetzt schluckte Julie mit trockener Kehle. »Er war tatsächlich am Ende unseres Gesprächs bei uns am Tisch«, sagte sie besorgt ins Telefon.

»Vielleicht hat er alles gehört«, flüsterte Ava.

»Und wie, glaubst du, hat er es getan?«, dachte Julie laut. »Hat Granger sich nach oben geschlichen und Nolan mehr Oxy eingeflößt, nachdem wir schon gegangen waren? Aber wie? Nolan hat doch fest geschlafen!«

»Vielleicht ist er wieder aufgewacht, als wir weg waren«, überlegte Ava.

»Und du glaubst, Granger hat uns die ganze Zeit beobachtet? Er hat unser Gespräch belauscht und beschlossen, uns als Deckung für seinen Mordplan zu nehmen?«

»Aber warum will er uns das anhängen?«, fragte Parker. »Ich meine, so übel wirkt er doch gar nicht.«

»Äh, hallo?«, unterbrach Ava. »Hast du meine Geschichte nicht gehört?«

»Das ist wahr«, sagte Julie. »Aber was haben wir ihm getan? Warum sollte Granger es auf uns abgesehen haben? Oder war das einfach praktisch für ihn? Vielleicht ist er auch ein komplett wahnsinniger Psycho!«

»Du solltest mit deinen Informationen zur Polizei gehen«, sagte Parker entschlossen.

»Ich kann da nicht alleine hin!«, kreischte Ava. »Ihr müsst mitkommen. Ich habe schon mit Caitlin und Mackenzie gesprochen, die kommen mit. Ich hole euch sogar ab.«

»Nein!«, schrie Julie beinahe, und Parker schaute sie warnend an. »Ich meine, wir sind nicht bei mir. Wir treffen uns einfach auf dem Polizeirevier.«

Zwanzig Minuten später fuhren sie und Parker auf den Parkplatz des Reviers. Der Asphalt war aufgerissen und uneben, und Julie trat in eine tiefe Pfütze, als sie aus dem Auto ausstieg. Ihre Turnschuhe waren völlig durchnässt. Sie rannten zu dem Vordach vor den gläsernen Flügeltüren, wo Mackenzie, Ava und Caitlin bereits auf sie warteten.

Avas Gesicht war vom Weinen geschwollen, ihr Make-up verschmiert. Caitlin hatte ihr den Arm um die Schultern gelegt und wirkte ängstlich, aber entschlossen. Julie ballte die Fäuste und spürte, wie brennende Wut auf Mr Granger in ihr aufstieg.

»Alles okay?«, fragte sie Ava grimmig.

»Ja«, sagte Ava kläglich. »Ich bin nur … angepisst. Und ich habe Angst.« Sie schaute die anderen an. »Ich glaube, er hat gemerkt, dass ich sein Handy gesehen habe.«

Julie blickte sich um, als erwarte sie, Granger auf dem Parkplatz zu entdecken. Aber dort standen nur viele Reihen Streifenwagen.

Sie drückte die Tür auf. »Gehen wir«, sagte sie. »Du musst dieses Arschloch anzeigen, Ava.«

Es war schon beinahe neun Uhr und der Wartebereich war so gut wie leer. Ein junger Beamter mit dramatisch gezwirbeltem Schnurrbart saß allein an seinem Schreibtisch und kicherte über etwas auf seinem Computerbildschirm. Als er sie sah, hob er fragend eine Augenbraue.

»Was kann ich für Sie tun, Ladys?« Er beugte sich vor und musterte sie von oben bis unten. Julie grub die Fingernägel in ihre Handflächen. Das Letzte, was Parker heute noch brauchte, war, dass ein Idiot in Uniform sie anstarrte.

Sie deutete auf Ava. »Sie muss mit jemandem über den Mordfall Nolan Hotchkiss reden«, sagte sie mit klarer Stimme, die im ganzen Raum zu hören war.

Der Beamte starrte zwischen ihnen hin und her und schnappte nach Luft wie ein Fisch auf dem Trockenen. Noch bevor er sich erholt hatte, erklang hinter ihm ein tiefer Bariton. »Schicken Sie sie nach hinten.«

Es war Detective Peters, der Beamte, der durch alle Klassenzimmer gegangen war und seine Karteikarten verteilt hatte. Er war in Julies Matheunterricht gewesen, und sie hatte ihre Schrift verstellt, so gut sie konnte. Sie hoffte, dass auf ihrem Kärtchen nichts an die fröhlichen Luftballonbuchstaben erinnerte, die sie auf Nolans Brust hinterlassen hatte.

Schweigend öffnete der junge Polizist ein kleines Gatter neben dem Pult, um sie durchzulassen. Er brachte sie in ein großes Verhörzimmer mit einem riesigen Fenster, vor dem Jalousien hingen. Julie spürte, wie Parker sich verkrampfte – je weiter sie sich von allen Fluchtmöglichkeiten entfernten, desto angespannter wurde sie. Julie berührte tröstend ihren Arm und beschwor sie stumm, sich zu entspannen.

Sie setzten sich auf unbequeme Klappstühle, die auf einer Seite des rechteckigen Tischs standen. Der Detective nahm ihnen gegenüber Platz. Es roch ein bisschen schimmelig, als wäre Feuchtigkeit in das Heizungsgebläse gelangt. Ein großes Poster, das die Explosion des Mount St. Helens zeigte, hing an der Wand.

»Tut mir leid, dass wir hier im Verhörzimmer sitzen müssen. Mein Büro ist nicht groß genug für uns alle.« Detective Peters lehnte sich lächelnd in seinem Stuhl zurück. »Also, was wollten Sie mir sagen?«

Julie verlagerte unbehaglich ihr Gewicht. Sie hatte mit so vielen Cops gesprochen, nachdem Parker im Krankenhaus gelandet war, dass sie genau wusste, dass Peters sie dazu bringen wollte, mehr preiszugeben, als sie vorhatten.

Sie wechselte warnende Blicke mit den anderen. Mackenzie, deren aschblondes Haar zu einem unordentlichen Seitenzopf zusammengefasst war, trommelte nervös mit den Fingerspitzen auf ihre Oberschenkel. Caitlin hatte die Lippen zusammengepresst. In ihrem riesigen Fußballsweatshirt wirkte sie noch kleiner als sonst. Parker hielt sich am Tisch fest, als stünde sie am Rand einer Klippe und müsse sich festhalten, um nicht in die Tiefe zu stürzen.

Endlich ergriff Ava das Wort. »Ich glaube, ich weiß, wer Nolan Hotchkiss getötet hat.« Ihre Stimme war so leise, dass Julie sie kaum hören konnte.

Detective Peters zog die Augenbrauen hoch.

»Ich glaube, es war Mr Granger«, fügte Julie hinzu. »Unser Lehrer für Filmwissenschaft.«

Der Detective leckte sich die Lippen und stützte seine gefalteten Hände auf dem Tisch ab. »Das ist eine sehr ernste Anschuldigung, Miss Jalali«, sagte er schließlich. »Warum sagen Sie so etwas?«

»Er war mit vielen Mädchen aus unserem Jahrgang ... intim«, sagte Ava. »Und Nolan wusste das. Er hat ihn erpresst.«

»Aha«, sagte Detective Peters düster. »Haben Sie irgendwelche Beweise dafür?«

»Er wollte mich verführen«, sagte Ava kläglich. »Heute.«

»Ich habe gehört, dass das anderen Mädchen auch passiert ist«, meldete sich Julie zu Wort, obwohl sie heute zum ersten Mal davon erfahren hatte.

»Und woher wissen Sie, dass Nolan Bescheid wusste?«

Diesmal räusperte sich Parker. »Weil ich mit ihm befreundet war. Er hat es mir gesagt. Er sagte außerdem, Granger habe Bilder von den Mädchen auf seinem iPhone.«

Julie starrte Parker ein. Ihre schnelle Reaktion beeindruckte sie. Die Mädchen hatten das nicht geprobt. Die anderen Mädchen wirkten ebenfalls überrascht und erfreut.

Der Detective kratzte sich am Kopf. Er schaute Parker

an und dann schnell zu Boden, als wolle er ihr Gesicht nicht sehen. »Ah ja.«

»Sie sollten sein Handy durchsuchen«, meldete sich Ava. »U… und Sie sollten bei ihm zu Hause auch nach Beweisen suchen, dass er Zugriff auf Oxy hatte.«

»Und auf jeden Fall sollten Sie ihn dafür verhaften, was er mit seinen Schülerinnen macht«, fügte Julie hinzu. »Das geht wirklich nicht.«

Detective Peters trommelte mit den Fingern auf den Tisch. Endlich schüttelte er den Kopf. »Es kann gut sein, dass wir uns Granger vornehmen müssen, aber unserer Meinung nach hat er mit Nolans Tod nichts zu tun.« Dann lehnte er sich wieder zurück und warf ihnen einen langen, schwer zu deutenden Blick zu. »Aber dafür haben wir an Sie alle ein paar Fragen.«

# *Kapitel 18*

*Dafür haben wir an euch alle ein paar Fragen,* hallten seine Worte in Mackenzies Kopf wider, aber bevor sie darüber nachdenken konnte, wovon er redete – welche Art Fragen er meinte –, fuhr Peters fort.

»Wir haben kurz nach Nolans Tod sein Handy untersucht und darauf ein paar ziemlich freizügige Fotos von Ihnen gefunden, Miss Wright«, sagte er und schaute Mackenzie scharf an.

Ihr Magen sackte nach unten. Sie senkte den Kopf, weil sie sich zu sehr schämte, um den anderen in die Augen zu sehen. An ihren erstaunten Japsern merkte sie, dass sie nicht gewusst hatten, worauf Peters anspielte. »Nolan macht so etwas mit allen«, murmelte sie.

Peters wirkte unbeeindruckt. »Außerdem haben wir die IP-Adresse der Person verfolgt, die Fotos von der Party des … geschändeten … Mr Hotchkiss online gestellt hat. Wir sind bei einem Internetcafé gelandet. Einige Zeugen haben zu der Zeit ein blondes Mädchen von Ihrer Größe und Statur dort gesehen.«

Macs Wangen röteten sich. »Ich war es nicht.«

Der Detective wendete sich Ava zu. »Außerdem haben wir eine Todesdrohung von Ihnen darauf entdeckt.«

Ava blinzelte. »Wovon reden Sie?«

Er öffnete den Aktenordner vor sich und nahm eine dicke Mappe heraus. Als er sie aufschlug, lag ganz oben ein Bogen mit ausgedruckten SMS.

»Wenn du nicht damit aufhörst, dann bringe ich dich um«, las er laut vor.

Ava verzog den Mund. »Er hat Gerüchte über mich verbreitet. Ich wollte nur, dass er damit aufhört.«

»Zwanzig verschiedene Partygäste haben ausgesagt, dass Sie am Abend der Party mit ihm nach oben gegangen sind, Miss Jalali.« Er lächelte mit gespielter Verwirrung. »Wahrscheinlich waren Sie bei unserem letzten Gespräch ein bisschen durcheinander, oder?«

Dann richtete der Detective seinen Blick auf Caitlin. »Es ist kein Geheimnis, dass Sie Nolan den Tod gewünscht haben, Miss Martell-Lewis. Aber einen Mobber zu töten, ist nicht der richtige Weg, ein solches Problem zu lösen.«

Caitlin wurde blass. »Sie wissen gar nichts über mich«, zischte sie.

»Und das Beste habe ich mir bis zum Schluss aufgehoben.« Der Detective hielt ihnen ein Foto vor die Nase. Es war eine Nahaufnahme von dem Wort Monster auf Nolans Brust. Julie keuchte auf. »Wir warten immer noch auf den Abschlussbericht der Pathologie, aber sehen Sie dieses merkwürdige M mit der abgeschnürten Blase in der Mitte? Kommt Ihnen das bekannt vor?«

Dann stand der Detective auf. »Okay. Ich weiß nicht, was all das bedeutet, aber ich weiß, dass Sie lügen, Ladys. Ich weiß nicht, warum, und ich gebe Ihnen eine Chance. Wenn Sie mir jetzt die ganze Wahrheit sagen, finden wir gemeinsam eine Lösung. Es ist besser, jetzt alles offenzulegen, bevor die Ermittlungen richtig Fahrt aufnehmen.«

Im Verhörraum war es totenstill und sie hörten das Telefon im Wartebereich klingeln. Macs Hände zuckten. Sie überlegte, ob sie gestehen sollte, dass sie Oxy in Nolans Drink gemischt hatten. Es war schließlich nur ein Streich gewesen – sonst nichts. Sie waren keine Mörderinnen.

Julie meldete sich zu Wort. »Wir sind nur zu Ihnen gekommen, weil Sie uns versprochen haben, dass alle Informationen vertraulich behandelt werden. Wir wissen, dass es Mr Granger war. Er hatte die Waffe – die Medikamente – und ein Motiv. Jetzt müssen Sie das nur noch beweisen.«

Detective Peters lächelte wieder. Diesmal war es kein nettes, gutmütiges Lächeln, sondern eine kalte, bittere Grimasse. »Ich versichere Ihnen, wir werden untersuchen, ob Mr Granger wirklich Schülerinnen sexuell missbraucht. Machen Sie sich darüber keine Sorgen. Aber ich will mit Ihnen über Nolan reden. Er ist nicht an Oxycodon gestorben. Nolan wurde mit Zyanid vergiftet.«

»Mit Zyanid?«, platzte Mac heraus, ohne es zu wollen. Ava gab ihr einen diskreten Tritt unter dem Tisch.

»Genau.« Peters schloss seinen Aktenordner wieder und musterte die Mädchen langsam und gründlich. »Sollten euch also neue Theorien einfallen, dann kommt bitte gleich zu mir. Aber vielleicht statte ich euch schon vorher einen Gegenbesuch ab.«

Er schaute sie an, als wisse er alles. Ein paar Sekunden

lang blieben alle wie erstarrt sitzen. In Macs Kopf kreiste wieder und wieder dasselbe Wort: Zyanid. Zyanid.

Dann schob Caitlin abrupt ihren Stuhl zurück und stand auf. Sie ging mit schweren Schritten zur Tür. Mackenzie sprang auf und eilte ihr nach und auch die anderen folgten ihnen.

Draußen stellten sie sich neben Mackenzies Ford Escape. Caitlin wischte sich Tränen der Wut aus den Augen, drehte sich dann um und trat heftig gegen den Bordstein.

»Was sollen wir denn jetzt machen?«, fragte Mackenzie mit weit aufgerissenen Augen. »Sollen wir den Streich gestehen? Wir haben ihm doch kein Zyanid in den Drink gekippt. Ich weiß nicht einmal, wie Zyanid aussieht, geschweige denn, woher man es bekommt.«

»Nein«, sagte Julie fest. »Du hast ihn doch gesehen. Er wird uns nicht glauben.«

»Mädels, jemand hat Nolan genau nach unserem Plan umgebracht«, sagte Caitlin. Ihr Gesicht war rot, und sie atmete so schnell, dass sie beinahe hyperventilierte. »Das kann auf keinen Fall ein Zufall sein.«

»Ganz bestimmt nicht. Granger muss uns gehört haben«, mischte Ava sich ein. »Er muss es gewesen sein. Jetzt brauchen wir nur noch Beweise dafür.« Sie schaute sich panisch um. »Und ich glaube, ich weiß, wo wir die finden.«

Es war auch am späten Abend nicht schwer, in die Beacon Heights High zu gelangen – so viele fleißige Schüler kamen abends noch zu Sitzungen oder Proben, dass die

Wachleute die Türen fast jeden Abend bis nach zehn Uhr offen ließen. Als Mac und Ava durch die Eingangshalle gingen, war nicht einmal der Empfang besetzt, und sie mussten ihre Namen nicht eintragen. Die Flure waren leer und dunkel, ihre Schritte hallten von den Wänden wider. Die Mädchen hatten beschlossen, dass nur zwei von ihnen gehen sollten, und Mackenzie und Ava hatten versprochen, sich sofort zu melden, wenn sie fertig waren.

»Glaubst du, wir finden was?«, fragte Mackenzie, als sie vor Grangers Tür standen. Sie hatten sich überlegt, ob sie in sein Haus einbrechen sollten, dann aber beschlossen, mit der Schule anzufangen. Irgendwie kam ihnen das weniger drastisch vor.

»Es gibt nur einen Weg, das herauszufinden.« Aber bevor Ava nach dem Türgriff fasste, schaute sie Mac neugierig an. »Diese Fotos auf Nolans Handy, von denen Peters gesprochen hat … Hat er dich damit erpresst?«

Mac senkte den Blick. »Nein, das nicht. Er wollte eine dumme Wette mit seinen Freunden gewinnen. Und ich Idiot bin auf ihn reingefallen.«

»Wenn es um ihn ging, waren wir alle Idioten«, sagte Ava, fasste Macs Hand und drückte sie fest. »Das muss dir nicht peinlich sein. Er hat das mit allen gemacht. Ich habe gehört, er hat dieselbe Sorte Bilder von deiner Freundin Claire.«

»Claire?«, blinzelte Mac. Das hatte Claire ihr nie erzählt. »Von wann?«

»Aus der Zeit, als Nolan und ich zusammen waren«, sagte Ava achselzuckend. »Aber wer weiß? Vielleicht hat er auch gelogen. Er meinte, er habe Bilder von einer ganzen Menge Mädchen.«

Dann drehte sie sich um und versuchte die Tür zu öffnen. Verschlossen. Aber darauf war Mackenzie vorbereitet. Während einer Konzertreise hatte ein Fagottspieler aus Oregon ihr beigebracht, wie man mit einem Rohrblatt ein Schloss knackte. Sie schaute sich sorgfältig um, dann holte sie das Rohrblatt aus ihrer Patchworktasche. Sie beugte sich über den Türknauf und fummelte daran herum. Einen Moment später hörte sie ein leises Klicken. Sie waren drin.

»Woher kannst du das denn?«, hauchte Ava erstaunt.

Mac grinste. »Ich stecke eben voller Überraschungen.« Sie schob das Blatt wieder in ihre Tasche und sie schlossen die Türe leise hinter sich.

Die geisterhaften Spuren nicht weggewischter Worte schimmerten auf der Kreidetafel. Ava ging zu Mr Grangers Büro, das ebenfalls verschlossen war. Aber auch dieses Schloss war kein Hindernis für Mac, und sie öffneten die Türe und gingen hinein.

Hier war es dunkler als im Klassenzimmer, und staubiger auch. Es roch leicht nach der Aveda-Gurkenhandseife, die Granger benutzte, und auf den Regalen lagen Bücher und alte Kameraausrüstungen.

Mac riss die oberste Schreibtischschublade auf. Sie war voller Papierkram – Stapel von Hausaufgaben, die Elternerlaubnis-Formulare, die sie für ihre Exkursion ins Majestic-Kino von Beacon hatten ausfüllen müssen, Stifte und Büroklammern. In einer anderen Schublade lagen eine Schachtel Zigaretten und ein vollreifer Apfel.

»Nichts«, murmelte Ava.

Mackenzie zog am Griff einer weiteren Schublade, aber die war abgeschlossen. Sie kauerte sich davor und bearbeitete sie mit dem Rohrblatt.

»Das hier ist schwierig«, murmelte sie und rüttelte frustriert am Griff.

Draußen vor der Tür pfiff jemand leise und falsch *Aquarius* aus dem Musical *Hair*. Die Mädchen erstarrten. Sie hörten Schlüssel klimpern und etwas kratzte im Schloss.

Ava riss in der Dunkelheit die Augen auf. »Wir müssen hier raus.«

»Ich hab's gleich!« Mac justierte das Rohrblatt noch einmal und die Schublade glitt auf.

Der Türknauf drehte sich, ohne dass das Schloss geöffnet wurde. Es klimperte wieder, als jemand nach dem richtigen Schlüssel suchte. Ava grub ihre Fingernägel in Macs Arm. »Komm schon!«

»Schau«, murmelte Mac.

In der Schublade lagen alle konfiszierten Gegenstände des vergangenen Schuljahrs. Eine Nintendo DS lag auf einem Comic. Ein Messer mit Perlmuttgriff, ein Zippo-Feuerzeug und ein silberner Flachmann lagen daneben. Ava wühlte frustriert in der Schublade.

»Hier ist nichts«, murmelte sie. »Nichts, was nur im Geringsten verdächtig ist.«

Sie hörten wieder ein Knirschen im Schloss der Klassenzimmertür. Mackenzie riss Ava an ihrem Shirt mit sich und duckte sich mit ihr unter den Schreibtisch im Büro, als die Klassenzimmertür aufging.

Randy, der Hippie-Hausmeister der Schule, stand im Türrahmen. Er hatte den Kopf schiefgelegt und sah aus, als spüre er, dass jemand hier war.

Mac presste die Lippen zusammen und versuchte, nicht zu atmen. Ihr Herz hämmerte in ihrer Brust. Was machte der denn so spät abends noch hier? Wenn Randy sie dabei erwischte, wie sie Grangers Büro durchsuchten, würde er es sicherlich Mr Granger erzählen. Und der dann der Polizei.

Langsam ging Randy in Richtung Büro. Seine Schritte donnerten über den Boden. Er hatte aufgehört zu pfeifen. Mac konnte ihn nicht sehen, aber sie spürte, dass er im Türrahmen des Büros stand. Sie schloss die Augen und bewegte sich nicht. Ava umklammerte ihre Hand. Mac war fast sicher, dass Randy den Atem anhielt, während er sich einen Überblick über die Situation verschaffte.

Aber dann atmete er aus. Sie hörte, wie er sich umdrehte und zum Lehrerpult ging. Dann vernahm sie das blecherne Scheppern eines Mülleimers an der riesigen Mülltonne, die er durch die Schule schob. Noch mehr dröhnende Schritte und die Tür wurde geschlossen.

Langsam stand Mac auf und schaute in das leere Klassenzimmer. Sobald sie es für sicher hielt, rannte sie zur Tür. Sie wollte nur noch hier raus. Das war knapp gewesen – zu knapp. Jetzt, wo die Polizei ihnen bereits auf den Fersen war, konnte ein falscher Schritt alles zerstören, wofür sie alle jahrelang so hart gearbeitet hatten. Den Schulabschluss. Das Studium. Juillard. Ein falscher Schritt und ihr perfektes Leben war vorbei.

# Kapitel 19

Am Samstagmorgen saß Parker in Elliots Büro und hatte die Arme um die Knie geschlungen. Der Raum roch leicht nach einer Zimtduftkerze und aus den verborgenen Lautsprechern erklang leise ein New-Age-Song mit Windspiel und Didgeridoo. Der Therapeut lächelte Parker freundlich an.

»Na?«, fragte er. »Wie war deine Woche?«

»Anstrengend«, gestand Parker.

»Kannst du mir sagen, warum?«

Parker schloss die Augen. »Eine Menge Polizisten waren in der Schule. Es ist schrecklich.«

»Haben sie schon mit dir gesprochen?«

Sie erstarrte. »Warum sollten sie das tun wollen?«

Elliot hob beschwichtigend die Hände. »Ich habe angenommen, dass die Polizisten in einem solchen Fall mit allen reden.«

Parker ließ ihr Haar in ihr zerstörtes Gesicht fallen und verzog den Mund. *Na klar, du Idiot*, dachte sie. *So wirkst du natürlich gleich superschuldig. Gesteh doch gleich, was du getan hast.*

Sie räusperte sich. Elliot saß ihr geduldig gegenüber, und es kam ihr beinahe so vor, als könne sie ihm wirklich alles erzählen. Sie brauchte einen Zuhörer, und sie wollte, dass er es war. Aber dann dachte sie an die anderen Mädchen. Sie hatten geschworen, ihr Geheimnis nicht zu verraten.

»Ja, ich wurde schon befragt«, murmelte sie.

Elliot legte die Fingerspitzen aneinander. »Haben sie dich nach deinem Verhältnis zu Nolan gefragt?«

Parker hob eine Schulter. »Ehrlich gesagt, nein.« Der Detective war der Reihe nach die Motive aller anderen Mädchen durchgegangen, aber Parker hatte er kaum angesehen. »Vielleicht habe ich ihm leidgetan«, sagte sie halblaut. Es konnte durchaus sein, dass er dabei gewesen war, als ihr Dad verhaftet wurde.

Elliot schlug die Beine übereinander und beugte sich vor. »Wolltest du, dass er dich nach Nolan fragt?«

»Nein«, sagte Parker schnell. Aber dann schaute sie an die Decke. »Vielleicht.«

»Weil sie erfahren sollen, was er getan hat? Dass er an deinem Unglück mitschuldig ist?«

Parker schaute ihn an. Tränen stiegen ihr in die Augen, als sie daran dachte, wie Nolan ihr ausgewichen war, als sie nach ihrem Krankenhausaufenthalt wieder in die Schule kam.

»Ich hätte mir gewünscht, dass er sich entschuldigt«, sagte Parker. »Danach wären wir zwar nicht wieder Freunde gewesen, aber ich hätte nicht so daran zu knabbern gehabt.«

Elliot nickte nachdenklich. »Hast du mal überlegt, ob du Nolan verzeihen könntest?«

Parker zog eine Grimasse. »Das könnte ich nie.«

»Hör mir kurz zu, Parker. Was geschehen ist, lässt sich nicht mehr ändern. Dein Dad ist weg. Nolan ist tot. Jetzt musst du einen Weg finden, weiterzumachen.«

Parker legte den Kopf schief. »Und wie mache ich das?«

Elliot stand auf und streckte die Hand aus. »Komm, wir machen einen kleinen Ausflug.«

»Haben Sie keine Sitzung mehr?«

Elliot schüttelte den Kopf. »Heute habe ich nur dich, Parker Duvall. Du musst es also mit mir aushalten.«

Er führte sie den mit grauem Teppichboden ausgelegten Flur entlang durch die schwere Hintertür auf den Parkplatz. Parkers Fahrrad war am Ständer angekettet, aber Elliot ging daran vorbei zu einem silbernen Auto, auf dessen Stoßdämpfer Aufkleber prangten.

»Fahren wir eine Runde«, sagte er und öffnete Parker die Beifahrertür.

»O… okay«, sagte sie, aber ihr Herz hämmerte. Sie kannte Elliot im Kontext eines sicheren Raumes. Mit ihm nach draußen zu gehen, fühlte sich anders an, irgendwie fremd. Aber sie vertraute ihm.

Elliot setzte sich ans Steuer und ließ den Motor an. Gleich darauf dröhnte ein schneller Hardrocksong von einer Band, die Parker nicht kannte, durch die Lautsprecher. Elliot drehte schnell leiser und grinste Parker verlegen an. »Sorry.«

»Macht nichts«, sagte Parker und schob sich kurz das Haar aus dem Gesicht. Im Seitenspiegel erhaschte sie einen Blick auf sich und holte keuchend Luft. In diesem Licht sah sie beinahe … normal aus. Sie erkannte ihre Narben kaum.

Elliot bog in die Hauptstraße ein und fuhr ein paar Meilen über hügeliges Terrain. Sie passierten den Marktplatz und das Einkaufsviertel, einige Wohnsiedlungen, die Schule und dann die Straße, in der Nolan gelebt hatte. Eine Straße, die Parker früher gut gekannt hatte. Sie schaute auf die Abzweigung und dann zu Elliot.

»Äh, wo fahren wir überhaupt hin?« Sie hatte angenommen, sie würden vor Nolans Haus parken und Elliot würde sie bitten, in seinem Vorgarten von ihm Abschied zu nehmen oder so.

»Das wirst du schon sehen«, verkündete Elliot und trat aufs Gaspedal.

Parker zuckte mit den Achseln. Vielleicht würden sie ja bis ans Meer fahren. So weit, bis sie ihr Leben hinter sich gelassen hatte.

Aber Elliot bremste bereits. Parker schaute die grünen Hügel vor ihr mit gerunzelter Stirn an, und dann das schmiedeeiserne Tor zu ihrer Linken. In geschwungener Schrift stand auf dem Bogen: MCALLISTER-FRIEDHOF.

Ihr Herz wurde eiskalt.

Elliot parkte und stellte den Motor ab. Er stieg aus, ging zu Parkers Tür und öffnete sie.

Sie starrte ihn an. »Was soll das?« Ihre Stimme war scharf und eiskalt. Sie schüttelte heftig den Kopf. »Nein. Auf keinen Fall.«

Elliot runzelte verständnislos die Stirn. »Was meinst du?«

»Ich meine, dass ich nicht da reingehe.« Parker stieg aus und wich ein paar große Schritte vor ihm zurück.

»Warum nicht?« Elliot legte den Kopf schief. »Was geht gerade in deinem Kopf vor?«

Das wusste Parker nicht genau – sie wusste nur, dass in ihrem Verstand unzählige Alarmglocken schrillten. Sie sah Lichtblitze und spürte, dass sie gleich eine Migräne bekommen würde. Nolans Gesicht stieg vor ihr auf, wie er sie mit zusammengekniffenen Augen anschaute. Dann sah sie das Gesicht ihres Vaters vor sich. Seine Hand schlug wieder und wieder zu. Sie hörte jemanden schreien und merkte erst nach einer Weile, dass sie es selbst war. Wie sie dort gelegen hatte, schlaff und leblos auf dem Boden ausgestreckt.

Als sie Elliot ansah, konnte sie nur den Kopf schütteln. Schmerz hämmerte zwischen ihren Schläfen. »Ich kann da nicht rein«, flüsterte sie, die Augen fest zugekniffen. »Ich kann einfach nicht.«

Über ihnen flog eine Krähe vorbei. Elliot schluckte. »Okay«, sagte er schwach. »Es ist nur so, dass …«

»Parker?«

Parker wirbelte herum. Julie stand hinter ihr und sah in ihrer weißen durchscheinenden Bluse wie ein Engel aus. Ihr Haar fiel ihr über die Schultern und ihre Augen waren riesig vor Sorge. »Ich war gerade auf dem Weg in die Stadt, um etwas für meine Mom zu kaufen. Da habe ich dich hier gesehen. Was ist los?«

»Gott sei Dank bist du hier«, sagte Parker und sank in Julies Arme.

»Komm«, sagte Julie und drückte sie an sich. Sie schaute Elliot an. »Ich bringe sie nach Hause. Wir nehmen den nächsten Bus.«

Elliot blinzelte. »Äh, okay«, sagte er und wich zur Seite. »Ich wollte nur helfen.«

»Sie müssen vorsichtig mit ihr umgehen«, sagte Julie beschützend und nahm Parkers Arm.

Ihr Kopfschmerz war jetzt in vollem Gang. Er blockierte Parkers Blickfeld, drehte ihr den Magen um und schickte ihr Schmerzwellen den Rücken hinunter. »Es ist okay«, hörte sie Julies Stimme über ihr. »Bald ist alles wieder in Ordnung.«

»Ich konnte es nicht«, stöhnte Parker, obwohl jedes Wort schmerzte. »Ich habe es einfach nicht geschafft.«

»Ich weiß«, sagte Julie verständnisvoll, auch wenn Parker selbst es nicht verstand. Vielleicht war das eine weitere Lücke in ihren Erinnerungen. Vielleicht hatte die alte Parker Friedhöfe gehasst. Vielleicht war ihr auf einem Friedhof etwas Schlimmes zugestoßen.

Aber im Moment war ihr der Grund völlig egal. Sie wollte nur mit geschlossenen Augen auf der Bank an der Bushaltestelle sitzen und nie, nie wieder denken müssen.

# Kapitel 20

An diesem Nachmittag saß Caitlin auf der mit Papier bedeckten Liege ihrer orthopädischen Praxis und drückte ihren Fuß in die Handfläche ihres Physiotherapeuten, eines großen, muskulösen Russen namens Igor. Es war ihre wöchentliche Therapiestunde.

»Okay, jetzt beugen«, sagte Igor und beobachtete ihr Gesicht, während sie ihren Knöchel bewegte.

»Fühlt sich ganz gut an«, sagte Caitlin.

»Gut.« Igor drehte ihren Fuß mit seinen kühlen Händen vorsichtig in alle möglichen Richtungen.

Auf dem Fernseher in der Ecke lief ein lokaler Nachrichtensender, stumm, aber mit Videotext-Untertiteln. LETZTE NEUIGKEITEN, rollte gerade über den Bildschirm. JUNGE AUS DER GEGEND MIT ZYANID GETÖTET.

Caitlin zuckte zusammen und Igor schaute sie scharf an. »Hat das wehgetan?«

»Nein.« Sie schluckte. Ihr Mund war plötzlich trocken. Igor ließ vorsichtig ihren Fuß los. »Äh, könntest du das laut stellen?«, fragte sie. Igor wirkte einen Moment lang verwirrt, aber dann griff er nach der Fernbedienung und reichte sie Caitlin. Der Ton ging sofort an.

»Sprechen wir noch ein bisschen über Zyanid«, sagte die Journalistin mit unangebracht fröhlicher Stimme. »Und dazu möchte ich den Pathologen Dr. John Newlin vorstellen. Dr. Newlin?«

Der Pathologe räusperte sich. »Zyanidvergiftung ist eine klassische Mord- und Selbstmordmethode, vor allem weil das Gift schnell wirkt und den Tod aussehen lässt wie einen Herzinfarkt. Das Gift hemmt die Fähigkeit des Organismus, Sauerstoff aufzunehmen, und gibt dem Opfer das Gefühl, zu ersticken.«

»Aber Zyanid ist doch keine weithin gebräuchliche Substanz, oder?«, unterbrach ihn die Journalistin. »Wie hätte der Mörder im Fall Hotchkiss es sich beschaffen können?«

»Na ja«, sagte der Pathologe. »Es gibt einige Berufsgruppen, die Zugang zu Zyanid in irgendeiner Form haben. Chemiker, Fotografen, Kammerjäger. Dann werden Zyanide natürlich auch in Raffinerien, Färbereien, Druckereien verwendet. Die Ermittler suchen wahrscheinlich nach Verdächtigen, die sich in diesen Branchen bewegen.«

Caitlin erstarrte. Sie hatte vermutet, dass Zyanid nur sehr schwer zu beschaffen sein würde, aber es klang, als gäbe es eine Menge Möglichkeiten, an das Zeug ranzukommen. Vielleicht hatten sie oder die anderen Mädchen das Gift in ihrer Garage oder ihrem Keller stehen, ohne es zu wissen? Was dann?

»Und in schulischen Chemielaboren?«, fragte die Journalistin.

John Newlin überlegte. »Ein Chemielehrer wüsste

sicher, wie man an Zyankali kommt – früher war es in Chemiebaukästen enthalten. Aber es ist schwer vorstellbar, dass es Lehrer geben könnte, die im Unterricht mit einer so gefährlichen Substanz hantieren.«

»Danke für Ihren Beitrag, John. Es gibt immer noch keine heiße Spur im Fall Nolan Hotchkiss. In einer Stunde …«

Caitlin schaltete den Fernseher ab und legte sich auf die Liege zurück. Ihr Herz raste.

»Wart ihr befreundet?«, fragte Igor mitfühlend.

Caitlin biss sich auf die Lippe. »Ich kannte ihn nicht besonders gut.«

Igor nickte. »Nun, ein solches Verbrechen trifft alle Mitglieder einer Gemeinschaft, ob du nun mit ihm befreundet warst oder nicht. Es ist schrecklich. Ich hoffe, der Mörder verrottet bald im Gefängnis.«

*Verrottet im Gefängnis*. Ihr Herz hämmerte im Rhythmus der Worte. Vielleicht war das ihre Zukunft. Caitlin dachte an das Verhör und das Grinsen, mit dem der Detective ihr ein Motiv bescheinigt hatte. Sie erschauderte bei dem Gedanken, dass die Polizisten dort herumsaßen und über sie sprachen.

Über sie alle.

Caitlin warf einen Blick auf ihr Handy. Ava hatte ihr gestern Abend noch eine SMS geschickt: *Haben grade Bogies Zeug im Leuchtturm durchsucht. Nada.* Das war Code: Bogie war ihr Name für Granger, nach Humphrey Bogart, von dem er dauernd sprach, und der Leuchtturm war die Beacon Heights High. Wo sollten sie jetzt suchen? Wie konnten sie beweisen, dass Granger den Mord begangen hatte? Hatte er Zugang zu irgendwelchem Zyanidzeugs? Der Experte hatte gesagt, dass Fotografen es benutzten, und Granger leitete eine Foto-AG.

Sie schickte schnell eine Gruppen-Nachricht herum. *Fotografen benutzen Zyanid.* Ihr Handy summte beinahe sofort. Sie erwartete eine Antwort von einem der Mädchen, aber die Nachricht war von Jeremy.

*Dragonball-Marathon. Wollte nur Bescheid geben …*

Caitlin musste wider Erwarten lächeln. Sie hatte mit Jeremy seit ihrer gemeinsamen Rollerfahrt letzte Woche nicht mehr gesprochen, aber sie waren sich auf dem Flur über den Weg gelaufen und hatten sich schüchtern angelächelt.

*Nerd:-),* schrieb sie zurück.

*Selber,* kam prompt die Antwort.

»Alles verheilt gut«, sagte Igor und nahm einen Stift aus der Tasche. »Du musst wahrscheinlich nicht mehr oft zu mir kommen.«

»Cool«, nickte Caitlin.

»Und, Caitlin?«, sagte Igor herzlich.

Sie schaute ihn an. »Ja?«

»Gewinn dein großes Spiel.« Er zwinkerte ihr verschwörerisch zu.

»Danke«, sagte sie. Auf einmal wurde ihr bewusst, dass sie gar nicht mehr daran gedacht hatte, dass am kommenden Mittwoch das Halbfinale stattfinden würde. Es passierte gerade so viel, dass ihr dieser Meilenstein beinahe … banal vorkam. Sie nahm ihre Tasche und ging nach draußen. Als sie ein Hupen hörte, schaute sie auf. Josh saß in seinem Jeep Cherokee.

»Wie läuft's bei Igor?«, fragte er.

Caitlin richtete sich auf. Sie hatte ganz vergessen, dass er auf sie wartete. »So russisch wie immer.«

Sie stieg ein und schnallte sich an. Josh beugte sich zu ihr und küsste sie zur Begrüßung. Aber als sie die Augen schloss und seinen Kuss erwiderte, war sie plötzlich wieder auf dem Soziussitz von Jeremys Vespa, und es waren seine Arme, die sie umschlangen. Sie zuckte entsetzt zusammen.

»Wohin? Zu Dirk's?« Das war ihr Lieblings-Burgerladen, berühmt für seine Süßkartoffel-Pommes.

Caitlin verzog das Gesicht. »Ich habe schon gegessen.«

Josh wedelte mit der Hand. »Ich sterbe vor Hunger. Macht dir doch nichts aus, oder?« Er ließ den Motor an, ohne auf ihre Antwort zu warten. »Und wenn du die Pommes riechst, willst du bestimmt auch welche.«

Ich habe doch gesagt, dass ich keinen Hunger habe, dachte Caitlin, als sie losfuhren.

»Empire State of Mind« von Jay-Z dröhnte aus den Lautsprechern. Caitlin zuckte heftig zusammen und stützte sich instinktiv am Armaturenbrett ab. Josh stellte den Song noch lauter. »Bei dem Lied muss ich immer an unseren Ausflug zum Cape Disappointment denken. Weißt du noch? Wir haben ihn auf der Fahrt mindestens fünfhundertmal gehört.«

Der Bass war so laut, dass er wie ein zusätzlicher Herzschlag durch Caitlins Körper vibrierte. Der Ausflug war nach dem Ende des zehnten Schuljahrs gewesen. Josh hatte gerade seinen Führerschein bekommen und sie waren mit ein paar anderen Fußballern eine Woche lang an die Küste gefahren. Sie erinnerte sich noch daran, wie die sonnenbefleckten Bäume an den Fenstern vorbeigesaust waren und sie alle aus voller Kehle mitgesungen hatten. Damals hatte sie noch keine Sorgen gehabt. Sie erinnerte sich an Joshs Hand auf ihrem Knie, an das elektrische Knistern ihrer gegenseitigen Anziehung. Damals hatte Taylor noch gelebt und Caitlin war glücklich und unschuldig gewesen. Sie hatte noch nicht gewusst, was die Welt einem Menschen alles antun kann.

Diese Zeit schien ewig lange her zu sein.

Ein schweres Gewicht legte sich auf ihr Knie, und als sie hinabblickte, sah sie Joshs Hand auf ihrer Hose liegen. Schockiert registrierte sie, wie fremd und unbequem sich seine Hand anfühlte. Sogar beinahe unangenehm.

Sie starrte aus dem Fenster und dachte darüber nach, was Jeremy ihr neulich Nachmittag gesagt hatte – wie toll er es fände, wie Jack Kerouac durch das Land zu reisen. Verrückte Leute kennenzulernen und Abenteuer zu erleben. Sie musste immer wieder daran denken.

Sie schaute Josh an. »Denkst du jemals darüber nach, was du tun würdest, wenn du nicht mehr Fußball spielen könntest?« Ihre Worte überschlugen sich beinahe.

Er runzelte die Stirn. »Wie bitte?«

Der Gurt fühlte sich an ihrer Kehle eng an und sie lockerte ihn. »Wenn du dich verletzen würdest. Oder einen Burnout hättest.«

»Warum sollten wir uns darüber Sorgen machen? Caitlin, deinem Knöchel geht es gut. Du kannst auf jeden Fall weiter Fußball spielen.«

»Schon, aber …« Sie grunzte frustriert. »Ich meine,

was wäre, wenn du dich schwer verletzen würdest? Oder einfach nicht mehr Fußball spielen wolltest? Was würdest du stattdessen tun?«

Josh schaute sie an und übersah beinahe eine rote Ampel. »Willst du aufhören?«

»Nein.« Sie drehte sich um und schaute aus dem Fenster. »Ich spiele nur des Teufels Advokat.«

Er warf ihr einen verständnislosen, nervösen Blick zu und schüttelte den Kopf. »Ich finde es sinnlos, über etwas nachzudenken, das nicht passieren wird. Fußball ist Leben.« Er grinste. Der Spruch stand auf einem Aufkleber auf seiner Stoßstange.

»Aber es wird passieren, Josh.« Caitlins Herzschlag beschleunigte sich. »Wir werden nicht bis in alle Ewigkeit Fußball spielen. Nach der U-Dub – falls wir beide genommen werden … Profi zu werden, ist ziemlich schwierig, egal wie gut man ist. Wir brauchen irgendeinen Plan B.«

Josh schaute sie verletzt an. »Glaubst du nicht, dass ich Profi werden kann?«

»Das habe ich nicht gesagt«, wehrte Caitlin ab. »Und darum geht es auch gar nicht. Findest du nicht, es wäre eine gute Idee … ach, ich weiß auch nicht. Manchmal einen Gang runterzuschalten? Sich umzusehen und herauszufinden, was man eigentlich vom Leben will?«

Er schnaubte. Caitlin beobachtete ihn einen Moment, aber er schien ihre Frage gar nicht ernst zu nehmen. »Was ist eigentlich mit dir los?«, fragte er stattdessen zurück. »Du benimmst dich schon seit einiger Zeit echt komisch.«

Caitlin zuckte die Achseln und beschloss dann, endlich den Namen auszusprechen, den sie sich verkniffen hatte.

»Na ja, ich denke eben viel über Taylor nach. Die Sache mit Nolan … hat eine Menge Erinnerungen in mir aufgewühlt. Und … das Leben ist so kurz. Und wir verbringen es ausschließlich damit, auf dem Fußballplatz hin und her zu rennen.«

Josh schüttelte den Kopf. »Ehrlich gesagt, verstehe ich nicht, was Taylor oder Nolan mit Fußball zu tun haben.«

Sie riss den Kopf herum und starrte ihn an. »Sie haben alles damit zu tun! Wenn ich nicht so fußballverrückt gewesen wäre, dann hätte ich vielleicht gemerkt, was mit Taylor los war. Und jetzt kann ich nicht aufhören, darüber nachzudenken.«

Josh wirkte immer noch verständnislos. »Das solltest du aber, weil das deine Leistung verschlechtert. Und damit deine Chancen auf die U-Dub.«

Caitlins Mund klappte auf. »Und dann … was? Wenn ich das große Spiel nicht gewinne, magst du mich nicht mehr? Du magst mich nicht mehr, weil ich über das nachdenke, was passiert ist, und es nicht länger unter den Teppich kehren will?«

Josh hielt an einer Ampel. »Meine Güte, Caitlin. Du hackst schon seit zwei Wochen ständig auf mir herum. Dabei habe ich dir überhaupt nichts getan.«

Tausend Worte gefroren in Caitlins Kehle. *Ich will nur, dass du mir zuhörst,* hätte sie am liebsten geschrien. *Ich will mit dir über Taylor reden, ohne dass du gleich komisch wirst. Ich will, dass du mich in den Arm nimmst und mir zuhörst, egal wie lange es dauert. Ich will, dass du mich verstehst, auch wenn du mich nicht verstehst. Und das tut am meisten weh.*

Aber aus unerfindlichen Gründen konnte sie das nicht sagen. Vielleicht weil sie schon zu lange zusammen waren. Sie hatten es sich zur Gewohnheit gemacht, so viele Dinge nicht auszusprechen, dass es schräg wäre, auf einmal ehrlich miteinander zu reden. Oder vielleicht weil das allzu nah an der Wahrheit lag und es auszusprechen bewiesen hätte, wie wenig sie eigentlich miteinander verband. Es war eine grausame Wahrheit, aber auf einmal erkannte Caitlin sie ganz deutlich. Abgesehen vom Fußball hatten sie und Josh nichts gemeinsam. Überhaupt nichts.

Sie riss ihren Gurt los und drückte die Autotür auf.

»Was zum Henker?«, fragte Josh und schaute sie geschockt an.

Caitlin stieg aus dem Auto und hob eine Hand, um zu winken.

»Schatz, steig wieder ein«, befahl Josh.

Caitlin schüttelte den Kopf und knallte die Tür zu. »Ich will allein sein«, zischte sie durchs offene Fenster.

»Caitlin, was habe ich denn gemacht?«

Einen Moment lang wirkte Josh unsicher, und Caitlin fürchtete schon, er werde aussteigen und ihr folgen. Aber dann schaltete die Ampel um. Die Autofahrer hinter ihm begannen zu hupen. Er schaute Caitlin einen Augenblick lang verstört an. Dann schüttelte er den Kopf, winkte ab und raste die Straße hinunter.

Caitlin blieb einen Moment lang wie angewurzelt stehen und atmete den Geruch von Abgasen und verrottenden Blättern ein. Ihr Herz klopfte laut. So etwas hatte sie noch nie getan – sie und Josh stritten sich so gut wie nie.

Dass sie etwas für sie so Ungewöhnliches getan hatte, war irgendwie beängstigend. Aber auch befreiend.

Sie holte ihr Handy und überlegte gerade, wen sie bitten sollte, sie abzuholen – ihre Moms? Jeremy? –, als sie jemanden vorbeijoggen sah. Sie traute ihren Augen nicht. Granger.

Er trug Joggingshorts und ein langärmeliges Shirt, aber sein Tempo war langsam, beinahe schlurfend. Als er an ihr vorbeikam, schaute er ihr direkt in die Augen. Ein seltsames Lächeln kräuselte seine Mundwinkel. Er grüßte sie ironisch und dann war er auch schon wieder weg.

Caitlins Hände zitterten. Sie kannte diesen Blick. Sie hatte ihn Nolan nach Taylors Tod unzählige Male zugeworfen und seine Botschaft war eindeutig. *Bald bist du dran – und du kannst nichts dagegen tun.*

# Kapitel 21

Am Samstagabend betrat Julie das Sushi-Restaurant Maru und schüttelte den karierten Regenschirm aus, den sie sich gerade geliehen hatte. Es schüttete wie aus Eimern, aber obwohl Julies Haus mit allen möglichen Dingen vollgestopft war, hatte sie nirgendwo einen Schirm gefunden. Aber sie war im Parkhaus ein paar Leuten aus ihrer Schule begegnet, und mehrere hatten angeboten, ihr einen Regenschirm zu leihen. Eine Elftklässlerin namens Sadie hatte sogar gefragt, ob sie Julie den Regenschirm auf dem kurzen Weg zum Restaurant über den Kopf halten solle. »Ihr seid so nett«, sagte Julie, akzeptierte dankbar Sadies Burberry-Regenschirm und versprach, ihn am Montag zurückzugeben. Beliebt zu sein, hatte durchaus seine Vorzüge – das war der einzige Lichtblick in ihrem ansonsten völlig chaotischen Leben.

Jetzt sah sie sich in dem rot-golden eingerichteten Restaurant um. Es duftete nach Soja und Ingwer, ihrer liebsten Geruchskombination. Über den Tischen hingen Lampions, die ein gedämpftes Licht verbreiteten. Hinter der Bar stand ein Sushimeister mit konzentriert in Falten gelegter Stirn und ließ das Messer über das Schneidebrett tanzen. Endlich erblickte Julie Carson an einem

Tisch in der Ecke unter dem gigantischen Gyotaku-Druck eines Königslachses. Er schaute in die Karte und hatte sie noch gar nicht bemerkt. Julie konnte immer noch kaum fassen, dass sie sich von Parker wirklich zu dieser Verabredung hatte überreden lassen. »Du verdienst ein tolles Date, besonders nach den letzten paar Tagen«, hatte sie gesagt, Julie das Handy aus der Hand genommen und Carson ein eindeutiges Ja zurückgesimst.

»Hi«, sagte sie nervös.

Carsons olivgrüne Augen trafen ihre, und er riss sie weit auf und erhob sich so schnell, dass seine Knie gegen den Tisch stießen. Julie verbarg ihr Lächeln. Sie trug ihr liebstes kleines Schwarzes mit Kunstlederapplikationen und große, funkelnde Ohrringe. Ihr Outfit wäre sogar Avas würdig gewesen.

»Hi.« Carson ging um den Tisch herum und zog einen Stuhl für sie hervor. »Äh, du siehst großartig aus.«

»Danke. Du auch.« Er trug einen grauen Blazer, Fetzenjeans und ein altes Seventies-T-Shirt mit Palmen im Sonnenuntergang. Julie war sich bewusst, dass alle Mädchen im Restaurant ihn anglotzten, aber sie tat so, als merke sie es nicht.

Die Kellnerin stellte sich mit gezücktem Stift neben ihren Tisch. Carson schaute wieder in die Karte.

»Wir bestellen auf jeden Fall Thunfisch-Maki und Aal- und Lachs-Sashimi. Und *ebi*. Oh, und Misosuppe. Und am besten auch noch *inari*«, sagte Julie.

Er lachte. »Wie viel Fisch willst du eigentlich essen?«

»Sei gewarnt. Für Amateure ist das hier nichts.« Sie

hob die Augenbrauen in gespielter Herausforderung und er grinste die Kellnerin an.

»Okay. Bringen Sie uns bitte alles, was sie gesagt hat.«

»Und Edamame«, fügte Julie hinzu, als die Kellnerin sich auf den Weg machte. »Bitte!«

Sie schaute Carson lächelnd in die goldgesprenkelten Augen. Er sah unglaublich gut aus. Sie konnte beinahe nicht glauben, dass er wirklich mit ihr ausgehen wollte.

»Erzähl mir etwas über dich, das ich noch nicht weiß, Julie«, sagte er und spielte mit dem Strohhalm in seinem Wasserglas.

Julie blinzelte. Es gab so vieles, was er nie erfahren durfte. Sie spulte im Inneren ihr Leben durch und suchte nach etwas Unverfänglichem. »Ich bin Bademeisterin im Hallenbad im Sportzentrum von Beacon Heights und passe dort auf wilde Kinder und bahnenschwimmende Seniorinnen auf.«

Carsons Augen leuchteten. »Bademeisterin? Bist du ganz sicher, dass du kein Aussie bist?«

»Höchstens ehrenhalber«, witzelte Julie. »Dort werden alle als Schwimmer geboren, oder?«

»So ungefähr«, sagte Carson, stützte sein Kinn auf die Faust und betrachtete sie. »Und außerdem reiten alle auf Kängurus zur Schule und ringen mit Krokodilen.«

»Und ich dachte, ihr fahrt nur den ganzen Tag mit Geländewagen durch das Outback und quasselt mit eurem sexy Akzent.«

»Du findest meinen Akzent sexy?« Seine Stimme war leise und ein Lächeln umspielte seine Lippen.

Julie erwiderte sein Lächeln. Plötzlich war sie voller

Selbstvertrauen. »Den Akzent ja. Beim Rest überlege ich noch.«

»Na«, sagte Carson, beugte sich vor und stützte die Ellbogen auf dem Tisch auf. »Dann hoffe ich mal, ich kann deine Entscheidung positiv beeinflussen.«

Die Kellnerin brachte ihnen die Edamame, und sie erzählten sich Anekdoten und lachten beinahe die ganze Zeit. Carson erzählte ihr davon, wie er mit seinen Freunden in Sydney Sketche gefilmt hatte und in der Tasman-See gesurft war. »Einmal hat ein weißer Hai mein Surfbrett eine Dreiviertelstunde lang umkreist«, sagte er und riss dramatisch die Augen auf. »Ich musste einfach sitzen bleiben und darauf warten, dass er das Interesse verlor. Ich dachte wirklich, ich bin sein Abendessen.«

»Das soll beängstigend sein?«, neckte ihn Julie. »Einmal hat meine Freundin Parker mich dazu überredet, mit ihr nach Portland zu trampen, um dort auf ein Taylor-Swift-Konzert zu gehen. Wir standen stundenlang vergeblich an der Straße. Und dann hat dieser schmierige Typ angehalten. Sein Auto war voller Wackeldackel – vollgestopft damit – und er summte die ganze Zeit vor sich hin wie in einem Horrorfilm. Wir hatten solche Angst, dass wir bei der nächsten Ausfahrt wieder ausgestiegen sind. Im nächsten Auto, das anhielt, saß unser Mathelehrer Mr Downing.« Sie kicherte bei der Erinnerung. »Tja, Taylor Swift musste an diesem Abend ohne uns singen.«

Carson nahm sich eine Edamame-Bohne. »Ich bin früher manchmal durch Sydneys Vororte getrampt – das kann ziemlich gefährlich sein. Wer war diese Freundin Parker?«

»Ähm.« Julies Lächeln verblasste ein wenig.

»Geht sie an unsere Schule?«

Julie zupfte einen unsichtbaren Fussel von ihrem Ärmel. Aber bevor sie Parker beschreiben musste, kam die Kellnerin mit ihrem Sushi, und das Thema war vergessen. Carson schaute die Essensberge vor ihnen mit gespieltem Entsetzen an. »Wie sollen wir das denn essen?«

»Hast du schon mal Aal probiert?«, forderte Julie ihn heraus. »Glaub mir, du wirst bald den Teller ablecken.« Sie nahm sich ein Stück und tunkte es mit ihren Stäbchen in Sojasauce. Carson grinste und folgte ihrem Beispiel.

Nachdem sie noch eine Weile weitergeplaudert hatten, stand Julie auf und entschuldigte sich. Sie ging auf die Toilette und überprüfte ihr Make-up in dem großen runden Spiegel über dem Waschbecken. Dann experimentierte sie mit einem strahlenden, ehrlichen Lächeln.

Alles lief unglaublich gut. Vielleicht konnte sie ja wirklich Verabredungen haben. Vielleicht schaffte sie es sogar, eine Beziehung zu führen. Möglicherweise war es gar nicht schwer, ihr Geheimnis zu bewahren. Nyssa war noch nie bei Julie zu Hause gewesen und mit ihr war sie schon seit Jahren befreundet.

Sie kramte in ihrer Tasche nach dem pinkfarbenen Lippenstift, den sie extra für heute Abend gekauft hatte. Gleich würde sie Carson noch mehr Fragen über das Leben in Australien stellen. Er war so fantasievoll und lustig, überhaupt kein lahmer Angeber. Sie schob den Deckel wieder auf den Lippenstift und griff nach einem Papiertuch, um den Überschuss abzutupfen. In diesem Moment erschien ein weiteres Gesicht im Spiegel.

Julie schrie auf.

»Hallo zurück«, sagte Ashley Ferguson mit einem kalten Lächeln.

Ashley trug einen Minirock, der ihr mindestens eine Größe zu klein war. Der Ausschnitt ihres engen Kaschmirpullis schnitt ihr schmerzhaft in die Brüste, und ihr Make-up sah beinahe genauso aus wie Julies, abgesehen davon, dass sie die Farben nicht ganz erwischt hatte. Ihre Grundierung war zu dunkel, und sie hatte es geschafft, ihr gesamtes Gesicht mit glitzerndem Highlighter zu beschmieren. Julie kam sich vor, als betrachte sie sich in einem Zerrspiegel.

»Was machst du hier?«, stammelte sie.

Ashley nahm Julie schweigend die Tasche aus der Hand, holte den Lippenstift heraus und trug ihn vor dem Spiegel auf. Er war zu hell für ihren Teint, aber sie schmatzte anerkennend. Dann steckte sie die Tube in ihre eigene Tasche.

»Äh, das ist meiner«, sagte Julie und starrte Ashley ungläubig an.

»Aber du bist doch so nett. Du willst ihn sicher mit mir teilen«, sagte Ashley lässig und warf ihr Haar zurück.

»Nein, will ich nicht. Bitte gib ihn mir zurück«, sagte Julie und streckte die Hand aus. Der Lippenstift hatte sie zwei Wochenlöhne gekostet.

Aber Ashley sah sie dreist an. »Nein.«

Julie verlagerte ihr Gewicht. Allmählich verlor sie die Geduld. Sie hatte im Moment genug Probleme und brauchte dazu nicht noch eine Stalkerin. »Du kannst nicht einfach die Sachen anderer Leute klauen«, schäumte sie. »Oder ihren Stil.«

Statt bestürzt oder beschämt zu wirken, grinste Ashley sie nur an. Sie wirkte seltsam erheitert. »Interessant, dass gerade du von Stil redest.«

»Alles klar, Ashley. Besorg dir endlich ein Leben und hör auf, mir meines zu stehlen«, sagte Julie und schnappte ihren Lippenstift aus Ashleys Tasche. Sie war stolz darauf, dass sie sich endlich einmal gewehrt hatte. Die Polizei durfte sie zwar herumschubsen, aber Ashley Ferguson nicht.

Außerdem hatte sie jetzt noch den Rest eines heißen Dates vor sich.

# Kapitel 22

Am folgenden Montag schlich sich Ava mit gesenktem Kopf in den Filmunterricht. Das war der Mist an der Schule: Egal was passiert war, mit wem man sich gestritten oder Schluss gemacht hatte, oder ob ein Lehrer versucht hatte, dich bei sich zu Hause zu verführen, man musste trotzdem jeden Tag in dieselben verdammten Stunden gehen. Sich den Dämonen und der Demütigung stellen. Man konnte nicht wegrennen und sich verstecken, egal wie sehr man das auch wollte.

Und hier war auch schon Mr Granger, der durch die Bankreihen stolzierte, die Finger lässig in seine Gürtelschlaufen gehakt und einen arroganten Ausdruck im Gesicht. »Und?«, fragte er die Schüler. »Wie unterscheidet sich *Wenn der Postmann zweimal klingelt* von den anderen Filmen, die wir in dieser Einheit gesehen haben?«

Schweigen. Als Granger an Avas Pult vorbeikam, schaute sie angestrengt zu Boden. Zu ihrem Entsetzen blieb er aber direkt neben ihr stehen. Er war ihr so nahe, dass sie die Wärme seines Körpers spürte.

»Miss Jalali?« Sie zuckte zusammen, als sie ihren Namen hörte. Seine Stimme klang eiskalt. »Was denken Sie?«

Ava schaute hinter dem dichten Haarvorhang hervor,

der ihr ins Gesicht hing. »Äh, mir ist aufgefallen, wie fatalistisch der Film ist«, brachte sie heraus. »In *Und dann gab's keines mehr* war der Punkt, dass der Richter die Leute bestrafen musste, die sonst nie bestraft worden wären. Es geht also darum, dass die Menschheit Intrigen spinnt, um eine gewisse Kontrolle über ihr Schicksal zu erlangen. Aber in diesem Film ist es, als habe das Schicksal seine Fallstricke schon gespannt, bevor sich die Figuren überhaupt kennenlernen. Cora und Frank werden bestraft, weil sie dazu, äh, verdammt sind, bestraft zu werden.«

»Weil sie dazu, äh, verdammt sind?«, höhnte Mr Granger. »Sehr wortgewandt. Hat jemand anders vielleicht etwas weniger Banales zu berichten? Colette, was meinen Sie?«

Ava sackte auf ihrem Stuhl zusammen, die Geräusche ihrer Klassenkameraden waren plötzlich sehr weit entfernt. Sie musste unbedingt einen Weg finden, zu beweisen, dass Granger Nolan ermordet hatte, damit er im Gefängnis landete – und sie und ihre Freundinnen in Sicherheit waren.

Aber dann bemerkte sie ein Stück Papier auf ihrem Tisch. Es war gefaltet und musste gerade erst dort gelandet sein. Ava schaute sich im Klassenzimmer um, aber niemand schaute sie an. Außer Mr Granger. Tatsächlich starrte er durchs halbe Zimmer zu ihr herüber und senkte dann den Blick zu dem Zettel auf ihrem Pult.

Avas Magen hob sich. *Er* hatte ihn geschrieben.

Sie nahm den Zettel in die Hand und faltete ihn auf. Seine Schrift erkannte sie sofort von den Anmerkungen auf ihren Aufsätzen.

*Manche Leute wissen, wann sie den Mund halten sollten – aber du offenbar nicht. An deiner Stelle wäre ich vorsichtig.*

*PS: Wenn du das irgendjemandem zeigst, werde ich es erfahren. Leg dich lieber nicht mit mir an.*

Ava fiel die Kinnlade herunter. Sie schaute wieder zu Granger, aber der stand nun mit der Kreide in der Hand vor der Tafel. War das eine Drohung? Warum hatten die Cops die Bilder nicht gefunden? Sie dachte an den Moment in seinem Haus zurück, als er sie dabei erwischt hatte, wie sie auf sein Handy starrte. Er musste geahnt haben, dass sie die Bilder gesehen hatte. Wahrscheinlich hatte er alle Beweise sofort gelöscht.

Als es endlich klingelte, schoss Ava hoch. Sie wollte unbedingt dieses Klassenzimmer verlassen und so viel Abstand wie nur möglich zwischen sich und Granger legen.

»Hey! Ava, warte!«

Obwohl sie hörte, dass es Alex war, wurde Ava nicht langsamer. Alex holte sie irgendwann auf dem Flur ein und japste atemlos: »Hey! Alles okay?«

»Mir geht's gut«, sagte sie, ohne ihr Tempo zu verringern.

»Was war denn heute mit Granger los? Er war richtig mies zu dir. Was du gesagt hast, war genau richtig.«

»Er hatte wohl schlechte Laune«, sagte Ava achselzuckend.

»Hey.« Alex packte ihren Arm und brachte sie zum Stehen. Er blickte sie forschend an und plötzlich konnte Ava nicht mehr. Tränen stiegen ihr in die Augen und ihre Unterlippe zitterte. Sie wollte sich abwenden, aber Alex hielt sie am Ellbogen fest.

»Hey«, sagte er leise und schaute sie mitfühlend an. »Sollen wir abhauen?«

Ava zögerte. Eigentlich war sie nicht in der Stimmung für Gesellschaft, nicht einmal seine. Aber der Gedanke, auf dem Schulgelände womöglich noch einmal Mr Granger oder, schlimmer noch, Detective Peters zu begegnen, ließ Übelkeit in ihr aufsteigen.Ungeduldig wischte sie sich die Tränen ab. »Okay«, sagte sie. »Gehen wir.«

Sie nahmen Alex' Auto. Ava starrte aus dem Fenster, als sie an Luxusboutiquen und Passanten mit bunten Regenschirmen vorbeifuhren. Alex drehte das Radio lauter, als »Here Comes the Sun« von den Beatles anfing. Er sang halblaut mit, als sie über den Lake Washington und dann in die Stadt fuhren – und zwar rührend falsch.

Endlich erreichten die beiden das Arboretum des Washington Park. Alex knallte die Autotür zu, klappte einen riesigen blau-grün karierten Regenschirm auf und hielt ihn Ava über den Kopf, als sie ausstieg. Sie atmete tief ein – es roch nach Erde und Fichten.

»Ich war schon seit meiner Kindheit nicht mehr hier«, sagte Ava und schaute sich um. »Aber ich finde es hier toll.«

»Ich dachte, ein Ausflug würde dich aufheitern«, sagte Alex leise.

Er kaufte zwei Eintrittskarten und sie gingen in den Park. Ava stockte der Atem. In Seattle gab es nur wenige Herbstfarben – der Regen sorgte dafür, dass die meisten Pflanzen das ganze Jahr über üppig grün blieben –, aber hier waren die Blätter über ihren Köpfen golden und rot.

Ein Bächlein plätscherte zwischen moosigen Felsen dahin und rauschte leise im Regen. Sie gingen den steinernen Pfad entlang, die einzigen Menschen im Park. Die einzigen Menschen auf der Welt, dachte Ava. Ihr Blick wanderte zu Alex.

»Lass dich von Granger nicht runterziehen«, sagte er jetzt. »Ich merke, dass dir das zu schaffen macht.«

Ava senkte den Kopf. »Er war einfach mies drauf. Vielleicht hat ihn heute noch niemand angehimmelt.«

Alex schüttelte angeekelt den Kopf. »Ich verstehe nicht, warum so viele Mädels in den Typ verknallt sind. Er wirkt wie ein übler Schleimer.« Er runzelte die Stirn. »Aber du hast dich doch eigentlich gut mit ihm verstanden. Er hat dich jedes Mal gelobt, wenn du den Mund aufgemacht hast. Was wurde denn aus dem Aufsatz, den du noch mal schreiben wolltest?«

Ava wich seinem Blick aus. Sie hätte wissen müssen, dass Alex das nicht vergessen würde. »Er hat es sich doch anders überlegt. Ich darf ihn nicht noch mal schreiben.«

»Ava«, sagte Alex streng. »Ich kenne dich. Du benimmst dich gerade echt komisch. Irgendetwas ist los, stimmt's? Bitte sag es mir. Egal was es ist, ich werde es verstehen.«

Ava spürte, dass sie rot wurde. Ihre Geheimnistuerei war Alex gegenüber absolut nicht fair. Vielleicht musste sie ihm reinen Wein einschenken. Na ja, beinahe reinen zumindest. »Er … er hat mich angemacht, okay?«, platzte sie heraus.

Alex' Gesicht wurde rot vor Wut. »Wann?«

Ava schüttelte gedemütigt den Kopf. »Ich habe mich einmal mit ihm getroffen. Bei ihm zu Hause.« Sie senkte den Blick. »Es war wegen des Aufsatzes – das habe ich zumindest geglaubt. Aber er hatte alles genau geplant.«

Alex zog sie fest an sich und strich ihr über den Rücken. »Das tut mir so leid, Ava. Aber du musst damit zur Polizei gehen. Das weißt du, oder? Dann wird er gefeuert.«

»Das habe ich schon versucht.«

Alex löste sich von ihr und schaute sie geschockt an. »Ehrlich?«

Ava fühlte sich schrecklich schuldig. Normalerweise hatten sie und Alex keine Geheimnisse voreinander. »Vor ein paar Tagen. Sie haben mir nicht geglaubt.«

»Warum nicht?«

Ava suchte nach einer Antwort, die Sinn ergeben würde. »Weil ich nur ein hübsches Mädchen bin, das sich Geschichten ausdenkt. Vielleicht hatten sie die Gerüchte über mich gehört.« Sie lachte freudlos.

»Das ist nicht lustig.« Alex marschierte wütend auf und ab. »Gott, ist das krank. Weißt du noch, dass ich dir etwas über ihn erzählen wollte? Na ja, ich habe schon oft Mädchen in sein Haus gehen sehen. Eine ganze Menge. Studentinnen, vielleicht sogar Schülerinnen. Und jetzt hat er auch noch dich bedrängt? Das ist furchtbar. Er muss bestraft werden.«

»Moment.« Ava starrte ihn an. »Du hast Mädchen unseres Alters in sein Haus gehen sehen? Bist du sicher?«

Alex nickte. »Ganz sicher.«

Sie griff nach seiner Hand. »Vielleicht solltest dann du zur Polizei gehen.«

»Ich glaube, das würde komisch aussehen, nachdem du dort warst und sie dir nicht geglaubt haben. Wahrscheinlich würden sie denken, dass ich dir nur helfen will. Ich habe leider keine handfesten Beweise.«

»Stimmt«, sagte Ava kläglich und ließ die Schultern sinken.

»Aber ich kann ihn beobachten, wenn du willst«, sagte Alex sanft. »Dieser Typ muss aufgehalten werden. Was er da macht, ist ekelhaft.«

»Danke.« Ava schaute ihn an. »Du bist also nicht wütend?«

»Auf dich?« Alex schüttelte den Kopf. »Ava, ich liebe dich.«

»Ich liebe dich auch.«

Er umarmte sie wieder, und sie schmiegte sich an ihn und spürte Dankbarkeit in sich aufsteigen. Wenn Alex Granger im Auge behielt, würde er vielleicht Beweise für sein kriminelles Verhalten finden. Und wenn die Polizei ihn wegen sexueller Nötigung verhaftete, würden sie auch den Rest seines Lebens genau unter die Lupe nehmen. Und dazu gehörte auch sein Verhältnis zu Nolan.

Ihr Puls begann wieder zu rasen, als ihr klar wurde, dass sie auch jetzt nicht hundertprozentig ehrlich zu Alex gewesen war. Sie hatte ihm zwar die Wahrheit gesagt, aber eine ganze Menge ausgelassen. Alles, was mit Nolan zusammenhing. Hoffentlich musste er nie davon erfahren.

# Kapitel 23

Am nächsten Tag drängten sich Mackenzie und Julie unter dem Dachfenster von Julies Auto zusammen. Die Schule war vorbei, und die Sonne schien ungewöhnlich stark und knallte durch die Scheibe. Mac registrierte beeindruckt, wie sauber Julies Auto war – nirgendwo waren Kaugummipapiere oder leere Coladosen zu sehen, nur ein Kapuzenpulli lag auf dem Rücksitz. Und obwohl sie von den Mercedes, BMWs und Audis umgeben waren, die Eltern mit zu viel Geld ihren Sprösslingen gekauft hatten, fuhr Julie einen alten Subaru mit Schaltgetriebe.

»Was machen deine Eltern eigentlich?«, fragte Mac unvermittelt. Ihr war gerade klar geworden, dass sie eigentlich kaum etwas über Julies Familiensituation wusste. Die anderen Mädchen jammerten immer über ihre Eltern – Ava beschwerte sich über ihren Vater und ihre Stiefmutter, Caitlin schimpfte darüber, wie sich ihre beiden Moms die Bälle zuspielten, und auch sie selbst meckerte oft über ihre extrem strengen Eltern und ihre nervige Schwester.

Julie wich ihrem Blick aus. »Ach, mein Dad wohnt nicht mehr bei uns. Und meine Mom …« Sie erstarrte. »Duck dich. Da ist er.«

Mac zog den Kopf ein, als Mr Granger auf den Schulhof trat und zur Turnhalle ging, seine Sporttasche in der Hand. Sekunden später war er durch die Flügeltüren verschwunden.

Julie warf Mac einen Blick zu. »Offenbar trainiert er.«

»Sieht so aus.« Das Fitness-Studio der Beacon Heights High war erstklassig und auch eine Menge Lehrer trainierten dort.

»Sollen wir reingehen?«, fragte Julie.

Mac zuckte mit den Achseln. Sie folgten Mr Granger schon seit anderthalb Stunden. Auch die anderen hatten gestern und heute Überwachungsschichten geschoben, in der Hoffnung, dass sein Verhalten sie zu der Wahrheit darüber führen würde, was mit Nolan geschehen war. Aber bisher hatten sie sich vergeblich abgemüht. Gestern waren sie ihm zum Supermarkt, der Stadtbibliothek und einer Sportsbar voller Seahawks-Fans auf den Fersen gewesen … und er hatte nicht einmal mit der Kellnerin geflirtet. Heute waren sie ihm von der Schule zu Starbucks und zurück und jetzt zur Turnhalle gefolgt.

Mac lehnte den Kopf an die Nackenstütze und seufzte. »Er ist der langweiligste Mörder aller Zeiten.«

Julie schüttelte den Kopf. »Früher oder später wird er sich verraten. Wir müssen nur dabei sein, wenn es passiert.«

Mackenzie schürzte skeptisch die Lippen. Sie hätte Julie gerne geglaubt, aber sie war sich da nicht so sicher. Granger ging seinem Alltag nach, als hätte er keinerlei Probleme. Er machte rein gar nichts, was verdächtig gewesen wäre. »Es wäre schön, wenn Avas Freund die Mädels gefilmt hätte, die bei Granger ein- und ausgehen«, murmelte sie. Ava hatte ihnen erzählt, was sie gestern von ihrem Freund über Grangers außerschulische Aktivitäten erfahren hatte.

»Das würde ihn trotzdem nicht mit Nolan in Verbindung bringen«, sagte Julie. Dann schaute sie Mac an. »Du kannst übrigens auch gehen. Du musst doch üben, oder? Es ist nicht nötig, dass wir beide unsere Zukunft aufs Spiel setzen.«

Mac schloss die Augen. Natürlich musste sie üben, aber im Moment konnte sie sich nicht darauf konzentrieren. In den Tiefen ihres Rucksacks klingelte ihr Handy leise. Sie suchte danach, und als sie den Namen auf dem Display erkannte, beschleunigte sich ihr Herzschlag. Blake.

Sie hatten sich seit einer Woche nicht mehr gesehen, und auch Claire hatte sie nicht getroffen – am Wochenende hatten sie nicht miteinander telefoniert, und gestern und heute war sie nicht in der Schule gewesen. Mac hatte überlegt, ob sie ihr schreiben sollte – vielleicht war sie krank und brauchte ihre Mitschriften –, aber irgendwie hatte sie es nicht über sich gebracht. Sie musste immer daran denken, dass Claire sie an jenem Tag in Disneyland angelogen hatte.

Das Telefon klingelte weiter. Mac wusste, dass sie den Anruf nicht annehmen sollte, aber sie spürte, wie ihre Finger gegen ihren Willen die richtige Taste drückten.

»Hi, Macks.« Blakes leise Stimme drang durch den Hörer. »Was machst du gerade?«

»Ach, nichts«, log sie und schaute Julie mit schlechtem Gewissen an. »Was gibt's?«

»Ich warte an der Fähre auf dich. Komm«, sagte er.

»Was, in Seattle?« Sie schnaubte. »Da kann ich jetzt nicht hin.«

Julie schaute sie interessiert an, aber Mac drehte sich zum Fenster um.

»Warum nicht?«, fragte Blake enttäuscht.

»Weil … weil ich eine Menge zu tun habe.« Und weil du nicht mir gehörst, hätte sie am liebsten hinzugefügt.

»Aber ich habe dich seit Tagen nicht gesehen«, murmelte er. »Komm schon. Auf der Bainbridge-Insel gibt es ein Eiscafé, das das beste Dulce-de-Leche-Eis der Welt macht. Ich kaufe dir eine Kugel. Oder zehn Kugeln.« Er schwieg einen Moment. »Du fehlst mir«, sagte er dann.

Macs Herz machte einen Sprung. Sie hatte so lange darauf gewartet, ihn diese Worte sagen zu hören. Sie warf Julie einen Blick zu und legte die Hand über den Lautsprecher.

»Könnte ich vielleicht doch früher gehen? Schaffst du den Rest allein?«

Julie nickte. »Klar.« Gott sei Dank fragte Julie sie nicht nach dem Grund.

Mac nahm ihre Hand vom Handy und sagte: »Okay. Ich bin unterwegs.«

Auf dem Pier war viel los, als sie eine Dreiviertelstunde später dort ankam. Pendler warteten auf die Fähre und Touristen posierten für Erinnerungsfotos vor der Bucht Puget Sound. Möwen flogen schrill kreischend über sie hinweg und stürzten sich in die Fluten. Die Sonne verschwand kurz hinter Schleierwolken und erstrahlte dann wieder umso heller. Das Licht veränderte sich alle paar

Minuten, als spiele jemand an dem Dimmer, der das Wetter kontrollierte.

Blake wartete neben dem Kassenhäuschen für die Fähre auf sie. Sein welliges Haar kräuselte sich unter seiner schwarzen Strickmütze. Sie winkte ihm zur Begrüßung verlegen zu.

Er wirkte beinahe überrascht, dass sie tatsächlich gekommen war, und machte ein Gesicht, als habe er gerade im Lotto gewonnen. Dann beugte er sich zu ihr und nahm ihre Hand. »Komm.«

Sie gingen die lange Treppe hinauf und stiegen an Bord. Das Panoramadeck war ziemlich leer – einige Rentner in identischen Windjacken lugten durch Ferngläser, und ein dünnes Mädchen mit einer Hanfhose saß auf einer Bank und hatte die Arme um die Knie geschlungen, aber ansonsten waren sie allein. Das Nebelhorn der Fähre gab ein lautes Tuten von sich, als sie ablegte. Hinter ihnen sahen sie das Panorama der Skyline von Seattle.

»Ich liebe Boote«, sagte Blake und lehnte sich an die Reling. »Manchmal komme ich sogar mitten im Winter hierher. Bei Eisregen bin ich normalerweise allein auf dem Panoramadeck. Alle intelligenten Passagiere sitzen dann im Bistro und trinken heiße Schokolade.«

»Warst du schon mal auf den San-Juan-Inseln?«, fragte Mackenzie. Als er den Kopf schüttelte, fuhr sie fort. »Meine Eltern haben ein Ferienhaus dort oben. Wir verbringen jeden Sommer dort. Na ja, jedenfalls haben wir das früher getan. Jetzt haben meine Schwester und ich zu viele Proben und Wettbewerbe, um einen ganzen Monat lang wegzufahren.« Mac dachte lächelnd an das kleine, verwitterte Haus an der Küste. »Mein Dad ist jeden Morgen mit uns gesegelt. Das fand ich toll.«

Sie standen ein paar Minuten schweigend nebeneinander und beobachteten, wie die Fähre durch das Wasser pflügte. Gischt spritzte ihnen ins Gesicht. Der Wind war beißend, und Mac war froh, dass sie ihre dicke Wolljacke angezogen hatte.

»Schau«, sagte Blake und zeigte über das Wasser. »Wale.« Mac drehte sich um und sah eine Schule Grauwale durchs Wasser gleiten. Sie riss die Augen auf, als eine riesige graue Schwanzflosse plötzlich auftauchte, klatschend wieder aufs Wasser schlug und dann verschwand. Die Rentner an der Reling seufzten verzückt auf. Ein zweiter Wal streckte den Kopf aus dem Wasser und beobachtete die Fähre skeptisch.

Mackenzie drehte sich zu Blake um, aber bevor sie etwas sagen konnte, gestand er: »Ich habe mit Claire Schluss gemacht.«

Mackenzie blinzelte. »Du hast … was?«

»Gestern Abend. Ich habe ihr gesagt, dass es vorbei ist.«

Mackenzie hielt sich an der Reling fest, da ihre Glieder sich plötzlich wie Pudding anfühlten. Vielleicht war Claire deshalb nicht bei der Probe gewesen. Wahrscheinlich saß sie zu Hause und heulte sich die Augen aus. Ein kleiner Teil von Mac hatte Mitleid mit ihrer Freundin, vor allem weil sie von Ava herausgefunden hatte, dass Nolan auch Nacktfotos von Claire besaß. Aber dann erinnerte sie sich wieder daran, wie Claire ihr Blake mit lügnerischen Behauptungen gestohlen hatte.

»Habt ihr euch gestritten?«

»Nein«, sagte er achselzuckend. »Ich habe dir ja schon gesagt, dass die Beziehung im Grunde schon lange vorbei ist.« Er starrte aufs Wasser hinaus. »Von uns habe ich ihr aber nichts erzählt, das solltest du wissen. Ich will wirklich nicht auch noch eure Freundschaft zerstören.«

Mac nahm ihre Brille ab und wischte Wassertropfen von den Gläsern. »Ehrlich gesagt, ist unsere Freundschaft auch so schon ziemlich kaputt.«

»Wie meinst du das?«

»Na ja, was für Freundinnen hoffen denn ständig, dass die andere versagt?«, sagte sie achselzuckend. »Wir konkurrieren um alles. Sogar um dich.«

Blake wurde rot. »Es tut mir leid, dass ich zwischen euch geraten bin.«

»Wenn du es nicht gewesen wärst, dann eben etwas – oder jemand – anderes. Manchmal frage ich mich, ob ich sie überhaupt richtig kenne.«

»Weißt du, was sie gesagt hat, als ich mit ihr Schluss gemacht habe?«, fragte Blake. »Dass ich schon bald auf Knien wieder zu ihr zurückkriechen würde.«

Mac erschauderte. »Ehrlich?« Aber dann blickte sie zu Boden. Eigentlich sollte sie das nicht überraschen. Claire walzte einfach über alle, die ihr im Weg standen oder ihr Schmerzen bereiteten, hinweg; sie bekam immer, was sie wollte. Wahrscheinlich würde sie deshalb auch den Platz an der Juillard bekommen und nicht Mac. Schließlich stand Mac hier und Claire probte wahrscheinlich. Ihr Herz zog sich schmerzhaft zusammen. War Blake es wert, dass sie ihre Zukunft aufs Spiel setzte? War sie überhaupt noch bei Verstand?

Aber als sie ihn wieder ansah, bejahte sie diese Fragen. »Wie geht es dir denn?«, fragte sie sanft.

Blake schaute überrascht auf. Dann grinste er verlegen. »Ehrlich? Irgendwie … super. Ich meine, ich wollte ihr nie wehtun, aber ich habe das Gefühl, als sei mir eine Zentnerlast von den Schultern genommen.«

Mackenzie zupfte ein Stück abblätternde Farbe von der Metallreling. Es fühlte sich an, als redeten sie beide nicht über das, was wirklich wichtig war. Mac hatte Angst, ihn danach zu fragen, aber diesen Fehler hatte sie schon früher gemacht. So hatte sie sich das letzte Mal die Chance verbaut, mit Blake zusammen zu sein. Sie hatte sich nach ihm gesehnt, ihm auf dem Flur hinterhergestarrt und sich doch nie getraut, ihm zu sagen, was sie für ihn empfand. Dies war ihre Gelegenheit. Sie holte tief Luft.

»Und was bedeutet das für uns?« Ihre Stimme ging im Heulen des Windes beinahe unter, aber sie zwang sich, ihn anzusehen.

Er blickte ihr tief in die Augen. »Das liegt bei dir. Du weißt ja schon, dass ich ziemlich verrückt nach dir bin.«

Einen Moment lang dachte sie an Claire. Sie stellte sich ihr verletztes, verweintes Gesicht vor. Aber sie erinnerte sich auch noch an den triumphierenden Gesichtsausdruck, mit dem sie Hand in Hand mit Blake zu dem letztjährigen Frühlingskonzert gekommen war.

Bevor sie es sich anders überlegen konnte, beugte Mackenzie sich vor und drückte ihre Lippen auf Blakes. Der Wind umwehte sie, die Gischt sprühte kalt auf ihre Wangen. Er legte die Arme um sie und zog sie an sich.

Ihr Herz jubelte in ihrer Brust, und in diesem Moment hätte sie nicht sagen können, was sich besser anfühlte: endlich den Jungen ihrer Träume zu küssen – oder ihn Claire wegzunehmen.

# Kapitel 24

Am Mittwoch wachte Julie morgens um sieben auf, weil vor ihrem Fenster Vögel zwitscherten. Sie blinzelte schläfrig in das Sonnenlicht, das durch ihre Vorhänge drang, und drehte sich um, um nachzuschauen, ob auch Parker schon wach war.

Aber Parker war nicht mehr da. Ihr Bett war ordentlich gemacht, das Kissen aufgeschüttelt, und ihre Sachen waren verschwunden. Julie griff nach ihrem iPhone, das auf dem Nachttisch lag, und suchte Parkers Nummer. *Wo bist du?*, simste sie ihr. *Ruf mich an.*

Sorge schnürte ihr die Brust zusammen. Seit Kurzem verbrachte Parker immer mehr Zeit alleine und schloss Julie immer häufiger aus. Julie hätte gerne geglaubt, dass Parkers Therapie bei Elliot Wirkung zeigte, aber nachdem sie Parker letzten Samstag am Friedhof aufgegabelt hatte, war sie da nicht mehr so sicher. Ihre Freundin war richtig … außer sich gewesen.

Eine halbe Stunde später, als Julie gerade durch den Dreck im Flur watete und versuchte, das Katzenklo zu putzen, klingelte es. Sie seufzte erleichtert auf. Parker musste mal wieder ihren Schlüssel vergessen haben.

Sie wickelte sich in ihren Bademantel und kämpfte

sich durch den Flur. Dabei versuchte sie die Panik niederzukämpfen, die sie jedes Mal erfasste, wenn sie die Kartonstapel sah, die sich an beiden Wänden auftürmten. Miauende Katzen strichen um ihre Beine und beobachteten sie von den allgegenwärtigen Müllhaufen aus. Eine dicke Tigerkatze mit verkrusteten Augen schnarchte pfeifend in dem alten Strohhut, in dem sie es sich gemütlich gemacht hatte.

»Julie? Wer ist da an der Tür?«, erklang die Stimme ihrer Mutter schrill und verängstigt aus ihrem Schlafzimmer.

»Ich geh schon«, rief Julie und zog schnell die Tür auf.

Dann riss sie fassungslos die Augen auf.

Es war Ashley.

»Julie!«, krähte Ashley laut. Auf ihrem Gesicht lag dasselbe merkwürdig spitze Lächeln wie an dem Abend, an dem sie versucht hatte, Julies Date zu torpedieren. »Wie geht's?«

Julies Herz hämmerte. Ashley hatte die Massen an Gartendekoration vor dem Haus gesehen. Die Autoreifenstapel, die kaputten Gartenmöbel. Den Weihnachtsschmuck, der seit zwei Jahren an der Veranda hing. Eine Katze wanderte über den Rasen und pinkelte. Und vor der Garage standen zwei Stapel Kartons, weil die Garage so voll war, dass sie nicht mehr hineinpassten. Die Pappe war aufgeweicht und wirkte schimmelig vom Regen.

»W… woher weißt du, dass ich hier wohne?«, fragte Julie verdattert.

Ashley legte den Kopf schief. »Wieso? Ist das ein Geheimnis?«

Natürlich ist das ein Geheimnis, brüllte eine Stimme in Julies Kopf. Sie gab in der Schule nie ihre richtige Adresse an. Und ihre Zeitschriften und College-Broschüren wurden an ihr Postfach geschickt. War Ashley ihr etwa nach Hause gefolgt? Julie machte immer ein paar Umwege, weil sie fürchtete, jemand aus der Schule könnte ihr nachfahren.

Ashley zeigte ins Hausinnere und lächelte dann noch süßlicher. »Ich habe mich vor ein paar Tagen sehr lange mit deiner Mom unterhalten«, sagte sie zuckersüß. »Sie hat mir von all ihren Katzen erzählt. Und von Kalifornien.«

Julie traute ihren Ohren nicht. »D... du hast mit meiner Mom geredet?«, wiederholte sie schwach. Ihr schwirrte der Kopf. Ashley war schon mal hier gewesen? Jesus, ihre Mom hatte Ashley ins Haus gelassen? Sie hatte ihr davon erzählt, dass man sie rausgeworfen hatte?

Julie erinnerte sich noch genau an den Tag, an dem die Männer vom Gesundheitsamt zu ihrem kleinen Haus gekommen waren, begleitet von zwei angeekelt blickenden Beamten mit einem Durchsuchungsbefehl. Die Inspektoren hatten Schutzanzüge getragen. Mrs Redding war hysterisch geworden, hatte sich schluchzend die Haare ausgerissen und die Männer angefleht, ihr nicht ihre »Babys« wegzunehmen. Irgendwann mussten sie ihr Handschellen anlegen. Julie hatte neben ihrer Mutter gesessen und zugesehen, wie die Männer Käfig um Käfig voller kranker, wütender Katzen zu ihrem Wagen trugen. Es war schrecklich für sie gewesen, ihre Mutter so verzweifelt zu sehen. Aber ein Teil von ihr hätte am liebsten geschrien: Nehmt mich auch mit!

»Das war ein echter Schock. Nach außen hin wirkst du so … gefestigt«, sagte Ashley. »Tja. Man soll eben eine Schlampe nie nach ihrem Äußeren beurteilen.«

Julie starrte Ashley zitternd an. »Du darfst niemandem davon erzählen«, flüsterte sie.

»Und warum nicht?« Ashley verschränkte höhnisch die Arme vor der Brust. »Geheimnisse sollten geteilt werden. Vor allem schmutzige.« Ihr Lächeln verzerrte sich. »Genieß deine Beliebtheit, solange du sie noch hast, Julie. Bald werde ich nicht mehr die Einzige sein, die dein wahres Ich kennt.«

Dann winkte sie Julie zu und verließ die Veranda. Vorsichtig bahnte sie sich einen Weg zwischen den verrosteten Gartenmöbeln hindurch, die im Vorgarten lagen. Julie schaute ihrem Auto nach, bis es um die Kurve verschwunden war. Dann vergrub sie das Gesicht in den Händen.

Sie hatte so hart daran gearbeitet, ihre Vergangenheit auszuradieren und ihr Geheimnis in der Gegenwart zu schützen. Aber das Kartenhaus ihres Lebens stürzte über ihr zusammen. Parker drehte durch. Die Polizei wollte ihr und ihren Freundinnen einen Mord anhängen, den sie nicht begangen hatten, und jetzt war es nur noch eine Frage der Zeit, bis auch ihr Geheimnis enthüllt wurde. Julie war nicht diejenige, die sie zu sein vorgab, und schon bald würden das auch alle wissen.

# Kapitel 25

Am Mittwochabend stand Caitlin im Mädchen-Umkleideraum, schüttelte ihre Arme und Beine aus und hüpfte, um warm zu bleiben. Ihr Trikot war frisch gewaschen und roch nach Weichspüler. Ihre Socken waren glattgezogen, ihre Wadenschoner saßen perfekt. Sie hatte das Gummi um ihren Pferdeschwanz mindestens sechsmal überprüft. Monk, ihr Schlüsselanhänger in Affenform und ihr Glücksbringer, steckte in ihrer Sporttasche, und sie hatte eine ganze Tasche voller blauer Gatorade-Flaschen für Spielpausen.

Es war Zeit, zu gehen. Das wichtigste Spiel ihrer Highschool-Karriere stand an. Sie hörte, wie sich draußen die Tribüne füllte. Vor dem Umziehen hatte sie sich mit der Talentsucherin der U-Dub getroffen, einer sportlichen Frau namens Monica. Wenn sie heute gut spielte, war ihr im Herbst ein Platz in der Unimannschaft sicher.

Und falls nicht …

Caitlin schloss die Augen. So wollte sie nicht denken.

Sie setzte sich, massierte ihren Knöchel und versuchte die Schmerzen zu ignorieren, die sie seit einigen Tagen wieder spürte. Auf einmal merkte sie, dass sie jemand anstarrte. Ursula, die ebenfalls ihr Trikot trug, stand am Trinkbrunnen und grinste ihr zu.

»Wie fühlst du dich?«, fragte sie und schaute auf Caitlins Knöchel.

»Gut«, sagte Caitlin knapp.

»Schön. Es wäre schrecklich, wenn du heute Mist baust«, trällerte Ursula. Auf halbem Weg zur Tür blieb sie stehen und drehte sich um. »Oh, bevor ich's vergesse. Jemand sucht nach dir.«

Caitlin runzelte die Stirn. »Die Talentsucherin? Die habe ich schon gesehen.«

»Nein …« Ursula lächelte süffisant. »Ein Polizist.«

Caitlins Herz setzte einen Schlag aus. »W… warum?«, stammelte sie.

»Wahrscheinlich wegen der Nolan-Sache«, sagte Ursula. »Die gehen allmählich allen auf die Nerven.«

Dann hüpfte sie aus dem Raum. Caitlins Herz hämmerte. Das Oxy. Das musste es sein. Hatten sie die Pille zu ihr zurückverfolgt? Vielleicht hatten sie auch ihre Handschrift erkannt. *Denk nicht daran*, sagte sie sich. *Ursula will dich nur aus dem Konzept bringen.*

Sie biss die Zähne zusammen, nahm ihre Sporttasche und stürmte in den langen, hallenden Gang hinaus, der aufs Feld führte.

Schülerinnen und ihre Familien füllten das Stadion. Ursula war zu ihren Eltern gerannt und prahlte vor ihrem Vater, einem dicken Mann, auf dessen T-Shirt AAA-Poolreinigung stand, mit irgendetwas.

Caitlin schaute sich nach dem Polizisten um. Hoffentlich wartete er nicht hier draußen, um sie festzunehmen.

Als sie jemand von hinten am Ärmel zog, riss sie sich mit wild klopfendem Herzen los.

»Holla!« Jeremy wich überrascht zurück. »Sorry!«

Caitlin ließ die Schultern sinken. »Ich habe dich nicht gesehen.« Dann schaute sie ihn neugierig an. »Was machst du denn hier?« Soweit sie wusste, war Jeremy noch nie bei einem Fußballspiel gewesen – nicht einmal, wenn Josh spielte.

Jeremy legte den Kopf schief. »Heute ist doch das große Spiel, oder? Ich wollte dich anfeuern.«

»Oh.« Caitlin lächelte nervös und schaute dann in den Gang und den kleinen Innenhof, der aufs Feld führte. War Josh auch hier? Sie hatte ihn noch nicht gesehen und sie hatten letzte Woche kaum miteinander gesprochen. Aber er würde doch sicher kommen, oder? Er wusste doch, was dieses Spiel für sie bedeutete. Beobachtete er sie etwa gerade?

»Äh, gehen wir woanders hin«, sagte sie, auf einmal paranoid.

Sie nahm Jeremys Arm und führte ihn nach draußen unter die Tribüne, wo es dunkel und abgeschieden war. Das metallene Dröhnen der Leute, die über ihnen zu ihren Plätzen gingen, hallte von oben zu ihnen herab. Dann rief jemand »Hoppla!«, und ein Strom colafarbener Flüssigkeit ergoss sich durch einen Spalt im Tribünenboden und verpasste Jeremy beinahe eine Dusche.

»Ups«, sagte Caitlin und schubste ihn aus der Gefahrenzone. »Fußball ist ganz schön gefährlich, weißt du?«

»Bist du nervös? Aufgeregt?«, fragte Jeremy mit leuchtenden Augen.

»Beides«, gestand Caitlin. Sie wurde rot. »Danke, dass du gekommen bist. Das bedeutet mir sehr viel.«

»Kein Thema. Ich habe dir etwas mitgebracht.« Jeremy kramte in seiner Tasche und zog einen langen, dünnen Gegenstand heraus. Caitlin betrachtete das Ding einen Moment und begriff dann, dass es ein Stift war. Und zwar nicht irgendein beliebiger Stift – ein Dungeons & Dragons-Kuli.

Sie schaute auf. »Ist das der Stift, den ich dir geliehen habe?«

Jeremy nickte. »Ja. Der von Taylor. Ich wollte ihn dir zurückgeben.«

Caitlin lächelte. Tränen stiegen ihr in die Augen, aber sie blinzelte sie weg. »Danke.«

»Er hat mir im Laufe der Jahre viel Glück gebracht«, sagte Jeremy. »Ich habe mit ihm meine Fahrprüfung bestanden. Und meine Abschlussklausuren letztes Jahr. Ich hatte ihn in der Tasche, als ich mit der Modell-UNO in die nationale Ausscheidung gekommen bin. Ich fühle mich … äh, irgendwie sicher, wenn ich ihn bei mir habe. Aber wahrscheinlich liegt das daran, dass er mal dir gehört hat.«

Er schaute sie so lieb und ernst an, als sei sie der wichtigste Mensch in seinem Leben. Caitlins Kehle wurde eng, aber ihr ging das Herz auf. Auf einmal war ihr völlig klar, was sie jetzt tun musste. Ja, das würde für Chaos sorgen, aber es war das, was sie wollte. Und wenn sie etwas von Taylor – oder daraus, dass die Polizei ihr auf den Fersen war – gelernt hatte, dann, dass das Leben kurz war.

Sie schaute sich noch einmal um. Dann beugte sie sich vor und küsste Jeremy.

Einen Moment lang blieb er stocksteif stehen, die Augen weit aufgerissen. Aber dann erwiderte er ihren Kuss und seine Lippen waren weich und warm. Caitlin atmete den grasigen Duft seiner Kleider ein und vergrub die Hände in seinem Haar, das so viel länger war als Joshs raspelkurzes. Ihr ganzer Körper kribbelte.

Als sie sich voneinander lösten, grinsten beide. »Entschuldige«, sagte Jeremy dann.

Caitlin schaute ihn erstaunt an. »Wofür? Ich habe doch dich geküsst.«

»Oh.« Jeremy senkte den Blick. Seine Wangen waren leuchtend rot. »Nun ja, das stimmt natürlich.«

Auf dem Platz ertönte ein Pfiff und sie sahen sich noch einmal an. In ein paar Minuten begann Caitlins Spiel. Aber ihr wurde auf einmal noch etwas anderes klar. Sie fühlte sich plötzlich … leichter. Befreit. Jeremys Kuss hatte ihr eine ganz neue Welt eröffnet und sie fühlte sich nicht länger wie eine Gefangene. Wenn sie heute gut spielte, dann war das super. Aber wenn nicht … war das vielleicht auch nicht das Ende der Welt. Schließlich hatte sie heute ja bereits etwas gewonnen. Egal wie das Spiel ausgehen würde.

# Kapitel 26

Am Donnerstag wartete Parker nach der Schule vor Elliots Behandlungsraum. Die Sonne schien durch die Fenster und malte Fleckenmuster auf den Teppich. Draußen rauschte der Verkehr vorbei, was sehr beruhigend wirkte. Elliot hatte sie noch nicht entdeckt, sondern starrte gebannt auf seinen Computerbildschirm. Parker fragte sich, was er da wohl begutachtete. Einen Artikel in einer Fachzeitschrift? Die Seattle Times? Pornos?

Dann blickte Elliot auf. Er zuckte zusammen und wurde blass. Dann lächelte er unbehaglich. »Parker«, sagte er mit lauter Stimme. »Ich habe dich gar nicht gesehen! Komm rein, komm rein!«

Parker schlurfte ins Zimmer und zog sich ihre Kapuze tief ins Gesicht. Sie ließ sich auf die Couch fallen und drückte sich ein Kissen an die Brust. Elliot schaute sie an, das spürte sie.

»Ist alles okay?«, fragte Elliot nach kurzem Zögern.

Parker hob wortlos die Schultern. Er merkte wahrscheinlich, wie angespannt sie war. Wie gereizt. Sie hatte mindestens zehn Minuten vor der Eingangstür des Gebäudes gestanden, bevor sie den Mut gehabt hatte, einzutreten. Sie wusste nicht, ob sie heute seine Fragen aushalten würde. Denn heute würde es Fragen geben, das war ihr klar. Sogar die verrückte Parker musste für ihre Ausraster geradestehen.

Elliot lehnte sich zurück und verschränkte die Arme vor der Brust. »Okay, Parker. Du willst sicher nicht darüber reden, was beim Friedhof passiert ist.«

»Nein«, blaffte Parker. Sie hielt sich die Ohren zu. »Nein, nein, nein.«

»Hey. Ist schon okay.« Elliot stand auf, ging zu ihr und löste sanft ihre Hände. Er schaute ihr in die Augen und verzog seine geschwungenen Lippen zu einem Lächeln. »Hör zu. Wir müssen nicht darüber reden. Versprochen. Wir können über etwas anderes sprechen.«

Parker blinzelte verwirrt. »W… warum wollen Sie nicht, dass ich darüber rede?«, fragte sie trotzig.

»Weil du offensichtlich dafür noch nicht bereit bist«, sagte Elliot und hob die Hände. »Und das ist auch okay. Du hast deine Gründe dafür, Friedhöfe nicht zu mögen. Wir können das untersuchen oder wir können über ein anderes Thema sprechen. Ich werde dich zu nichts drängen.«

Parker blieb einen Moment lang schweigend sitzen und dachte über seine Worte nach. Sie hörten sich an wie ein psychologischer Trick, der ärgerlicherweise zu funktionieren schien. »Es ist, als ob mich etwas daran gehindert hätte, auf den Friedhof zu gehen. Eine mentale Schranke oder so«, sagte sie langsam und nachdenklich. »Es soll Hellseher geben, die spüren, wenn ein Ort verflucht oder belastet ist, weil etwas Schreckliches dort passiert ist. So ein Gefühl war es.«

»Was, glaubst du, ist dort passiert?«

»Ich weiß es nicht«, sagte Parker ratlos. »Natürlich liegen dort eine Menge Tote. Vielleicht ist es nur das.«

Elliot nickte, aber es sah nicht so aus, als glaube er ihr. Parker glaubte es selbst auch nicht – sie wusste nur, dass sie nicht durch dieses Tor gehen wollte.

»Bist du sauer, weil ich dich dort hingebracht habe?«, fragte Elliot besorgt.

Parker schüttelte den Kopf. »Eigentlich nicht«, sagte sie leise. »Ich meine, ich war schon ziemlich überrumpelt. Aber ich wusste erst, dass ich so reagieren würde, als ich tatsächlich dort war.«

»Wie hat sich diese Reaktion angefühlt?«

Parker schloss die Augen. »Ich wünschte, ich könnte es erklären. Aber das kann ich nicht. Tut mir leid.«

»Das macht nichts, Parker.« Er schaute ihr lächelnd in die Augen. So schaute sie niemand mehr an. »Wir haben Zeit.« Er verstummte und schaute auf seine Hände. »Es gibt keinen Grund zur Eile.«

Sie lächelten sich an und Parkers Herz machte wieder einen Sprung. Es war ganz untypisch für sie, emotionale Geständnisse abzugeben. Sogar die alte Parker hatte ihre Gefühle für sich behalten. Aber sie brauchte neben Julie noch jemanden, der auf ihrer Seite stand.

Elliot sprang plötzlich auf. »Weißt du, ich habe ein Buch darüber, wie man Gefühle ausdrücken kann, das dir vielleicht helfen könnte. Moment – es liegt im Wartezimmer. Ich hole es dir.«

Er eilte zur Tür und verschwand. Parker lehnte sich mit pochendem Herzen zurück. Aber sie fühlte sich gut – es kam ihr vor, als würde Elliot sie verstehen.

Sie schaute sich in seinem Büro um. Eigentlich wusste sie gar nichts über ihn. Auf seinem Schreibtisch lag kaum etwas – nur eine altmodische Bankierslampe, eine leere Ablage und eine Plastikblume mit Solarzelle, die im Sonnenlicht mit den Blättern wackelte. Wer war Elliot Fielder? Was trieb ihn an? Hatte er Familie? War er verheiratet? Was las er gerne? Welche Musik hörte er? Was hatte er sich auf dem Computer angeschaut, als sie hereingekommen war? Das hätte sich doch bestimmt jeder gefragt, oder? Elliot wusste schließlich sehr viel über sie. Es war nur fair, wenn sie auch etwas über ihn erfuhr.

Sie schaute durch den Türspalt. Er suchte immer noch in dem großen Bücherregal nach dem Buch. Leise stand sie auf und ging zu seinem Computer. Als sie die Maus bewegte, verschwand der Bildschirmschoner und ein passwortgeschütztes Anmeldefeld erschien.

Impulsiv drehte sie Elliots Keyboard um. Als sie in der elften Klasse im Sekretariat gearbeitet hatte, hatte sie alle Passwörter, die sie sich nicht merken konnte, am Keyboard festgeklebt. Und Elliot musste ähnliche Probleme wie sie haben, denn tatsächlich klebte dort ein Stückchen Papier voller kleiner Druckbuchstaben.

*FIELDER_E/pr0m3th3us_g3f3ss3lt*

Ohne groß nachzudenken, tippte sie das Passwort ein.

Ein Foto erschien auf dem Bildschirm. Zuerst blinzelte Parker verwirrt. Sie erkannte sofort, wo es aufgenommen worden war. Im Arbor-Einkaufszentrum, direkt auf der Fressmeile. Ein Mädchen im schwarzen Kapuzenpulli saß allein an einem Tisch und trank Cola durch einen Strohhalm. Ihr langes Haar quoll aus dem Pulli hervor.

Es war … sie.

Sie klickte auf ein Pfeilsymbol. Ein weiteres Bild erschien – es zeigte schon wieder sie. Sie saß bei ihrer Mom auf der Veranda und rauchte eine Zigarette, die Kapuze tief im Gesicht. Ein weiteres Pfeilsymbol. Das nächste Bild war mit einem Teleobjektiv aufgenommen worden und zeigte, wie sie gerade in ihre Schule ging. Ein weiteres zeigte sie beim Joggen am See. Sie trug Turnschuhe, Shorts und denselben Kapuzenpulli.

Sie hatte es sich also doch nicht eingebildet. Jemand war ihr gefolgt. *Elliot.*

»Was machst du da?«

Elliot stand im Türrahmen, ein Buch in der Hand. Sein Gesicht war leichenblass, die Augen plötzlich hart.

Parker schoss hoch. Dabei warf sie versehentlich etwas vom Tisch, aber sie ließ es einfach liegen.

»Was machen Sie?«, fragte sie mit kaum unterdrückter Wut. »Was zum Teufel haben diese Bilder auf Ihrem Rechner zu suchen?«

»Dieser Computer enthält vertrauliche Informationen«, sagte er, warf das Buch auf die Couch und machte einen Schritt auf sie zu. »Weißt du, wie viel Ärger ich bekommen könnte, wenn du das Falsche siehst?«

Parker lachte höhnisch auf. »Das Falsche? Sie meinen, wie Sie mir nachspioniert haben?«

Er bewegte sich schneller, als sie erwartet hatte. Plötzlich schloss sich seine Hand wie ein Schraubstock um ihr Handgelenk. »Hör mir jetzt genau zu, Parker.« Aber bevor er weitersprechen konnte, schrie Parker aus voller Kehle los. Einen Moment lang wusste sie nicht, wo sie war. Sie wusste nicht einmal mehr, wer sie war. Panik überwältigte sie, und sie wusste nur, dass sie unbedingt abhauen musste. Sofort. Sie trat mit aller Kraft nach Elliots Knie. Ein dumpfes Knacken ertönte, er ließ sie los, und sie sprang zur Tür.

Sie rannte und rannte, bis ihre Lungen brannten und ihre Beine sich anfühlten wie Gummi. Wenn sie gekonnt hätte, wäre sie bis in alle Ewigkeit weitergerannt – weg von Elliot, von Beacon und vor allem von ihrem furchtbaren Leben.

# Kapitel 27

*Tief durchatmen. Alles wird gut.*

Es war Freitagnachmittag und Mackenzie saß in einem grauen Flur im Musikgebäude der University of Washington. Sie drückte ihr Cello an ihre Brust. Es war beinahe Zeit für ihr Probespiel – was bedeutete, dass Claire da drinnen gerade die Jury begeisterte. Mac hatte sie nicht reingehen sehen, aber sie wusste genau, wann Claire dran war. Ob Claire wohl nervös gewesen war? Hatte sie sich auch diesmal fieberhaft dreimal die Hände gewaschen, wie sie es vor jeder Prüfung tat?

Da Mac für heute die letzte Bewerberin war, hatte sie den gesamten Flur für sich. Sie schloss die Augen und versuchte ruhig zu atmen, aber sie spürte, wie Panik in ihr aufstieg. Tief in ihrem Inneren wusste sie, dass sie nicht genug geübt hatte. Sie hatte sich solche Sorgen wegen Nolan und der Ermittlungen gemacht. Und so viel Zeit mit Blake verbracht.

Aber sogar jetzt musste sie lächeln, als sie an Blake dachte. Sie zog ihr Handy heraus. Hatte er auf ihre SMS geantwortet? Als sie auf dem Campus eingetroffen war, hatte sie ihm gleich geschrieben, *Jetzt geht's um die Wurst.* Aber er hatte sich immer noch nicht zurückgemeldet.

Das sah ihm gar nicht ähnlich. Er wusste, dass heute ihr Probespiel war. Aber er musste auch arbeiten – vielleicht war im Cupcake-Laden die Hölle los?

Plötzlich wehte ein Windstoß die Tür zur Konzerthalle ein kleines Stückchen auf und eine vertraute Melodie drang heraus. Mac blinzelte einen Moment und lauschte Claires präzisen Tönen und ihrer emotionalen Phrasierung. Das Stück, das sie spielte, kam ihr bekannt vor, und plötzlich verstand sie, warum. Es war ihr Stück. Der Tschaikowsky.

Mac sprang auf. Das konnte nicht wahr sein. Claire wollte den Popper spielen, das hatte Blake gesagt. Aber war es wirklich ein Rätsel, warum Claire sich in letzter Minute umentschieden hatte? Nur … woher wusste sie, welches Stück Mac ausgewählt hatte? Sie hatte es nur ihren Eltern erzählt – und die hätten es Claire niemals verraten. Und Blake.

*Blake.* Mac blieb das Herz stehen. Sie schaute wieder auf ihr Handy. Immer noch keine Nachricht. Nein, sagte sie sich. Das konnte nicht sein. Blake würde sie niemals so verraten. Claire hatte es irgendwie anders herausgefunden.

»Miss Wright?« Eine grauhaarige Frau im Kostüm und mit Klemmbrett stand im Türrahmen und schaute sie über ihre Brillengläser hinweg an. »Sind Sie bereit?«

Mackenzies Cello schien eine Tonne zu wiegen, als sie es in die Konzerthalle schleppte. Die Bühne war hell erleuchtet, und sie konnte die fünf Juroren, die ein paar Reihen weiter hinten saßen, kaum erkennen. Der Juillard-Pianist, ein dunkelhäutiger Mann mit schütterem Haar, trug Hemd und Krawatte und saß an dem großen Konzertflügel, der auf der Bühne stand. Ansonsten war der Saal leer. Mackenzie packte ihr Instrument aus und bereitete sich vor. Ihre Hände zitterten heftig.

»Mein Name ist Mackenzie Wright. Danke, dass ich hier vorspielen darf«, sagte sie mit zitternder Stimme. Aber dann geschah etwas mit ihr. Vergiss Claire, sagte eine Stimme in ihrem Inneren. Vergiss alle. Denk an dein Talent. Denk daran, wie sehr du das hier willst.

Sie holte tief Luft und begann zu spielen.

Es gab keinen Applaus nach den Stücken, aber das war egal. Sie wusste, dass sie großartig war. Sie spielte den Elgar und den Beethoven absolut fehlerfrei, und der »Schwan« aus dem *Karneval der Tiere* glitt unter ihren Fingern elegant über das Wasser. Vor dem letzten Musikstück schluckte sie. »Entschuldigung«, sagte sie dem Pianisten. »Ich möchte mein letztes Stück ändern, falls es Ihnen nichts ausmacht.«

Er wirkte überrascht, lächelte aber. Mac holte tief Luft. Jetzt oder nie – und sie würde nicht kampflos untergehen. Sie schaute die Juroren an. »Ich weiß, dass ich auf der Anmeldung Tschaikowskys *Pezzo Capriccioso* angegeben habe. Aber stattdessen möchte ich Poppers *Spinnlied* für Sie spielen.«

Sie hob den Bogen und verharrte einen endlosen Augenblick lang reglos. Dann nickte sie dem Pianisten zu und stürzte sich in eines der schwierigsten Stücke, die für das Cello geschrieben wurden.

Das Lied begann mit einer schnellen Abfolge hoher Töne. Es war tödlich schnell und schickte die Finger des

Cellisten in einer wilden Achterbahnfahrt über das gesamte Griffbrett. Mackenzie hatte das Stück immer ein bisschen nervig gefunden, aber es eignete sich hervorragend, um ihr Können zu zeigen, und als sie es heute spielte, geschah etwas Merkwürdiges. Zum ersten Mal fand sie Zugang zu der Verspieltheit des Stückes. Statt in ihren Ohren angestrengt, hektisch und schrill zu klingen, klang es auf einmal nach Spaß. Frech, unbekümmert und energisch. Sie lachte während des Spielens beinahe laut auf. Einen Moment lang war sie unantastbar.

Als sie fertig war, blieb sie still und atemlos sitzen. Sie wusste nicht, ob sie gut genug für die Juillard gewesen war, aber eines wusste sie sicher: Sie hatte gerade das beste Probespiel ihres Lebens abgeliefert.

»Danke, Miss Wright. Das war wundervoll«, sagte eine Stimme aus der Jury. »Sie werden bald von uns hören.«

Mac verließ den Konzertsaal beinahe hüpfend. »Yes!«, sagte sie und reckte triumphierend die Faust in die Luft. Dann schaute sie wieder auf ihr Handy. Immer noch keine Nachricht von Blake.

Sie konnte sich kaum daran erinnern, wie sie zum Cupcake-Laden gekommen war. Aber als sie Blake hinter dem Tresen stehen sah, blieb sie wie angewurzelt auf dem Gehweg stehen.

Ein Mädchen hatte die Arme um ihn geschlungen. Ein Mädchen mit kurzem lockigem Haar, das schwarze Konzertkleidung trug. Claire.

»Es war perfekt«, sagte Claire und schaute Blake in die Augen. Zwei Fenster im Laden standen offen und Mac verstand jedes Wort. »Ich war fantastisch. Und ich habe sie auch reingehen sehen. Sie war leichenblass. Wahrscheinlich vor Angst, weil ich den Tschaikowsky gespielt habe.«

Mackenzie gefror das Blut in den Adern. Sie nahm die Hand vom Türgriff und wendete sich ab, aber da hörte sie Claires Stimme.

»Oh hey, Macks«, sagte sie vor Sarkasmus triefend. »Wie war dein Probespiel? Du warst doch nicht etwa schlecht vorbereitet oder so?«

Mackenzie drehte sich um und betrachtete Claires gemeines Lächeln. Dann schaute sie Blake an. Er hatte den Blick gesenkt und war blass geworden. Ihre Gedanken bremsten abrupt und kamen quietschend zum Stillstand.

Aber dann sagte sie: »Ich dachte, ihr hättet Schluss gemacht.«

Claire löste sich von Blake und kam hinter dem Tresen hervor. »Ich wusste, dass du darauf reinfallen würdest«, höhnte sie.

Mac blinzelte. »W… worauf hereinfallen?«

»Ich habe Blake gesagt, er soll mit dir abhängen und ein paar Extra-Bandproben ansetzen«, grinste Claire. »Ich wusste, dass du dafür alles stehen und liegen lassen würdest. Sogar die Proben für dein Vorspiel.«

»Du hast … was?« Sie schaute Blake an, aber der wich ihrem Blick immer noch aus. Das alles ergab überhaupt keinen Sinn.

»Ich wollte, dass er dich vor dem Probespiel ablenkt«, prahlte Claire. »Und das hat er auch getan. Oh, und alles, was du ihm erzählt hast? Hat er mir gleich gesteckt. Auch, dass du den Tschaikowsky spielen wolltest.« Sie griff über den Tresen und packte Blakes Hand. »Und wir sind nicht getrennt. Wir sind enger zusammen als jemals zuvor.«

Mac starrte Blake an. »Ist das wahr?«

Aber Blake schaute nur weiterhin stumm zu Boden. Er antwortete Mac nicht, aber er wehrte sich auch nicht gegen Claires Anschuldigungen. Er wirkte gedemütigt, wie ein Tier in der Falle. »Ich …«, begann er und schaute dann wieder weg.

»Ja«, antwortete Claire für ihn. »Jedes Wort ist wahr.«

Mac spürte, wie ihr die Tränen in die Augen traten. Aber dann wurde ihr etwas bewusst. Sie konnte Claire genau die Reaktion liefern, die sie wollte, und sich hier und jetzt die Augen ausheulen, oder sie konnte Claire in dem einzigen Spielchen schlagen, das ihnen beiden jemals etwas bedeutet hatte. Sie stemmte die Hände in die Hüften und starrte ihre Exfreundin wütend an.

»Es mag sein, dass Blake mich nicht will«, hörte sie sich sagen. »Aber ich bin mir ziemlich sicher, dass die Juillard mich will. Viel Glück an der Oberlin.« Mit einem arroganten Schniefen wendete sie sich ab und ging, bevor Claire etwas sagen konnte, aus dem Laden.

# Kapitel 28

Am Freitagabend betrachtete Julie die Miniaturwindmühle vor sich und biss sich konzentriert auf die Lippe. Sie und Carson waren auf dem Minigolfplatz von Beacon Heights und spielten ein Mädchen-gegen-Jungs-Turnier mit ein paar Mitschülern.

Sie musste ihren Schlag genau timen, um den Ball durch die sich drehenden Flügel auf die andere Seite der Windmühle zu bringen, wo eine winzige weiße Flagge über dem Kunstrasen wehte und das Loch markierte.

Sie trat nach vorne, straffte die Schultern und holte aus.

»Schlag bloß nicht daneben«, warnte Carson sie, als der Schläger den Ball traf.

Julies neonpinker Golfball schoss wild durch die Gegend und landete in dem Wassergraben neben der Windmühle. »Hey!«, rief sie. »Das war unfair!« Aber die Worte erstarben ihr in der Kehle, als sie Carsons verschmitztes Lächeln sah.

»Oh, entschuldige. Ich wusste gar nicht, dass wir jetzt fair spielen?«, neckte er sie und strich ihr eine Haarsträhne hinters Ohr. Julie erschauerte und schloss die Augen. Das fühlte sich so gut an.

»Los, Wells. Du bist dran«, rief James Wong hinter ihnen. Julie machte ihm Platz. Sie fühlte sich unbeschwerter als sonst, und sie wusste auch, warum. Ashley war nicht hier.

Sie schaute zu Carson hinüber, und ihr Blick wanderte zu der Stelle, an der der Saum seines hellblauen T-Shirts auf den Bund seiner Bonobos-Cargoshorts traf und einen kleinen Streifen Bauch freigab. Carson erwischte sie dabei, wie sie ihn anstarrte, und zwinkerte ihr zu. Einen Moment lang war alles andere egal.

Carson peilte sein Ziel an. Er umfasste seinen Schläger, holte gekonnt aus und versenkte den Ball mit einem Schlag im Loch. »Jawoll!«, rief er. Die anderen Jungs klatschten ihn triumphierend ab.

Als alle zum nächsten Loch gingen, wartete Carson, bis Julie zu ihm aufgeschlossen hatte. Er nahm ihre Hand und drückte sie. Ihr Herzschlag beschleunigte sich bei der Berührung.

»Tut mir leid, dass ich unfair war«, sagte Carson leise. »Kann ich das wiedergutmachen? Ich könnte dir bei dem nächsten Loch helfen. Dir die richtige Technik zeigen.«

»Das würdest du tun?«, säuselte Julie. Der Gedanke gefiel ihr. Dann schaute sie auf … und erstarrte. Unter dem rot und weiß gestreiften Schirm beim Kiosk stand Ashley. Sie starrte Julie und Carson mit blitzenden Augen an.

Julie ließ Carsons Hand los. »Äh, weißt du was?«, stammelte sie. »Ich muss kurz meinen Schläger wechseln.« Eine dämliche Ausrede – alle Schläger waren gleich. »Ich bin gleich zurück.«

»Äh, okay?«, sagte Carson verwirrt, aber Julie war

bereits auf halbem Weg zum Kiosk. Wut strömte durch ihre Adern.

»Was willst du denn?«, blaffte sie Ashley an, die an einem metallenen Picknicktisch Platz genommen hatte und eine Limo trank. Julie fiel auf, dass Ashley die türkisfarbene Jeans von Alice + Olivia trug, die Julie zu teuer gewesen war. Ihr weites weißes Top glich ihrem eigenen bis aufs Haar. Nur war Ashleys Ausschnitt zu tief und sie hatte einen undefinierbaren Fleck auf der Schulter.

Ashley lächelte. »Darf man nicht einmal mehr einer Freundin Hallo sagen? Weißt du, Julie, ich finde dich wirklich spitze.«

»Bitte, Ashley.« Julie hasste das Zittern in ihrer Stimme. Es klang nach Schwäche. Sie richtete sich auf. »Bitte sag niemandem, was du weißt. Wie kann ich dich davon abbringen?«

Ashleys Augen blitzten. »So funktioniert das nicht. Im Gegensatz zu deinen unzähligen Schleppenträgerinnen folge ich nicht blindlings irgendwelchen Anweisungen.«

Sie nickte zu Julies Freunden hinüber und lächelte strahlend. »Ich wollte dich nur noch einmal in deiner natürlichen Umgebung beobachten. Genieß deine letzten Minuten in Freiheit.«

»Ashley …«

»Spar dir dein Geheule für jemanden auf, den es interessiert.« Ashley warf ihre Limodose, in den Müll und stolzierte davon.

Julie blieb stehen und schaute ihr nach. Sie war sprachlos. Ashley würde doch sicher niemandem von ihrem Geheimnis erzählen? Aber was, wenn doch? Was würde passieren, wenn alle davon erfahren würden? Wenn Carson es erfahren würde? Plötzlich musste Julie daran denken, wie es in ihrer früheren Schule gewesen war, nachdem ihr Geheimnis bekannt wurde. Niemand sprach mehr mit ihr. Sie aß alleine auf der Toilette zu Mittag. Die Schüler wichen ihr auf dem Flur weiträumig aus, weil sie Angst hatten, sich bei ihr irgendwelche Krankheiten einzufangen. Weil sie auf einer Müllhalde wohnte.

Das Schlimmste war, wie dumm sie gewesen war. Sie war von ihren Gedanken an Carson abgelenkt gewesen und hatte nicht gemerkt, dass Ashley ihr nach Hause gefolgt war. Normalerweise war sie so wachsam und schützte ihr Geheimnis mit aller Kraft – nur so hatte sie ihre Tarnung so lange aufrechterhalten können. Deswegen hatte sie sich auch geschworen, nicht auf Dates zu gehen. Nicht nur weil sie sich niemandem öffnen durfte, sondern auch weil es sie leichtsinnig machen könnte. Das war geschehen und jetzt hatte sie den Salat.

Sie ging zu ihren Freunden zurück und setzte ein Lächeln auf. *Genieß deine letzten Minuten in Freiheit.* Was immer Ashley auch vorhatte, sie würde es bald tun.

Und dann würde ihre ganze Welt zusammenbrechen. Schon wieder.

# Kapitel 29

Am Freitagabend standen Ava und Alex unter dem beleuchteten Vordach des Majestic-Kinos. Sie befanden sich auf ihrer ersten richtigen Abendessen-und-Kino-Verabredung seit viel zu langer Zeit. Regentropfen glitzerten im bunten Licht. Ein paar Kinogänger warteten unter dem Vordach, meist Studenten mit Secondhand-Pullis und dicken Schals. Sie redeten angeregt miteinander und reichten ihre Nelkenzigaretten herum.

»Du bist so still heute«, sagte Alex und nahm Avas Hand.

Ava schaute zu ihm auf. Ihr Herz summte in ihrer Brust. Er trug ein weiches Flanellhemd und dunkle Jeans. Heute Abend wirkten sein wuscheliges Haar und sein Drei-Tage-Bart nicht ungepflegt, sondern irgendwie … künstlerisch. Sie merkte, dass einige Studentinnen sie neidvoll ansahen, und lächelte.

»Ach, ich denke nur über den Film nach«, sagte sie. Sie hatten sich gerade *Der Himmel über Berlin* angeschaut und Ava hatte noch nie einen solchen Film gesehen. Er hatte kaum Handlung gehabt. Es ging um Engel, die den Menschen durch Berlin folgten und ihren Gedanken lauschten. Sie wusste nicht, ob sie ihn verstanden hatte, aber er war schräg, traurig und wunderschön gewesen und hatte Sehnsucht nach ihrer Mutter in ihr geweckt.

Alex klappte seinen Schirm auf und hielt ihn über sie, als sie zum Auto gingen. »War das nicht cool? Ich habe den Film das erste Mal im Deutschunterricht gesehen und mich hat er total umgehauen. Ich fände es gut, wenn Granger uns mehr internationale Filme zeigen würde. Die alten Hollywoodfilme sind super, aber alle irgendwie ähnlich.« Seine Lippen verzogen sich zu einem Grinsen, das ein bisschen arrogant wirkte. »Wahrscheinlich ist er nicht schlau genug, um wirklich anspruchsvollen Unterricht zu geben.«

Grangers Namen ließ Ava das Blut gefrieren. »Er ist schlauer, als du denkst«, murmelte sie. Vielleicht sogar schlau genug, um mit einem Mord davonzukommen.

Alex warf ihr einen Seitenblick zu. »Warum verteidigst du ihn?«

»Das tue ich nicht«, sagte Ava scharf. »Du weißt, dass ich ihn nicht ausstehen kann. Aber nur weil er ein Arschloch ist, ist er noch lange nicht dumm. Man muss schon ziemlich clever sein, um mit solchen Schweinereien durchzukommen.«

»Okay, okay.« Alex hob beschwichtigend die Hände und schaute sie zerknirscht an. »Der Typ wird nur immer schräger. Gestern war er um sechs Uhr morgens wach und hat im Garten gegraben.«

Ava lief es eiskalt über den Rücken. »Hast du ein Video von ihm gemacht? Irgendetwas für die Polizei?«

Alex schüttelte bedauernd den Kopf. »Als ich mein Telefon geholt hatte, war er schon wieder im Haus. Aber trotzdem fand ich das echt komisch. Ich frage mich, was er wohl dort versteckt.«

Ava trommelte auf ihrem Hermès-Armband herum. Also *Nolan* hatte Granger sicher nicht vergraben … aber was hatte er dann gemacht? Sie wünschte plötzlich, sie könnte Alex alles erzählen. Sie hasste es, Geheimnisse vor ihm zu haben.

Sie fuhren einträchtig schweigend nach Hause und das Geräusch der Scheibenwischer versetzte Ava in träumerische Ruhe. Die Welt verschwamm im Regen, im Auto war es warm, und ihr Lieblingslied von The National klang leise aus den Boxen. Nach ungefähr zehnminütiger Fahrt hielt Alex in ihrer runden Auffahrt. In der Diele brannte Licht. Es war noch nicht einmal zehn Uhr – Avas Vater war sicher noch wach und schaute die Abendnachrichten. Sie biss sich auf die Lippe. Plötzlich fühlte sie sich rebellisch. Würde Leslie sie wirklich verraten, wenn sie Alex kurz mit ins Haus brachte?

»Willst du reinkommen?«, fragte sie ihn.

Er lächelte scheu. »Das klingt nett.«

»Das wird es wahrscheinlich nicht«, lachte Ava nervös. »Leslie wird wahrscheinlich extrem unhöflich zu dir sein, weil sie sauer ist, dass ich ihre strengen Regeln nicht beachte.« Sie verdrehte die Augen.

»Ich habe das schon oft überstanden und werde es auch heute überstehen.« Alex nahm ihr Gesicht in beide Hände und beugte sich vor, um sie zu küssen. Aber bevor ihre Lippen sich berührten, explodierte die Welt in Licht und Geräuschen.

Vier Streifenwagen rasten mit Blaulicht und Sirenengeheul in die Einfahrt. Ava schoss hoch, als die Streifenwagen zu beiden Seiten von Alex' Auto hielten. Sie sprang aus dem Auto und stieß beinahe mit Detective Peters zusammen.

»Miss Jalali«, sagte er mit tiefer, ernster Stimme. »Gutes Timing.«

»Was ist denn los?«, fragte Ava mit großen Augen und wickelte ihren Umhang enger um ihre nackten Arme. Aus dem Augenwinkel sah sie ihren Vater und ihre Stiefmutter auf der Veranda stehen. Sie schauten zu den Polizeiwagen … und dann zu Ava. Alex nahm ihre Hand und drückte sie fest.

»Wir haben jetzt endlich einen Durchsuchungsbefehl für Ihr Haus«, sagte der Detective freundlich. »Alle sind der Meinung, dass die sechs Zeugen, die sagten, sie hätten Nolan Hotchkiss zum letzten Mal gesehen, als er mit Ihnen nach oben gegangen ist, dafür ausreichen, Sie zu einer Verdächtigen zu machen. Dazu noch die Todesdrohung, die Sie ihm geschickt haben …«

»Ich habe ihm nicht gedroht!« Avas Stimme war nur noch ein schrilles Kreischen.

Detective Peters zuckte nicht mit der Wimper. »Wir haben eine schriftliche Aufzeichnung davon, wie Sie Nolan angedroht haben, ihn umzubringen. Außerdem hat ein Zeuge ausgesagt, dass Sie im Schulunterricht den Plan ausgeheckt haben, Nolan umzubringen.«

Alex ließ ihre Hand los. Ava schüttelte nur stumm den Kopf. Eine Zeugenaussage zu ihrem Gespräch im Filmunterricht. Sie wusste genau, wer diese Aussage gemacht hatte. Granger.

»So war es nicht«, sagte sie keuchend. Und dann schaute sie zur Veranda. Leslie hatte die Lippen so fest zusammengepresst, dass ihr Mund beinahe unsichtbar wirkte. Neben ihr stand Avas Vater, dem Tränen über die Wangen liefen. Er schaute Ava an, als erkenne er sie nicht wieder. Ava wartete darauf, dass er etwas unternahm, der Polizei sagte, dass seine Tochter ein gutes Mädchen sei, das keiner Fliege etwas zuleide tun könne. Aber das tat er nicht. Er stand nur regungslos dort.

Die Cops hielten ihrem Vater den Durchsuchungsbefehl unter die Nase und er machte ihnen widerstandslos Platz. Auf einmal wirkte er klein und kraftlos. Ava spürte, wie Alex' Arm sich stützend um sie legte. Sie ließ sich gegen ihn sacken und schluchzte auf.

»Ava«, sagte Alex bittend. »Wovon redet er? Hast du Nolan etwas angetan?«

Ava blinzelte mühsam. Tränen liefen ihr über die Wangen, und sie sah, wie in ihrem Schlafzimmer das Licht anging. Sie sah die Umrisse der Polizisten, die ihr Zimmer durchwühlten. Sie würden im Haus nichts Belastendes finden – da war sie beinahe hundertprozentig sicher. Die Mädchen hatten sich weder mit Nachrichten noch mit Zetteln oder Mails über ihren Plan, Nolan einen Streich zu spielen, ausgetauscht. Und in ihr Tagebuch hatte sie seit Wochen nichts geschrieben. Aber diese Polizeibeamten versuchten jetzt, ihr das Verbrechen in die Schuhe zu schieben, und das bedeutete, dass der Filmgruppe die Zeit davonlief.

Ava wandte sich Alex zu, der zitternd im Regen stand. »Ich kann dir das jetzt nicht erklären«, flüsterte sie.

Er schaute einen endlosen Moment lang auf sie herab, die Stirn gerunzelt. »Warum nicht?«, rief er. »Ava, was hast du getan?«

Sie schüttelte den Kopf. »Es ist nicht das, was du denkst. Das ist alles … ziemlich kompliziert.«

Alex hatte eine Hand auf den Griff seiner Fahrertür gelegt und starrte sie mit gequälter Miene an. Avas Vater und Leslie wendeten sich ab und gingen hinter weiteren Beamten wieder ins Haus.

»Alex«, sagte Ava tonlos. »Geh einfach.«

Ohne ein weiteres Wort drehte er sich um und stieg ins Auto. Sie beobachtete, wie sein Auto aus der Auffahrt rollte. Ihr Herz schmerzte. Alex glaubte an sie – er stand auch in dieser schrecklichen Situation auf ihrer Seite. Ein Teil von ihr wünschte, sie könnte ihn anrufen und bitten, bei ihr zu bleiben. Aber das ging nicht. Sie musste sich selbst aus diesem Schlamassel befreien.

Sie zog ihr Handy aus der Tasche und rief Caitlin an.

»Hol die anderen«, flüsterte sie. »Wir müssen bei Granger einbrechen und das Zyankali finden. Wir beenden das. Heute Nacht.«

# Kapitel 30

Eine Stunde später saß Parker auf dem Rücksitz von Caitlins Auto, das sich Grangers Viertel näherte. Caitlin parkte fünf Blocks von seinem Haus entfernt, und alle stiegen leise aus und gingen so unauffällig wie möglich zu seinem kleinen Bungalow. Der Vollmond schien durch violette Wolkenfetzen und malte groteske Schatten auf die Vorstadt-Rasenflächen.

Parker schaute sich nach den anderen um und registrierte ihre verängstigten, aber entschlossenen Mienen. Ihr Kopf schmerzte, aber sie biss die Zähne zusammen. Julie hatte versucht, sie davon abzuhalten, mitzukommen, aber sie hatte darauf bestanden.

Jetzt berührte Julie ihren Arm. »Alles okay?«

»Nicht wirklich«, murmelte Parker.

Sie hatte sich mit Julie getroffen, kurz bevor Caitlin sie abholte, und ihr davon erzählt, was gestern in Elliots Büro vorgefallen war. Julie war entsetzt gewesen und hatte gefragt, warum Parker nicht sofort zu ihr gekommen war. »Ich habe ein bisschen Zeit für mich gebraucht«, hatte Parker gesagt. Und das stimmte.

Jetzt schüttelte Julie den Kopf. »Warum hatte er wohl Bilder von dir?«

»Weil er ein Stalker ist«, sagte Parker achselzuckend. Was war das für ein Mensch, der einer Patientin folgte und nachspionierte? Sie fühlte sich zutiefst verraten. Angegriffen. Sein Verhalten erinnerte sie an ihren Dad, der ihr auch oft nachspioniert hatte. Den ganzen Blödsinn herausgefunden hatte, den sie machte. Und wenn sie nach Hause kam und seine Anschuldigungen abstritt, hatte er ihr die Fotos gezeigt, die er von ihr gemacht hatte – und sie heftig ins Gesicht geschlagen.

Julies Miene wurde hart. »Wir müssen diesen Mistkerl anzeigen. Das darf er nicht machen.«

»Tja, das ist dann wohl unser nächstes Projekt, was? Nach dem da!«

Parker zeigte auf Grangers Haus, vor dem sie jetzt standen. Alle Fenster waren dunkel. Auf der Veranda klimperte ein Windspiel. WILLKOMMEN, FREUNDE stand auf einem Schild an der Tür. Parker schnaubte verächtlich. Nur Omas und Loser hatten solche Schilder.

Mac stemmte die Hände in die Hüften und musterte das Grundstück. »Wie kommen wir rein?«, fragte sie leise. »Ich weiß nicht, ob ich diese Schlösser knacken kann. Und vielleicht hat er eine Alarmanlage.«

»Das ist kein Problem«, antwortete Ava. »Als ich das eine Mal hier war, stand sein Badezimmerfenster offen. Vielleicht ist das immer noch so.«

Das Gatter quietschte leise, als Julie es aufstieß. Grangers Hintergarten war überwuchert und Grashalme kratzten über Parkers Knöchel. Tatsächlich stand eines der Fenster halb offen. Parker konnte von außen den Duschvorhang erkennen.

Caitlin wich ein paar Schritte zurück und maß die Höhe des Fensters mit den Augen ab. »Ich glaube, da komme ich rein, wenn mir jemand hochhilft.«

Julie stellte sich unter das Fenster und beugte sich vor. Caitlin zog ihre Schuhe aus und stieg auf Julies Rücken. Die grunzte leise, hielt aber still, während Caitlin das Fenster weiter hochschob. Dann sprang sie ohne Vorwarnung hoch und schob ihren Oberkörper durch das Fenster. Einen Moment lang baumelten ihre Beine in der Luft. Dann war sie drin.

»Hat sie das beim Fußball oder im Zirkus gelernt?«, murmelte Parker. Einen Moment später öffnete sich die Verandatür.

»Beeilt euch«, flüsterte Caitlin in die Dunkelheit.

Sie schlichen ins Haus und blieben einen Moment lang in Grangers Küche stehen. Das Licht an der Dunstabzugshaube brannte, sodass sie sich gut umblicken konnten. Schmutziges Geschirr lag im Waschbecken und der Herd war mit Krümeln übersät. Am Kühlschrank hingen etliche Lieferservice-Flyer. Definitiv eine Junggesellenbude.

»Beim letzten Mal hatte er einen Karton mit Fotoausrüstung hier rumstehen. Vielleicht war da Zyankali drin. Ich glaube aber, er hat die Box in sein Auto gestellt, also ist sie wahrscheinlich nicht mehr hier.«

»Ich schaue im Schlafzimmer nach«, sagte Caitlin.

»Mackenzie und ich übernehmen das Wohnzimmer«, bot Ava an. »Bleibt nur noch das Arbeitszimmer.«

Parker blickte Julie an. »Also los.«

Julie hatte eine winzige LED-Taschenlampe an ihrem Schlüsselbund und ließ den Strahl über die Wände wandern, als sie durch den engen Flur zum Arbeitszimmer gingen. Auf einem IKEA-Schreibtisch stand Grangers Computer, daneben ein kleiner Rollschrank mit drei Schubladen. An einer Pinnwand hinter dem Schreibtisch hingen Eintrittskarten für Rockkonzerte und Mariners-Spiele, die Hochzeitseinladung eines Paares namens Tony und Mandy, und eine Kopie seines Stundenplans.

Die Straßenlaternen vor dem Fenster gaben gerade so viel Licht ab, dass sie sehen konnten, was sie taten. Julie konnte den Karton, nach dem sie suchten, nirgendwo entdecken, aber es war durchaus möglich, dass Granger die Materialien inzwischen irgendwo eingeräumt hatte. Sie öffnete die oberste Schublade des Rollschranks und begann, in den Papieren zu blättern. Parker beugte sich über den Schreibtisch. Der dicke Aktenordner darauf enthielt nur benotete Hausarbeiten. Darunter aber lag ein Zettel. Parker kniff die Augen zusammen und versuchte die Handschrift zu entziffern.

*Hallo, Mister Granger, ich habe mich gefragt, ob ich ein bisschen Nachhilfeunterricht von Ihnen bekommen kann. Sie wissen schon. Liebe Grüße, Sie wissen schon, wer.*

Der Zettel roch durchdringend nach Coco Mademoiselle. Parker rümpfte die Nase und zerknüllte ihn. Erbärmlich.

Julie zeigte auf den Computer. »Hol dir am besten seine Daten.« Sie zog einen rosaroten USB-Stick aus der Tasche.

»Alles klar«, sagte Parker, ging zum Rechner und steckte den Stick ein. Ihre Finger bewegten sich schnell über die Tasten, und sie erinnerte sich daran, wie Nolan und sie früher die Festplatte seines Vaters umformatiert hatten, um ihm einen Streich zu spielen. Wie ironisch, dass etwas, das Nolan und sie zusammen gemacht hatten, jetzt dabei helfen könnte, seinen Mörder zu fassen.

*Dateien laden*, stand auf dem Bildschirm. Während Parker wartete, untersuchte sie den Rest des Schreibtischs. In der oberen Schublade befanden sich nur Stifte und ein Tacker, aber als sie die zweite Schublade öffnete, schluckte sie einen Aufschrei der Überraschung hinunter. Ganz oben lag ein Umschlag, der fast aus den Nähten platzte. In einer Handschrift, die sie von Grangers Tafelaufschrieben kannte, stand JULIE REDDING darauf.

Sie schaute zu Julie, die ihr immer noch den Rücken zukehrte. Warum hatte er eine Akte über Julie? Da waren ja wohl kaum Hausaufgaben drin, oder? Persönliche Daten? Vielleicht wusste er von den, äh ... Eigenheiten ihrer Mom. Parker betastete den Umschlag, hatte aber Angst davor, hineinzusehen.

Stattdessen steckte sie ihn in ihre Kuriertasche. Julie beschützte Parker seit Jahren. Jetzt war einmal Parker an der Reihe.

Dann sah sie noch etwas. Unter dem Umschlag lag ein Block, der mit Grangers Schrift bedeckt war. Parker nahm ihn, drehte sich zum Fenster und las im Licht der Straßenlaternen den ersten Satz. Sie ließ den Block beinahe fallen.

*Nolan – Zyankali.*

»Julie«, flüsterte sie. Julie riss den Kopf hoch und drehte sich um. Parker gab ihr wild gestikulierend zu verstehen, sie solle über ihre Schulter mitlesen.

*Claire, musikalische Rivalin. Stiefmutter. Parkers Vater.*

»Das Datum«, hauchte Julie. »Es ist vom achten Oktober.«

»Der Tag, an dem wir über *Und dann gab's keines mehr* gesprochen haben«, sagte Parker. Schmerz zuckte durch ihre Stirn. Ihr ganzer Körper zitterte, aber sie versuchte sich zu konzentrieren. Sie musste ihre Sinne beisammenhalten.

Julie las weiter. »Schau mal. Er hat unser gesamtes Gespräch mitgeschrieben. Er hat uns tatsächlich belauscht.«

Parker schluckte mühsam. »Das sollten wir den anderen erzählen.«

Sie rannten ins Wohnzimmer, wo Ava Grangers Post durchwühlte und Mackenzie das Bücherregal untersuchte.

»Mädels!«, zischte Julie.

Beide schauten auf. Einen Moment später kam Caitlin aus dem Schlafzimmer. »Kein Karton, aber ich habe seine private Fotosammlung gefunden.«

»Vergiss das.« Julie hielt den Block hoch. »Er hat alles mitgeschrieben, was wir an jenem Tag im Unterricht gesagt haben.«

Mackenzie stand so schnell auf, dass sie sich den Kopf an einem Regalbrett stieß. Ava hielt sich die Hand vor den Mund. Alle betrachteten die Notizen. Ein leises, gutturales Ächzen entrang sich Macs Kehle.

»Glaubt ihr, das reicht, um uns zu belasten?«, fragte Caitlin. »Das ist doch nur Hörensagen.«

»Schon, aber wer weiß, was er noch gegen uns in der Hand hat«, bemerkte Ava mit großen Augen. »Vielleicht hat er uns an jenem Tag im Unterricht gefilmt.«

»Vielleicht hat er eine Kopie davon auf seinem Rechner«, gab Mac zu bedenken.

»Ich hole gerade all seine Daten von seinem Rechner«, sagte Parker. Dann berührte sie ihre Tasche und dachte an den Umschlag, der darin lag. Was stand da wohl über Julie drin? Warum hatte er den? Ihr wurde kalt und klamm zumute. Der Schmerz in ihrem Kopf pochte rhythmisch, als treibe jemand einen Pflock in ihre Stirn und hämmere ihn mit jedem Herzschlag tiefer in sie hinein, um sie entzweizubrechen.

Julie schaute sie an. »Dauert der Datentransfer noch lange?«

Parker schüttelte den Kopf. »Ich schaue mal nach.« Aber als sie auf dem Weg zurück ins Arbeitszimmer war, hörte sie Schritte auf der Veranda. Jemand räusperte sich. Schlüssel klimperten, dann war das metallische Klicken eines Schlosses zu vernehmen.

Parker erstarrte. Entsetzen schoss durch ihren Körper.

Ava drehte sich zu ihnen um, die dunklen Augen entschlossen aufgerissen. »Versteckt euch!«, hauchte sie.

Parkers Blick begegnete Julies. Julie deutete voller Panik zum Bad … und dem offenen Fenster. »Geh ins Auto«, flüsterte sie. Parker nickte schnell, rannte ins Bad, stieg auf den Fenstersims und hechtete aus dem Fenster. Und in diesem Augenblick öffnete Granger die Haustür.

# Kapitel 31

Ava beobachtete, wie ihre Freundinnen sich hinter Vorhängen verbargen und in Schränke einschlossen. Aber statt es ihnen gleichzutun, blieb sie mitten im Zimmer stehen und strich sich das Haar glatt. Als Granger die Tür öffnete, starrte er sie mit großen Augen an. Er trug seine Joggingklamotten und seine Haut und sein Haar glänzten vor Schweiß.

»Ava?«, fragte er, eher verwirrt als ärgerlich. »Was machst du denn hier?«

Ava hatte in den vergangenen dreißig Sekunden eine Menge nachgedacht, und sie wusste, was sie zu tun hatte. Es war das Einzige, was sie retten konnte. Dasselbe, was sie am Abend von Nolans Tod auch mit ihm gemacht hatte. Sie öffnete nachdenklich den Mund, legte ihren Kopf schief und schaute mit großen Augen zu Granger auf. »Ich wollte Sie überraschen.«

Aus dem Augenwinkel sah sie Mackenzie hinter der Couch liegen. Avas Magen fuhr Achterbahn, aber sie zwang sich, ganz ruhig zu wirken. Wenn Granger herausfand, warum sie wirklich in seinem Haus war, dann konnte alles Mögliche passieren.

Er legte seine Schlüssel auf einen Tisch neben der Tür,

drehte sich um und betrachtete sie. Etwas mischte sich unter die Überraschung auf seinem Gesicht. Ava brauchte einen Moment, bis sie begriff, dass es Lust war. »Damit, dass du in mein Haus einbrichst und hier im Dunkeln stehst?«

Ava schluckte ihre Angst herunter und machte ein paar laszive Schritte auf ihn zu. Sein Blick wanderte zu ihren Hüften, dann wieder zu ihrem Gesicht. »Soll ich gehen?«, murmelte sie. Sie legte ihm eine Hand auf die Brust und zwang sich, nicht das Gesicht zu verziehen. Schon der Gedanke, ihn zu berühren, widerte sie an. Aber sie musste es tun.

»Nein«, sagte Granger schnell. »Auf keinen Fall. Aber … warum hast du deine Meinung geändert?«

Ava setzte ihre unschuldigste Miene auf, machte einen Schmollmund und sagte: »Sie sind mein Lehrer, Mr Granger, und das hier ist falsch. Ich hatte Angst. Aber ich musste immer wieder an Sie denken und konnte nicht wegbleiben. Ich will das viel zu sehr.«

Dann nahm sie sich zusammen und küsste ihn. Er zog sie heftig an sich. Sein Moschusgeruch stieg ihr in die Nase, und er presste seine Lippen auf ihre und drückte sie fest an sich. Ava spürte, wie stark seine Muskeln waren. Es würde ihm nicht schwerfallen, ihr wehzutun, falls er es darauf anlegte.

Dann ließ er sie mit einem seltsamen Grinsen los und ging auf die Couch zu. Ava war sicher, dass er Mackenzie dahinter gesehen hatte. Sie verspannte sich und wusste nicht, ob sie fliehen oder sich auf ihn werfen sollte. Aber er setzte sich nur und musterte sie beifällig.

»Ich weiß nicht, Ava«, sagte er neckend. »Du hast meine Gefühle verletzt. Du musst mir wirklich beweisen, dass du alles wiedergutmachen willst.«

»Ich mache alles, was Sie wollen«, hauchte Ava.

Ein lüsternes Lächeln umspielte Grangers Lippen. »Okay. Fang mit deinem Top an.«

Ava erstarrte. »Wie bitte?« Mr Granger lehnte sich zurück und nickte ihr zu. »Du hast mich gehört. Ich will, dass du dich ausziehst. Langsam.«

Avas Wangen brannten. Sie war nicht sicher, was sie geplant hatte – schließlich improvisierte sie verzweifelt, um ihnen allen Zeit zu verschaffen, irgendwie abzuhauen –, aber das wollte sie nicht tun.

Sie schaute an sich herab. Sie trug immer noch das Hemdblusenkleid, das sie bei ihrem Date mit Alex angehabt hatte. Sie schaute auf und sah, dass Granger, der den Kopf an die Sofalehne gestützt hatte, sie scharf beobachtete. Langsam öffnete sie den obersten Knopf. Und dann den zweiten Knopf.

»So?«, fragte sie leise und hauchig.

Er beugte sich abrupt vor und riss die Augen auf. »Ja«, sagte er heiser. »Genau so.«

Sie dachte daran, dass die anderen Mädchen sie von ihren Verstecken aus sehen konnten, und ihr wurde übel. Das bin ich nicht, hätte sie am liebsten gesagt. Aber sie hatte keine Wahl. Langsam öffnete sie alle Knöpfe ihres Kleides. Sie ließ einen Ärmel über ihre nackte Schulter rutschen. Mr Granger stierte sie voller Lust an, das Dämmerlicht ließ seine Augen glitzern.

Sie warf das Kleid ab, stand in BH und Unterhose vor

ihm und fühlte sich entsetzlich gedemütigt. Er stand auf, kam auf sie zu und legte ihr die Hände auf die Hüften. »Du bist so schön«, murmelte er und beugte sich vor, um sie zu küssen. Sie legte ihm den Finger auf die Lippen.

»Darf ich mir auch etwas wünschen?«, fragte Ava, deren Herz raste. »Ich möchte, dass Sie für mich eine heiße, dampfende Dusche nehmen, bis Sie ganz sauber sind«, sagte sie. »Ich will, dass diese Nacht perfekt wird.«

Ein gieriges Lächeln breitete sich auf Grangers Gesicht aus. »Klar. Willst du mitduschen?«

»Das würde ich gern«, murmelte Ava und klimperte mit den Wimpern. »Aber ich möchte noch etwas ganz Besonderes vorbereiten, solange Sie in der Dusche sind.«

Seine Augen leuchteten auf. Er musterte ihren Körper ein letztes Mal, ließ sie dann los und ging ins Bad. Schaltete das Licht an. Schloss die Tür.

Ava lauschte. Als sie hörte, wie Wasser auf die Fliesen prasselte, zischte sie ihren Freundinnen zu: »Haut ab! Schnell!«

Mackenzie tauchte hinter der Couch auf. »Ava, das war …«

»Bitte nicht«, flehte Ava, zog ihr Kleid an und griff nach ihren Schuhen. »Ich fühle mich ekelhaft.«

»Ich wollte eigentlich fantastisch sagen«, meinte Mac.

Die anderen kamen mit blassen Gesichtern aus ihren Verstecken.

»Du hast uns den Arsch gerettet«, flüsterte Caitlin.

»Gehen wir«, sagte Julie. »Wir haben nicht viel Zeit.«

Ava schüttelte den Kopf. »Ich komme gleich. Ich muss noch etwas erledigen.«

Die Mädchen eilten aus dem Haus. Mackenzie blieb in der Tür stehen, als wolle sie Ava nicht zurücklassen, aber dann drehte sie sich um und folgte den anderen. Ava rannte ins Arbeitszimmer, schnappte sich den USB-Stick und eilte dann durch die Küche auf die hintere Veranda.

Er hat um sechs Uhr morgens im Garten gegraben, hatte Alex gesagt.

Im Garten war es dunkel, aber der Mond leuchtete hinter den Wolken hervor. Es dauerte nur einen Augenblick, bis sie die frisch aufgeworfene Erde in einer Ecke sah.

Ava kniete nieder und begann, mit den Händen in der Erde zu wühlen. Sie war feucht und saftig und klebte an ihrer Haut, aber sie hörte nicht auf. In ungefähr zwanzig Zentimetern Tiefe berührte ihre Hand etwas Hartes, Eckiges. Sie wischte die Erde davon ab und holte es heraus.

Es war ein schlichtes Metallkästchen mit einem Deckel. Mit zitternden Händen klappte sie ihn auf.

Noch ein USB-Stick.

Mit offenem Mund starrte sie darauf. Dann wurde ihr bewusst, wie still es war. Zu still.

Die Dusche lief nicht mehr.

Ava schob beide Sticks in ihre Tasche und rannte in ihrem halb zugeknöpften Kleid über Mr Grangers Rasen. Ihr BH war bei jedem Schritt zu sehen und der Saum schlug um und gab den Blick auf ihre Unterwäsche frei. Ihre nackten Füße versanken im feuchten Gras. Caitlins Scheinwerfer leuchteten vor ihr auf, die Tür wurde aufgestoßen, und die Mädchen zogen sie ins Auto.

»Fahr los!«, schrie Ava und knallte die Tür zu.

Erst als die Mädchen die Straße entlangschossen, blickte Ava aus dem Rückfenster und sah jemanden auf der Straße stehen und ihnen nachstarren. Zuerst dachte sie, es sei Granger und er sei ihnen auf die Schliche gekommen. Aber dann stockte ihr der Atem. Es war gar nicht Granger.

Es war Alex.

# Kapitel 32

Caitlin raste durch die Nacht und schrammte über den Bordstein, als sie eine scharfe Rechtskurve nahm. Niemand schien ihnen zu folgen. Sie konnte Avas aschfahles, mit Erde beschmiertes Gesicht im Rückspiegel sehen. Sie sah aus, als müsse sie sich gleich übergeben.

Caitlin fuhr auf eine Hauptstraße und trat das Gaspedal durch. »Fahr langsamer«, sagte Julie mit erstickter Stimme. »Es wäre nicht so toll, wenn uns jetzt die Bullen anhalten würden.«

Caitlin ging vom Gas, umklammerte aber immer noch mit weißen Knöcheln das Lenkrad. *Sie waren gerade bei jemandem eingebrochen.* Sie hatten zugesehen, wie *ihr Lehrer beinahe Sex mit Ava gehabt hätte.* So wie sie sich in ihrem Versteck in der Küche gefühlt hatte, wollte sie sich nie wieder fühlen.

Als sie zwei Ampeln hinter sich gebracht hatten, schaute sich Ava vorsichtig um und hielt dann etwas in die Höhe. Es glänzte im Schein der Straßenlaterne, an der das Auto gerade vorbeifuhr. »Ich habe das in seinem Garten ausgegraben.«

»Was ist das?« Mackenzie kniff die Augen zusammen.

»Noch ein USB-Stick«, antwortete Ava.

»Gib her.« Julie griff danach. Dann holte sie ihren Laptop aus ihrem Rucksack. Sie schaltete ihn ein und er fuhr surrend hoch.

»Hast du ausgegraben gesagt?«, fragte Caitlin.

»Genau«, sagte Ava. »Alex hat gesehen, wie er etwas vergraben hat.« Ihre Miene verdüsterte sich, als sie Alex' Namen aussprach. »Ich habe eine Metallschachtel gefunden und das war drin.«

»Was, glaubst du, ist da drauf?«, fragte Caitlin. »Noch mehr Fotos von Mädchen?«

»Etwas, das schlimm genug ist, um es zu vergraben«, sagte Ava. Sie kniff die Augen zusammen. »Ich bin sicher, er hat inzwischen kapiert, dass ich ihn reingelegt habe. Vielleicht weiß er sogar schon, dass das Laufwerk weg ist. Wenn wir ihn nicht bald anzeigen, wird er uns verfolgen.«

»Mädels.«

Sie alle schauten Julie an. Ihr Gesicht war vom Schein des Computers hell erleuchtet. »Das ist nicht Grangers Laufwerk.« Sie schaute auf, die Augen voller Entsetzen. »Es gehört Nolan.«

Alle keuchten auf. Caitlin schloss den Mund. Ihr ganzer Körper kribbelte. Sie fuhr auf den leeren Parkplatz vor einem verwahrlosten Ziegelgebäude, in dem sich ein Geschäft für Klempnerbedarf befand. Auf der anderen Straßenseite warfen die hellen Lichter eines 7-Eleven ein unheimliches Licht auf den Gehweg.

»Aber das ist doch gut, oder?«, brach Caitlin das Schweigen. Sie drehte sich um und schaute Julie an. »Ich meine, warum sollte Granger das in seinem Garten vergraben? Dass er das Ding hatte, wird ihn belasten.«

»Das würde es, wenn wir es im Garten gelassen hätten.« Julie öffnete Verzeichnisse und starrte auf den Bildschirm. »Jetzt haben wir es.« Sie fuhr über das Trackpad. Seine Mails sind hier drauf. Die letzten Nachrichten sind von seinem Todestag.«

Sie drehte den Bildschirm so, dass auch Caitlin und Mackenzie etwas sehen konnten. Caitlin schaute zu, wie sie den Ordner »Gesendet« öffnete. Sie beugte sich vor, um besser lesen zu können. Dann riss sie die Augen auf. Es gab Dutzende Mails an Lucas Granger.

Julie öffnete die erste. Der Betreff lautete *Extrapunkte.*

*Hallo Mr G., ich glaube, Sie haben meinen Aufsatz über Jean Cocteau falsch benotet. Ich bin sicher, das hätte eine Eins sein müssen.*

Julie klickte auf den Anhang. Es war ein Foto von Mr Granger, der sich zu Justine Williams beugte. Ava keuchte.

Dann öffnete Julie eine Mail mit dem Betreff *Ausflug.* Caitlin las mit zusammengekniffenen Augen.

*Sie sind lustig, Mr G. Leider kann ich Ihnen die Originale erst zur Verfügung stellen, wenn wir den vereinbarten Betrag verdoppeln. Mein Auto wurde schon wieder zerkratzt. Reparaturen sind teuer, wissen Sie?*

»Als ob Nolan das Geld eines Lehrers gebraucht hätte«, murmelte Mackenzie. »Der Typ war stinkreich.«

»Nicht allzu viel Mitleid mit Mr Granger, okay?«, blaffte Julie.

Caitlins Herz hämmerte. Sie griff nach dem Handy in ihrer Tasche. »Ich rufe Detective Peters an. Das ist der Beweis dafür, dass Nolan Granger erpresst hat.«

»Habe ich euch doch gesagt«, murmelte Ava.

»Mach es.«

Mit zitternden Fingern wählte Caitlin die Nummer des Polizeireviers. Es klingelte sechsmal, bevor jemand abnahm. »Ich muss mit Detective Peters sprechen«, sagte sie, nachdem der Beamte seinen Namen genannt hatte. »Bitte«, fügte sie hinzu.

Der Beamte schnaubte. »Peters hat Feierabend. Möchten Sie eine Nachricht hinterlassen?«

Sie blinzelte. Seit wann hatten Kriminalbeamte Feierabend? Mussten sie nicht wie Ärzte immer erreichbar sein? »Ist sein Kollege da? Detective Mc… McGillicutty?«

»Miss, es ist Mitternacht, falls Ihnen das nicht aufgefallen ist.«

»Ja, aber es ist wirklich wichtig. Es geht um den Mord an Nolan Hotchkiss. Ich … habe etwas gefunden. Soll ich es bei Ihnen abgeben?«

Der Beamte schien nachzudenken. Dann sagte er: »Da müssen Sie wirklich mit Peters sprechen. Ich sage ihm Bescheid. Wie ist Ihr Name?«

Caitlin erstarrte. Irgendwie kam es ihr nicht sehr schlau vor, ihm ihren Namen zu nennen, aber sie tat es trotzdem. Der Beamte wiederholte ihn und sagte dann, Peters würde sich morgen Mittag mit ihr treffen. Dann legte er auf.

Caitlin drehte sich fassungslos zu den anderen um.

»Und?«, fragte Mac. »Fahren wir aufs Revier?«

Sie schüttelte den Kopf und erklärte, was passiert war. Julie ließ den Kopf hängen.

»Und was machen wir so lange?«, fragte Mackenzie.

Alle schwiegen nachdenklich. Dann ließ Caitlin das

Auto wieder an. »Wir tun das, was wir tun müssen«, sagte sie. »Wir stehen die Nacht durch ... und morgen verpfeifen wir diesen Mistkerl.«

Sie ließ die Mädchen auf dem Parkplatz raus, auf dem sie ihre Autos gelassen hatten. Sie verabredeten, sich am nächsten Morgen auf der Polizeiwache zu treffen. Dann fuhr Caitlin mit schwirrendem Kopf weiter. Obwohl sie wusste, dass sie nach Hause gehen und schlafen sollte, war sie dafür viel zu aufgedreht. Sie musste mit jemandem reden.

Und plötzlich wusste sie auch, wer dieser Jemand war.

Zehn Minuten später hielt sie vor dem Haus der Fridays. Die meisten Fenster waren dunkel, aber im Keller brannte noch Licht. Mit klopfendem Herzen glitt Caitlin aus dem Wagen. Zum Glück stand Joshs Auto nicht in der Einfahrt. Er hatte sie vorher per SMS gefragt, ob sie mit ihm und seinen Kumpeln ihren Sieg beim großen Spiel am Donnerstag feiern wollte – woran sie überhaupt nicht mehr gedacht hatte. Aber es schien ihm nichts auszumachen, als sie ablehnte. Außerdem wollte sie heute Nacht nicht Josh sehen, sondern Jeremy.

Caitlin schlich sich auf die Rückseite des Hauses zu den Kellerfenstern und schaute hinein. Ihr Herz hob sich. Jeremy saß auf der Couch, schaute sich Zeichentrickfilme an und sah unglaublich niedlich aus.

Sie klopfte ans Fenster. Er riss augenblicklich den Kopf hoch, und als er sie erkannte, leuchtete sein Gesicht auf.

Er sprang auf und schloss ihr die Kellertür auf. »Was machst du denn hier?«, fragte er verwundert. Seine Wangen waren gerötet.

»Ich … ich wollte dich sehen«, sagte Caitlin plötzlich verlegen.

»Ich dachte, du wärest mit Josh unterwegs«, sagte Jeremy. Dann musterte er sie aufmerksam. »Du wirkst … durcheinander. Ist alles okay?«

Caitlin wich seinem Blick auf. Natürlich war nicht alles okay, aber sie hatte nicht vor, ihn in den Granger-Albtraum mit hineinzuziehen. »Ich habe nur ein paar schräge Tage hinter mir.«

Jeremy legte den Kopf schief. »Ich dachte, du bist im siebten Himmel. Weil ihr das Spiel gewonnen habt.«

Caitlin schloss die Augen. Sie sollte wirklich im siebten Himmel schweben, denn sie hatte in dem Spiel drei Tore gemacht. Die Talentsucherin der U-Dub hatte nach dem Spiel persönlich mit ihr gesprochen und ihr einen Platz in der Universitätsmannschaft zugesichert. Ihre Mannschaftskameradinnen und ihre Moms hatten sie umringt und sie hochleben lassen. Sie wollte sich glücklich und siegreich fühlen, wie früher, wenn ihre Mannschaft einen Sieg errang. Aber sie hatte das Gefühl, dass in dem Teil von ihr, der Fußball liebte, ein großes Loch klaffte. Es konnte aber auch sein, dass all die anderen Dinge, über die sie sich Sorgen machte und über die sie nachdachte, für ein anhaltendes Triumphgefühl einfach keinen Raum mehr ließen.

»Es gibt im Leben Wichtigeres als Fußball«, sagte sie schlicht und schaute Jeremy an.

»Kapiert«, nickte Jeremy. Sein Adamsapfel hüpfte, als er schluckte. »Äh, willst du reinkommen?«

»Ja«, sagte Caitlin. Ihr Mut überraschte sie selbst. Und

sie war noch überraschter, als sie Jeremys Hand nahm und sich von ihm in den Keller führen ließ. Hier roch es nach Popcorn, und Scruffy, der Hund der Familie, lag in der Ecke in seinem Körbchen. Als er Caitlin sah, wedelte er mit dem Schwanz und ließ den Kopf dann wieder sinken.

»Hi, Scruffs«, sagte sie.

Caitlin und Jeremy setzten sich nebeneinander auf die Couch, wobei ihre Knie sich berührten. Jeremy schaltete den Ton aus und schaute ihr tief in die Augen.

»Ich habe dich vermisst«, sagte Caitlin.

»Ich muss dauernd an dich denken«, sagte Jeremy im selben Augenblick.

Beide lachten verlegen. Dann streckte Caitlin die Hand aus und berührte seine glatte Wange. Jeremy begann zu zittern. Er schaute ihr in die Augen und beugte sich vor. Als sich ihre Lippen berührten, kribbelte Caitlins Wirbelsäule. Oh, wie sehr sie das wollte. Wie sehr sie das brauchte. All ihre negativen Gefühle waren wie weggeblasen.

Sie wusste nicht, wie lange sie sich im flackernden Licht des Fernsehers küssten. Irgendwann löste sich Jeremy atemlos von ihr und nahm ihre Hände.

»Caitlin«, sagte er leise. »Ich möchte mit dir zusammen sein.«

Sie presste die Lippen zusammen. »Ich weiß.«

Er holte tief Luft. »Aber ich verstehe, dass das … kompliziert ist.«

Caitlin biss sich auf die Lippe. Es war klar, was er meinte. Sie fand es auch seltsam – sie saß hier in Joshs

Keller auf einer Couch, auf der sie schon tausendmal mit Josh geknutscht hatte. Es war alles so vertraut und doch völlig neu.

»Ich meine, du bist immer noch mit Josh zusammen«, sagte Jeremy vorsichtig. »Aber du möchtest das nicht mehr, oder?«

Caitlin räusperte sich. »Nein«, gestand sie. »Ich glaube nicht.«

Jeremys Augen glänzten. »Bist du bereit dafür, mit mir zusammen zu sein? Ganz offiziell? Keine heimlichen Schäferstündchen unter Tribünen oder in meinem Keller. Ich bin nämlich bereit dafür.«

Es war eine ganz simple Frage, aber Caitlin musste nachdenken. Sie dachte daran, was passieren würde, wenn sie mit Josh Schluss machte. Was ihre Mannschaft denken würde. Auf welche Partys sie wahrscheinlich nicht mehr eingeladen würde. Wie blöd das nächste Jahr an der U-Dub werden würde.

Aber das würde sie überstehen. Sorgen machten ihr nur ihre beiden Familien. Ihre Eltern und Joshs Eltern fanden es supertoll, dass sie zusammen waren. Würden ihre Moms von ihr enttäuscht sein?

Dann beugte sich Jeremy vor und küsste sie noch einmal, und plötzlich lösten sich Caitlins Zweifel in Luft auf. Sie strich mit der Hand zart über seinen muskulösen Bauch und atmete seinen Duft ein.

»Ja«, flüsterte sie. »Jeremy, ja. Ich bin bereit dafür.«

Seine Lippen wanderten sanft über ihren Hals und ihren Kiefer, und sie legte den Kopf in den Nacken. In diesem Moment sah sie Licht unter der Tür, die nach oben führte. Und die Gestalt, die im Türrahmen stand und sie anstarrte.

Caitlin wich zurück, als Josh die Treppe herunterkam, aber es war zu spät. Er schaute Caitlin durchdringend an und dann seinen Bruder. Er verzog den Mund, rümpfte die Nase und ballte die Hände zu Fäusten.

»Josh«, sagte Caitlin besorgt. Sie hatte Angst, er würde seinen Bruder schlagen. »Es ist nicht seine Schuld.«

Josh starrte sie wieder an. »Es ist also deine?« Seine Nasenlöcher blähten sich. »Er ist schon seit Jahren in dich verknallt, Caitlin. Ich hätte bloß nie gedacht, dass du darauf reinfällst.«

Dann öffnete sich die Kellertür noch einmal. Caitlin drehte sich um. Joshs und Jeremys Eltern kamen die Treppe herunter. Beide trugen Bademäntel und dicke Socken.

»Was ist denn hier los?«, fragte Mr Friday verschlafen. Dann bemerkte er Caitlin. »Caitlin?« Seine Stimme wurde streng. »Ich wusste gar nicht, dass du hier bist.«

»Oh, Caitlin wollte ein bisschen Zeit mit Jeremy verbringen«, sagte Josh sarkastisch. »Stimmt's, Caitlin?«

Alle starrten sie an. Alle möglichen Worte steckten in Caitlins Kehle, aber sie brachte kein einziges heraus. Sie spürte, dass Jeremy neben ihr darauf wartete, dass sie die Wahrheit sagte. Dass sie sagte: Das stimmt. Ich habe mich für Jeremy entschieden.

Aber obwohl es stimmte, brachte sie die Worte nicht über die Lippen.

Stattdessen sprang sie auf und eilte zur Kellertür. »Äh, ich muss gehen«, sagte sie und drehte am Türknauf. »Es tut mir leid.«

Der Knauf drehte sich und sie stürzte aus der Tür in die Garage. Bevor sie die Kellertür schloss, warf sie noch einen letzten Blick hinein. Josh stand die Wut ins Gesicht geschrieben. Mr und Mrs Friday wirkten müde und verwirrt. Und dann war da noch Jeremy. Sein Mund stand offen und seine Augen waren glasig. Er sah aus, als hätte Caitlin ihn gerade geohrfeigt.

Doch sie war nur imstande, den Knopf zu drücken, der das Garagentor öffnete. Der Motor begann zu surren, und sie wartete nicht einmal, bis es ganz offen war, bevor sie nach draußen stürzte. Niemand folgte ihr, als sie zu ihrem Auto sprintete. Vielleicht weil niemand wusste, was gerade geschehen war.

Oder vielleicht, weil alle es wussten.

# Kapitel 33

Es war bereits sehr spät, als Parker und Julie sich in Jaime's Big Bite, dem einzigen rund um die Uhr geöffneten Restaurant in Kirkland, einer zwanzig Fahrminuten von Beacon Heights entfernten Stadt, trafen. An den mit Holz getäfelten Wänden, die aus den frühen 1980er-Jahren stammten, hingen verblichene Fotos von Frühstücksgerichten. Legenden zufolge saugte eine Portion von Jaimes Hühnchen mit Waffel und Ahorn-Speck wie durch Magie allen Alkohol aus dem Blut und war die beste Vorbeugung gegen einen Kater. Früher, als die Welt noch in Ordnung war, hatten Parker und Julie oft auf dem Heimweg von Partys hier gehalten. Parker high oder betrunken, Julie meistens nüchtern, weil sie fahren musste. Sie teilten sich eine Riesenportion Pommes und kicherten über all die verrückten Dinge, die an dem Abend passiert waren. Als sich Parker im Restaurant umsah, sah sie mehrere Versionen ihres jüngeren Selbst genau dasselbe tun. Mädchen mit wirrem Haar und verschmiertem Make-up, die betrunken über dumme Witze lachten. Sie spürte ein vertrautes Ziehen in ihrem Bauch, als sie daran dachte, wie ihr Leben ausgesehen hätte, wenn nicht …

Eine Kellnerin platzierte sie unter einem French-Toast-

Porträt und Julie bestellte eine Portion Chili-Fritten für beide. Parker und Julie saßen auf derselben Seite des Tisches, eine Gewohnheit, die sie schon früh eingeführt hatten, als Parodie auf die verliebten Highschool-Pärchen, die selbst beim Essen Händchen halten mussten. Aber heute Nacht hielten auch sie sich an den Händen. Parker wusste nicht, ob es Julie genauso ging, aber ihr half es dabei, das heftige Zittern ihrer Hände zu unterdrücken.

»Danke, dass du mich da rausgebracht hast«, murmelte Parker, als die Kellnerin ihre Fritten nur Sekunden nach ihrer Bestellung vor sie stellte.

»Ist doch klar«, sagte Julie und griff nach dem Ketchup. »Ich hätte nicht riskiert, dass du erwischt wirst. Ich glaube, das hättest du nicht gut verkraftet.«

Parker nickte. »Da hast du sicher recht.«

Sie aßen schweigend. Parkers Hände zitterten immer noch, als sie eine mit Käse und Chilipulver bedeckte Pommes durch den Ketchup zog. Es kam ihr vor, als habe sie seit Tagen nichts gegessen. Seit einiger Zeit hatte sie vor lauter Sorge keinen Appetit mehr. Aber vielleicht war morgen ja dieser Albtraum vorbei.

Sie schaute auf, als ihr ein Gedanke kam. »Lass uns nächstes Jahr so weit wie möglich von diesem Loch hier wegfahren«, platzte sie heraus.

Julie blinzelte und nahm sich noch eine Pommes. »Wo willst du denn hin?«

»Dein Spanisch ist gut«, sagte Parker achselzuckend. »Lass uns nach Mexiko gehen. Cabo, Cozumel oder Cancún. Irgendwo an den Strand. Dort ist das Leben nicht teuer.«

»Und was ist mit der Uni?«

Parker schnaubte. »Mit meinen Noten nimmt mich keine Uni. Und außerdem würde meine Mom nie dafür bezahlen.«

Julie schaute auf ihren Teller. »Ja, ich weiß auch nicht, wie ich mein Studium finanzieren soll. Deshalb hänge ich wahrscheinlich hier fest – die U-Dub ist zwar auch nicht gerade billig, aber wenn ich nebenher arbeite, schaffe ich das schon.« Als sie Parkers Gesicht sah, runzelte sie die Stirn. »Moment. Hast du das ernst gemeint?«

»Ja«, sagte Parker trotzig.

Sie schauten sich lange an und Parker spürte einen stechenden Schmerz im Kopf. Plötzlich wurde ihr bewusst, dass Julie und sie vielleicht schon bald nicht mehr zusammen sein würden. Sie war immer davon ausgegangen, dass sie und Julie gemeinsam irgendwohin gehen würden. Falls Julie beschloss, in Seattle zu bleiben, was sollte sie dann tun? Sie musste hier weg. Dieser Ort war mit zu vielen schlechten Erinnerungen behaftet.

Plötzlich schaute Julie auf etwas rechts hinter Parker. Sie wurde blass. »Oh mein Gott«, sagte sie.

»Was ist?«, sagte Parker, schaute von ihren Pommes auf und folgte ihrem Blick. Und auch sie wurde blass. Elliot Fielder stand am Takeaway-Tresen und reichte dem Kassierer gerade seine Kreditkarte. Dann nahm er eine Styroporschachtel entgegen und wollte gehen.

Doch als seine und Parkers Augen sich trafen, erstarrte er. Ihr Herz begann zu hämmern, und sie spürte, wie sie in sich zusammensank. Zu ihrem Entsetzen sah sie, dass Elliot auf sie zukam.

»Bleib ruhig«, flüsterte Julie und griff nach ihrer Hand. »Ich bin ja bei dir.«

Ein seltsamer Ausdruck lag auf Elliots Gesicht. Parker wäre am liebsten aufgesprungen und weggerannt, aber sie fühlte sich festgenagelt wie ein Insekt auf einer Schautafel.

Julie richtete sich auf, als er bei ihrem Tisch stehen blieb. »Was machen Sie hier?«, fragte sie laut. »Sind Sie uns gefolgt?«

Elliot schaute sie gar nicht an, sondern achtete nur auf Parker. Plötzlich lächelte er merkwürdig. »Ihr seid zusammen unterwegs.«

»Äh, ja«, sagte Julie trotzig. »Aber ich habe Sie etwas gefragt. Sind Sie uns gefolgt?«

»Nein.« Er hob seine Schachtel. »Ich habe mir nur einen Burger geholt. Versprochen. Ich folge euch nicht.«

»Gut. Dann gehen Sie jetzt bitte.« Julie wedelte mit der Hand.

Aber Elliot schaute sie immer noch nicht an. Sein Blick bohrte sich in Parker, als warte er darauf, dass sie etwas sagte. Parker starrte auf den Tisch. Sein Anblick erfüllte sie mit einem hohlen, qualvollen Gefühl von Verzweiflung. Vor Kurzem hatte er ihr das Gefühl gegeben, dass doch noch Hoffnung für sie bestand – dass sie irgendwann mit der richtigen Hilfe und durch harte Arbeit ihren Frieden finden würde. Das machte seinen Verrat noch viel schlimmer.

Julie schüttelte mit großen Augen den Kopf. »Ich lasse nicht zu, dass Sie Parker weiter verfolgen. Hören Sie damit auf.«

Elliots dunkle Augen wirkten unergründlich. »Ich verfolge niemanden«, sagte er ruhig.

»Ach ja?«, fragte Julie laut. Eine Kellnerin schaute sie fragend an. »Warum waren dann all diese Fotos auf Ihrem Computer?«

»Parker hätte die nicht sehen dürfen«, sagte Elliot. »Hört zu. Ich wollte nur mehr über Parkers Zustand herausfinden. Ich glaube, ich kann ihr helfen. Ich kann vielleicht sogar dir helfen, Julie. Wenn ich einer von euch helfen kann, dann kann ich auch euch beiden helfen.«

Julie schnaubte verächtlich. »Ich glaube nicht, dass ich Ihre Hilfe brauche. Aber danke.«

Parker spürte wieder seinen Blick auf ihr. »Parker, es tut mir leid, dass ich dir nicht gesagt habe, dass ich dich beobachte. Aber ich habe es aus gutem Grund getan.« Er griff in seine Tasche und holte eine Visitenkarte heraus. »Ich habe gerade ein Forschungsstipendium bekommen und ziehe nach Arizona, aber falls du jemals mit mir sprechen willst, bin ich für dich da.« Seine Stimme wurde drängend. »Bitte gib mir eine Chance. Du kannst mir vertrauen.«

Seine Worte hingen noch lange in der Luft, und Parker spürte, dass sowohl Elliot als auch Julie darauf warteten, dass sie endlich sprach. Sie holte tief Luft, schaute auf und begegnete Elliots Blick.

»Wissen Sie, wem ich immer wieder Chancen gegeben habe?«, flüsterte sie. »Meinem Dad. Ich habe meine Lektion gelernt.«

Elliot wurde rot. Er machte einen Schritt auf sie zu, aber Julie stand auf und stellte sich mit blitzenden Augen zwischen sie. Als sie sprach, klang ihre Stimme leise und gefasst, aber ihre Wut war nicht zu überhören.

»Arizona oder nicht, wenn wir Sie noch einmal dabei erwischen, wie Sie Parker verfolgen, dann zeigen wir Sie bei der Ärztekammer an und sagen, Sie hätten sie verführt. Dann verlieren Sie alles.«

Die Miene des Therapeuten veränderte sich, die neutrale Maske verrutschte und machte einem kalten, arroganten Grinsen Platz. Er hob eine Augenbraue und sah Julie zum ersten Mal, seit er an ihrem Tisch stand, direkt an. »Selbst wenn es wahr wäre, würde ihr das niemand glauben.«

»Dann sage ich eben, Sie hätten mich verführt.«

Elliot und Julie starrten sich eine Ewigkeit lang an. Dann lächelte Elliot langsam. »Okay. Du hast gewonnen. Ich werde euch nie wieder kontaktieren.«

Er machte ein paar Schritte in Richtung Tür, drehte sich dann noch einmal um und lächelte sie an, diesmal beinahe gütig. »Wisst ihr, ich bin froh, dass ihr Mädchen einander habt«, sagte er. »Ihr helft euch gegenseitig dabei, zu überleben.« Dann winkte er ihnen zum Abschied zu und ging durch die Tür. Die Glöckchen klingelten noch lange, nachdem er verschwunden war.

Parker starrte auf die kalten Pommes, die unter einer Decke aus geronnenem Käse lagen. »Wow«, murmelte sie. »Das war schräg.« Dann ergriff sie Julies Hand. »Danke. Für, du weißt schon. Für alles.«

»Kein Thema«, sagte Julie leise und drückte Parker fest an sich.

»Gott sei Dank zieht er weg.«

Die Begegnung hatte Parker erschöpft zurückgelassen. Aber in einem hatte Elliot völlig recht. Sie brauchte Julie. Allein der Gedanke, sie nach allem, was sie gemeinsam durchgemacht hatten, zu verlassen, ließ Panik in ihr aufsteigen. Julie war der einzige Mensch, der sie noch liebte. Der einzige Mensch, der sie kannte, wusste, was sie durchgemacht hatte, und sie trotzdem noch liebte.

Sie schaute auf und merkte, dass Julie sie ansah. Und wie so oft hatte Parker das Gefühl, dass Julie genau dasselbe dachte wie sie.

»Ich will nicht weg von dir«, flüsterte Julie.

»Ich weiß«, sagte Parker. »Wenn du hier zur Uni gehen willst, dann bleibe ich auch hier.«

»Abgemacht«, sagte Julie. Dann grinste sie. »Aber wir müssen uns unbedingt eine Wohnung suchen. Diese Katzen machen mich wahnsinnig.«

»Wir suchen uns was auf dem Capitol Hill«, sagte Parker träumerisch. »Und richten es selbst ein.«

»Ich kann im Universitäts-Schwimmbad arbeiten und du im Buchladen. Dort kannst du dich über den Geschmack deiner Kunden lustig machen«, schwärmte Julie.

»Und dort kann uns niemand etwas tun. Wir werden alleine wunderbar zurechtkommen.«

Julie nahm Parkers Hand und drückte sie. »Dieser ganze Nolan-Mist wird für immer hinter uns liegen.«

Parker lächelte. Auf einmal glaubte sie von ganzem Herzen an diese Zukunft. Zur Hölle mit Elliot Fielder und seinen bescheuerten Versuchen, ihr zu helfen. Sie war bei Julie, und das war alles, was zählte.

# Kapitel 34

Nach einer schlaflosen Nacht setzte sich Mackenzie im Bett auf und rieb sich die Augen. Obwohl es noch früh war, hörte sie, wie unten gefrühstückt wurde. Sie schluckte mühsam, schlüpfte in ihre Hausschuhe und stapfte in die Küche. Ihre Eltern standen im Bademantel am Tresen. Auch Sierra war da und trank Kakao aus einer Tasse, auf die ein Violinschlüssel gedruckt war.

»Ihr seid aber früh wach«, sagte Mackenzie müde.

Ihre Mutter sprang von ihrem Hocker, eilte zu ihr und drückte sie an sich. »Na ja, wir wollten eigentlich gestern Abend auf dich warten, aber du bist zu spät nach Hause gekommen.«

Mac runzelte die Stirn. Ihre Mom hatte ihr eine SMS geschrieben und sie gefragt, wo sie sei. Sie hatte gelogen und gesagt, sie wäre bei ihrer neuen Freundin Julie Redding und käme bald nach Hause. War sie in Schwierigkeiten? Ihr Herz begann zu rasen. Wussten sie etwa, dass sie bei Mr Granger eingebrochen waren?

Aber dann schaute sie sich ihren Vater genauer an. Er strahlte übers ganze Gesicht und sogar Sierra wirkte aufgeregt. Mac setzte sich auf einen Barhocker. »Was ist los?«

»Du hast eine Nachricht auf dem Anrufbeantworter«, sagte Mrs Wright aufgeregt. »Du bist drin!«

Mac blinzelte. »Wo drin?«

»In der Juillard!« Mrs Wright hechtete zu der Feststation des schnurlosen Telefons. »Meine Freundin Darlene hat angerufen! Sie kriegt alles mit, was bei den Vorspielen passiert, und ...«

Sie drückte auf Play. Nach dem Piepton dröhnte eine Frauenstimme durch den Raum. »Hi, Elise, hier ist Darlene! Hör zu, es ist noch nicht offiziell, aber die Jury war begeistert von Mackenzies Performance«, sagte sie aufgeregt. »Ihr könnt nächste Woche mit einem Brief rechnen! Sag deinem Mädchen herzliche Glückwünsche von mir! Sie folgt dir nach und studiert an der Juillard!«

Mac schrie auf. Sie hatte es geschafft. Sie war drin. Es machte ihr nicht einmal etwas aus, dass ihre Eltern es vor ihr erfahren hatten. Das waren die besten Neuigkeiten, die sie jemals bekommen hatte.

Ihre kleine Schwester kam zu ihr und umarmte sie. »Und die andere Neuigkeit wirst du auf keinen Fall glauben«, sagte sie aufgeregt. »Sag es ihr, Mom.« Mrs Wright strahlte. »Gestern Abend hat mich Mrs Coldwell angerufen. Sie haben auch Insider-Informationen bekommen, und es sieht so aus, als wäre Claire auch drin!«

Mackenzie erstarrte. Sie hörte ein schrilles Summen in ihren Ohren. »Moment. Was?«

»Ich weiß!« Ihre Mutter schüttelte beeindruckt den Kopf. »Wer hätte das gedacht? Ihr seid beide drin. Ist das nicht aufregend? Ihr könnt zusammen wohnen!«

Mackenzie hatte einen sauren Geschmack im Mund.

Alle Aufregung, die sie gerade noch verspürt hatte, verzerrte sich in ihr und veränderte so lange die Form, bis sie nicht mehr wusste, was sie eigentlich genau empfand. Wut, Enttäuschung, Abscheu und Angst verdarben ihr das kurze Triumphgefühl. Sie hatte doch nur Claire ein für allemal schlagen wollen.

Und jetzt hatte sie sie noch vier weitere Jahre lang am Hals.

»Das muss gefeiert werden!« Ihre Mutter eilte zum Kühlschrank und holte einen Schokoladenkuchen heraus, der mit dunklen Noten auf zarter weißer Glasur dekoriert war. Ihr Vater goss Milch in Weingläser. Nur Sierra saß mit wissender Miene am Tisch und beobachtete Mackenzie. Sie schien schon immer geahnt zu haben, was Mackenzie wirklich für ihre »beste Freundin« empfand.

»Na? Hat es dir die Sprache verschlagen?«, fragte ihre Mutter und reichte ihr einen Teller.

»Ja, Juillard-Mädchen, wie fühlst du dich?«, fragte ihr Dad.

Sierra hob ihr Glas. »Rede! Rede!«

Mackenzie starrte ihre Familie an, den Kuchenteller in der Hand. Der Duft warf sie in die Erinnerung an den Abend im Cupcake Kingdom zurück, als sie und Blake sich geküsst hatten. Tränen brannten in ihren Augen, aber sie blinzelte sie schnell weg.

»Ich war noch nie so glücklich«, sagte sie.

*Und gleichzeitig so unglücklich.*

# Kapitel 35

An diesem Morgen zog Julie sorgfältig ein dunkelblaues Kleid an und betrachtete sich in ihrem Ganzkörperspiegel. Hinter ihr kicherte Parker. »Das willst du auf dem Polizeirevier anziehen? Du siehst aus wie die Kids in Harry Potter.«

Julie runzelte die Stirn. Eigentlich hatte sie seriös und erwachsen wirken wollen, aber je länger sie darüber nachdachte, desto mehr erinnerte das dunkelblaue Kleid auch sie ein bisschen zu sehr an Hogwarts. Sie zog es aus und schlüpfte stattdessen in eine graue Strickjacke und dunkelblaue Jeans.

»Willst du wirklich nicht mitkommen?«, fragte sie Parker, als sie ihre Kunstperlenohrstecker befestigte. »Es wird vielleicht … ich weiß auch nicht … befriedigend.«

»Nein, danke.« Parker schüttelte entschlossen den Kopf. »Solange Elliot dort draußen herumschleicht, will ich im Haus bleiben. Außerdem braucht ihr mich doch nicht, um den Bullen Nolans USB-Stick zu geben, oder?«

»Da hast du recht«, sagte Julie und lockerte nervös ihre Hände. Sie wollte die Sache endlich hinter sich bringen. Sie konnte es kaum erwarten, Granger hinter Gittern zu sehen, damit alles wieder so war wie früher.

Während sie sich ein Paar Ballerinas aussuchte, bemerkte sie, dass sie eine neue E-Mail bekommen hatte. Sie klickte darauf. Vielleicht wollte jemand mit ihr mitfahren. Aber dann sah sie den Namen … und den Betreff. Ihr Herz blieb stehen.

Von: Ashley Ferguson
An: Ashley Ferguson
Cc: Julie Redding
Betreff: Julie Reddings schmutziges Geheimnis

Die E-Mail enthielt keinen Text, nur den Link zu dem Artikel darüber, wie Julie und ihre Mom aus ihrem alten Haus in Oakland vertrieben worden waren. Dem Artikel, den Parker eigentlich gelöscht hatte.

Irgendwie hatte Ashley ihn gefunden.

Julie beugte sich vor und umklammerte ihren Schreibtisch. Sie zählte konzentriert. *Eins, zwei …* Ashley hatte auch Blindkopien verschickt. An wen? *Drei, vier …* die gesamte Schule? *Fünf, sechs, sieben …* Oder nur an Julie selbst, um sie daran zu erinnern, dass sie in Ashleys Gewalt war?

»Julie?«, fragte Parker.

Julie schluchzte auf. Parker warf die Decke ab und eilte zu ihr. »Was ist los?«

Julie ging wortlos beiseite und ließ Parker die E-Mail lesen. Parker überflog sie schnell. »Dieses Miststück«, zischte sie.

»Ich verstehe das nicht«, sagte Julie schwach. Sie zählte immer weiter. *Sechsundzwanzig, siebenundzwanzig.* Es half überhaupt nichts. »Warum? Warum hat sie das gemacht?«

Parker tigerte durch Julies Zimmer wie ein Raubtier im Käfig. Als sei der Raum nicht groß genug für sie. »Sie steht für all das, was mit dieser Welt nicht stimmt. Du kannst niemandem vertrauen außer deinen wahren Freunden.«

Aber Julie hörte nur mit halbem Ohr zu. Sie suchte nach ihrem Handy und wählte mit zitternden Fingern Ashleys Nummer.

Ashley nahm sofort ab. »Hallo, Schmutzfink«, trällerte sie. »Hat dir meine Mail gefallen?«

»Was zum Teufel sollte das, Ashley?«, wütete Julie. »Wem hast du sie geschickt?«

»Ach, du weißt schon. Allen.«

Julie krümmte sich. Bestimmt würde sie sich gleich übergeben. Sie dachte daran, wie alle den Artikel lesen, sie auf dem Bild erkennen und dann zwei und zwei zusammenzählen würden. Aha!, würden sie denken. Deshalb lädt Julie niemanden zu sich ein! »Aber warum?«, schluchzte sie in den Hörer. »Ich habe dir doch nie etwas getan.«

»Genau«, sagte Ashley freundlich. »Du hast nie etwas getan – nicht für mich und nicht gegen mich. Du warst zufrieden damit, dass deine Freundinnen sich über mich lustig gemacht haben. Und seien wir ehrlich – in letzter Zeit warst du nicht gerade sehr nett. Jetzt wirst du erfahren, wie sich das Leben als Außenseiter anfühlt. Bis später in der Schule.« Sie legte eine Pause ein. »Oh, und grüß deine Mutter von mir! Wenn du Glück hast, wirst du irgendwann ja genau wie sie!« Mit diesen Worten legte sie auf.

Julie starrte auf ihr Handy. Tränen strömten ihr übers Gesicht. Plötzlich piepste ihr Laptop. Sie hatte noch eine Mail von Ashley bekommen. *Das hält Carson jetzt von dir,* stand in der Betreffzeile.

Die Nachricht bestand nur aus einem Foto. Julie schaute es sich genau an. Es zeigte Carson … und Ashley. Sie standen draußen, und dieselbe Sonne, die durch Julies Fenster schien, lachte auch über ihnen. Carson blickte angeekelt drein und hielt den Daumen nach unten. Ashley hielt seine freie Hand fest. Die beiden standen sehr, sehr nahe beisammen.

Julie quiekte. Damit war das wohl auch erledigt.

Parker setzte sich neben sie und drückte ihre Schulter. Julie blinzelte und versuchte sich vorzustellen, wie der Rest ihres Schuljahres verlaufen würde, aber sie sah nur ein tiefes, klaffendes Loch. Jetzt war Parker wirklich die Einzige, die sie noch hatte. Keine Freunde mehr. Definitiv keinen Carson mehr.

Gar nichts.

# Kapitel 36

Eine Stunde später parkte Ava neben dem Polizeirevier. Sie klappte die Sonnenblende herunter und überprüfte ihr Spiegelbild: dezentes Make-up, ein Hauch von Mascara, farbloser Lipgloss. Ihr Haar hatte sie zu einem Pferdeschwanz zusammengefasst. Ihr riesiges Männer-T-Shirt hing lose über ihre Lululemon-Yogahose. Ihre Haut juckte immer noch, wenn sie an den Striptease für Mr Granger dachte, den sie gestern veranstaltet hatte – den Striptease, den ihre Freundinnen und wahrscheinlich auch Alex gesehen hatten. Sie wollte nicht auch nur annähernd so aussehen wie gestern Abend.

Sie nahm ihr Handy und wählte noch einmal Alex' Nummer. Es klingelte und klingelte, bis die Mailbox dranging. Ava hatte einen Kloß im Hals. Saß er daneben und starrte auf ihren Namen auf dem Display? »Bitte lass es mich erklären«, sagte sie nach dem Piepton. »Es war nicht so, wie du denkst. Ich liebe dich.«

Aber all ihre Beteuerungen klangen schwach und erbärmlich. Was sollte Alex denn denken? Sie hatte nicht einmal ihr Kleid zugeknöpft, als sie aus Grangers Haus gerannt war. War dies der Preis, den sie dafür bezahlen musste, ihre Unschuld zu beweisen?

Frustriert stieg sie aus dem Auto und knallte die Tür hinter sich zu. Der Himmel war grau und öde, die Luft schwer vom Regen. Auf der Polizeiwache herrschte Stille, nur wenige Beamte saßen an ihren Schreibtischen. Der Empfang war unbesetzt und von ihren Freundinnen war nichts zu sehen. Sie zog ihr Handy aus der Tasche und schickte allen eine SMS: *Ich bin hier. Beeilt euch!*

Vor lauter Anspannung ging sie im Eingangsbereich auf und ab und musterte die Pinnwand, die voller Poster von vermissten Personen und gesuchten Drogendealern hing, und Flyern, die für Kautionsvermittler und Anwälte warben. Sogar ein Psychologe namens Elliot Fielder bot hier seine Dienste an. Als ihr Handy klingelte, griff sie danach, in der Hoffnung, es sei Alex. Aber es war nur eine E-Mail von einer Elftklässlerin, die sie ein paarmal mit Julie gesehen hatte. *Julie Reddings schmutziges Geheimnis*, las sie.

Neugierig öffnete Ava die Mail und las den angehängten Artikel. Ihr Herz krampfte sich zusammen. Die arme Julie. Das erklärte, warum sie manchmal so reserviert und verschlossen war. Kein Wunder, dass Julie nicht wollte, dass sie sich bei ihr zu Hause trafen.

Einen Moment später kamen die anderen Mädchen herein. Ava beobachtete Julie, die als Letzte hereinstolperte. Sie wirkte erschöpft, war blass und hatte verschwollene Augen. Offenbar hatte sie den Artikel bereits gelesen. Ava ging einen Schritt auf sie zu. Sie wollte ihr etwas sagen – vielleicht, dass Ashley Ferguson eine grässliche Furie war und ihr Karma sie hoffentlich eines Tages einholen würde.

Stattdessen sagte sie nur: »Es ist mir egal, wo du wohnst

und wie es dort aussieht. Ich bin froh, dass wir Freundinnen geworden sind.«

Julie stiegen Tränen in die Augen und ihr Mund zitterte. Sie senkte den Kopf und stolperte in Avas Arme. Ava drückte sie fest an sich und bemerkte, dass auch Mac und Caitlin sie mitfühlend ansahen. Sie mussten die E-Mail auch gelesen haben. Vielleicht hatte die ganze Schule sie gelesen.

Julie löste sich von Ava und wischte sich die Tränen ab.

»Also, äh, hast du ihn dabei?«, fragte Caitlin, die das Laufwerk über Nacht behalten hatte.

Caitlin nickte und klopfte auf ihre Leinentasche. »Ich habe ungefähr fünfhundertmal überprüft, ob er noch da ist.«

Ein junger Beamter ging an ihnen vorbei und Ava räusperte sich. »Äh, wir haben einen Termin mit Detective Peters und Detective McMinnamin.«

Der Polizist schaute die Mädchen skeptisch an, aber bevor er antworten konnte, kamen die beiden Detectives nach vorne. McMinnamin ging voraus, da er ganz offensichtlich der dienstältere war.

»Okay, Mädchen«, begann McMinnamin und fuhr sich durch sein schütteres blondes Haar. »Folgt mir.«

Ava holte tief Luft und schlich an ein paar unordentlichen Schreibtischen voller Aktenstapel und Kaffeebecher vorbei. Sie gingen einen langen Gang entlang, passierten einen Trinkbrunnen und die Damen- und Herrentoiletten. Schließlich saßen sie wieder in demselben Verhörzimmer, in dem sie bereits Anfang der Woche gewesen waren. Das schien eine Ewigkeit her zu sein.

Genau wie beim letzten Mal waren die Jalousien hochgezogen und enthüllten zwei lange Spiegel. Beobachtete sie jemand von der anderen Seite der Wand aus?

»Nun gut«, begann Peters und legte seine riesigen Hände gefaltet auf den Tisch. »Der diensthabende Beamte sagte, Sie hätten Informationen über Nolan Hotchkiss. Sind Sie bereit, sie uns mitzuteilen?«

Die Mädchen schauten sich an und Julie nickte ermutigend. Daraufhin schob Caitlin den USB-Stick über den Tisch. Ihre feuchten Finger hinterließen Spuren auf der dunklen Oberfläche.

»Der hat Nolan gehört«, sagte Julie stockend. »W… wir haben ihn in Lucas Grangers Haus gefunden. Er beweist, dass Nolan wusste, dass Mr Granger Schülerinnen missbraucht.«

»Und dass er Granger erpresst hat«, meldete Ava sich zu Wort. »Er musste ihm bessere Noten geben. Für ihn Empfehlungen schreiben, ihm Geld geben.«

»Granger hat es getan«, sagte Mackenzie. »Er hat Nolan getötet … und jetzt will er uns den Mord in die Schuhe schieben.«

Peters wendete sich mit unergründlicher Miene an Ava. »Und wie habt ihr Mädchen diesen Stick gefunden? Hat er Ihnen das Ding einfach gegeben?« Er grinste.

Ava wurde rot. Julie verlagerte ihr Gewicht. Caitlin beugte sich mit blitzenden Augen vor.

»Na ja, er hat versucht, Ava zu verführen. Sie hat es mitgenommen, als sie vor ihm geflüchtet ist.«

McMinnamin rieb sich seufzend die Schläfen. »Sie haben es also … gestohlen?«

Ava starrte ihn mit offenem Mund an. »Na ja, ich …«

»Und wann war das?«, fragte Peters mit gerunzelter Stirn.

Ava schaute die anderen an. Sie war sich nicht sicher, was die Zeit mit der Sache zu tun hatte. »Äh, keine Ahnung. Abends.«

»Um elf? Um zwölf?«

»Warum schauen Sie sich nicht die Daten auf dem Laufwerk an?«, unterbrach Julie ihn. »Und treffen danach Ihre Entscheidung? Meiner Meinung nach beweisen diese Daten, dass Granger der Mörder ist. Und dass sie ihn verhaften sollten.«

»Ich bezweifle nicht, dass Granger krumme Dinger gedreht hat«, sagte McMinnamin aalglatt. »Aber wir können ihn leider nicht verhaften.«

Ava blinzelte. Auf einmal fühlte sie sich sehr mutlos. »Was? Warum denn nicht?«

Der Detective schaute sie unverwandt an. »Weil er tot ist.«

Ava keuchte auf. »Wie bitte?«, fragte sie schwach.

»Von seinem Telefon aus wurde gestern Abend der Notarzt gerufen«, sagte Peters. »Als die Sanitäter kamen, fanden sie Anzeichen für einen Kampf vor.«

Ava stieg das Blut in den Kopf. Was redete er denn da? Aber auf einmal verstand sie, worauf der Detective hinauswollte. »Ich habe ihm nichts getan«, sagte sie sehr langsam.

»Seien Sie vorsichtig mit Ihren Aussagen«, knurrte Peters. »Wir haben einen Zeugen, der Sie um elf Uhr am Tatort gesehen hat – zum ungefähren Todeszeitpunkt.«

Avas Herz raste so schnell, dass sie sich fragte, ob es ihr bald aus der Brust springen würde. »Wen denn?« Und dann begriff sie plötzlich. Sie erinnerte sich an die Gestalt auf dem Rasen. Das Entsetzen und der Ekel und die Enttäuschung auf seinem Gesicht. Ihr Herz zerbrach in eine Million kleiner Stücke.

»Alex Cohen«, sagte Peters und schaute sie an. »Er wohnt in der Nachbarschaft von Mr Granger, nicht wahr? Und ich glaube, er sagte, Sie seien seine Exfreundin.« Peters lächelte grimmig. »Wahrscheinlich wollte er nicht länger mit einem Mädchen ausgehen, das jetzt unter Mordverdacht steht.«

# Kapitel 37

Parker eilte zum Eingang des Polizeireviers, als die anderen Mädchen gerade in die Sonne heraustraten. Sie alle sahen furchtbar aus. Julie hatte Parker per SMS auf dem Laufenden gehalten, während sie mit dem Bus hierhergefahren war – dass die Polizisten sie gehen lassen würden, weil es nicht genug Beweise dafür gab, sie des Mordes an Granger anzuklagen, bis sein Haus komplett durchsucht worden war. Dass sie ihre Fingerabdrücke abgenommen und DNA-Proben entnommen hatten. Sie hatten sich sogar unter dem grellen Neonlicht fotografieren lassen müssen. Parker konnte sich vorstellen, dass Julie das nicht gefallen hatte. Sie wechselten einen Blick und dann rannte Parker zu ihr und drückte ihre beste Freundin an sich.

»Macht keine Dummheiten«, rief Peters ihnen vom Eingang aus nach. »Wir beobachten euch – euch alle«, fügte er hinzu und schaute Parker mit gerunzelter Stirn an. Parker erschauderte. Ihre Fingerabdrücke befanden sich bereits im System, seit ihr Vater sie angegriffen hatte. Sie war genauso verdächtig wie die anderen Mädchen.

Nachdem die Polizisten nach drinnen gegangen waren, blickte Parker die anderen fragend an.

»Ich kann nicht glauben, dass sie unsere Eltern angerufen haben«, sagte Ava kläglich. Julies Mund zuckte und Parker nahm ihre Hand. Sie dachte an die schreckliche Mail, die erst vor einer Stunde die Runde gemacht hatte. Aber ehrlich, was bedeutete Julies Geheimnis schon angesichts einer solchen Situation? Hatte irgendetwas noch eine Bedeutung?

Julie hielt sich an Parkers Hand fest wie an einem Rettungsring. »Sie werden merken, dass sie einen Fehler gemacht haben«, sagte sie ruhig. »Die Polizei wird merken, dass man uns reingelegt hat.«

»Glaubst du?«, fragte Ava mit wildem Blick. »Wir waren dort, Julie. Alex hat uns gesehen. Und unsere Fingerabdrücke sind überall im Haus.« Tränen strömten ihr übers Gesicht. »Ich dachte, jetzt sei alles vorbei. Ich dachte, Granger hätte uns das angetan. Und jetzt war es doch jemand anders?«

Parker schüttelte sich. Der Gedanke war ihr auch gekommen – sie hatten den Fall noch lange nicht gelöst. Sie kniff die Augen zusammen und suchte in ihrem Verstand nach den Puzzlestücken, die den gestrigen Abend ergaben. Wenn sie sich nur daran erinnern könnte, ob jemand vor Grangers Haus herumgelungert hatte. Daran, ob ein mysteriöses Auto an der Straße geparkt hatte. Aber als sie nach der Erinnerung suchte, fand sie nur Leere. Sie wusste nur noch, wie sie mit rasendem Herzen aus Grangers Haus gerannt war. Und dann war Dunkelheit – wahrscheinlich hatte sie sich irgendwo zusammengerollt und einfach dichtgemacht, wie sie es immer tat. Irgendwann hatte sie sich dann mit Julie im Diner getroffen, müde und erinnerungslos.

»Wer hat uns gestern Nacht beobachtet?«, flüsterte Parker.

»Und hat Granger Nolan getötet?«, fragte Caitlin laut. »Oder hat Nolans Mörder auch Granger getötet – und schon wieder uns den Mord in die Schuhe geschoben?«

»Aber warum sollte Nolans Mörder Granger töten?«

Parker schluckte und dachte nach. »Vielleicht wusste Granger ja etwas über den Mord an Nolan.«

»Wir haben also im falschen Haus nach Beweisen gesucht?«, fragte Ava.

»Ich weiß es nicht«, sagte Parker langsam. Sie sah alle der Reihe nach an. »Aber vielleicht ist nichts von dem wahr, was wir zu wissen glaubten.«

Alle schüttelten sich. Caitlin runzelte die Stirn. Julie sah aus, als würde in ihrem Gehirn gerade eine Kettenreaktion ablaufen. Aber Parker fragte sich, ob das nicht wirklich so sein konnte. Das Gedächtnis war nicht immer zuverlässig, aber das war die Realität auch nicht. Wenn man sich einmal eine Meinung gebildet hatte, war es schwierig, zu akzeptieren, dass die Wahrheit etwas völlig anderes sein konnte. Aber was, wenn es genau so war? Wie konnten sie das herausfinden?

Und waren sie bereits zu spät dran?

# Danksagung

Ich freue mich sehr darüber, wie dieses Buch sich entwickelt hat. Alfred Hitchcock hat einmal gesagt: »Lass dein Publikum so viel wie möglich leiden«, und das schafft dieser Band auf die allerbeste Weise. Ich möchte den Genies von Alloy-Entertainment dafür danken, dass sie mir dabei geholfen haben, alle Puzzlestücke an den richtigen Platz zu legen: Josh Bank, Les Morgenstein, Sara Shandler, Lanie Davis und Katie McGee.

Wieder einmal muss ich sagen, dass ihr einfach großartig seid. Vielen Dank an Liz Dresner, die für unsere Perfectionists das perfekte Cover entworfen hat.

Ein großer Dank geht auch an HarperCollins dafür, dass sie diesem Projekt grünes Licht gegeben und uns auf seiner wilden Achterbahnfahrt begleitet haben: Jen Klonsky, Kari Sutherland und Alice Jerman. Danke auch an die brillanten Regisseure der alten Garde, die nicht nur einen Teil der Handlung inspiriert haben, sondern durch ihre düsteren, spannenden und verschlungenen Dramen auch viel zur Atmosphäre beigetragen haben. Und ein riesiges Riesendankeschön geht an Jen Graham. Du bist ein großes Talent und ohne dich würde es dieses Buch nicht geben!